Jérôme Baslé

L'aventure indigo

roman

Éditions Dédicaces

L'AVENTURE INDIGO.
par JÉRÔME BASLÉ

ÉDITIONS DÉDICACES INC
675, rue Frédéric Chopin
Montréal (Québec) H1L 6S9
Canada

www.dedicaces.ca | www.dedicaces.info
Courriel : info@dedicaces.ca

Jérôme Baslé

L'aventure indigo

« Ma vie est un roman. »
Tout un chacun.

Paul est assis face à la fenêtre de la chambre et il aime bien. Le fauteuil est confortable, c'est son fauteuil à lui. Il regarde à travers la vitre sans jamais ouvrir la fenêtre et il reste planté là, invariablement, pendant des journées entières. La vue est pourtant assez quelconque, sans être désagréable. Il voit le jardin s'étendre en contrebas, piqué de massifs et de fruitiers, et au-delà il y a la campagne du Périgord, avec la départementale 48 qui s'en va jusqu'à Bardenat.

Sa chambre est orientée sud-ouest, si bien que le matin, le soleil fait fuir les ombres vers l'horizon. Il faut être là aux premières lueurs du soleil car le spectacle est fugitif et ne dure que quelques minutes. Paul est là, chaque matin, à attendre les ombres balayer la pelouse. Paul est matinal, il se réveille avec les oiseaux. Quand c'est l'automne par exemple, c'est parfois très beau avec la brume dans les arbres. Le froid dehors est visible à cette époque de l'année mais lui, il est toujours au chaud dans sa chambre.

Il a quelques amis ici et je suis devenu un de ceux-là maintenant. Cela fait longtemps qu'il est parmi nous, alors on a appris à se connaître un petit peu. Par exemple, je sais qu'il aime regarder cette fille quand elle est assise sur un banc, dans le parc. Elle se pose invariablement sur le même banc et devient un objet immobile. Il ne sait pas son nom bien sûr car ici, les noms importent peu. La plupart de ceux qui déambulent dans cette bâtisse ne savent pas très bien qui ils sont. Ou ce qu'ils ont été.

Paul se contente de regarder cette jeune femme, il la trouve jolie et cela lui suffit. Elle a un beau visage et je sais que son crâne rasé le fascine. Ses pauvres vêtements cachent un corps toujours nu, un corps fragile et délicat.

Paul ne sortira sans doute jamais de cet établissement. Les médecins ont diagnostiqué une psychose à caractère schizophrène. Je me souviens encore de son arrivée dans le service, encadré par deux policiers. Il semblait indifférent à son sort, totalement ailleurs, absent, il était docile et calme. Je garde cette première image d'un homme gris entre deux uniformes bleus. Un homme au physique très ordinaire, le genre d'individu que l'on ne remarque pas vraiment.

Sauf qu'ici, dans ces murs, les gens ne sont plus tout à fait comme les autres, car ils ont tous basculé. Les gens disent qu'ils sont déséquilibrés et c'est vrai. Dans leur tête, il y a quelque chose en trop, ou bien il manque quelque chose, allez savoir. Et ils ont perdu l'équilibre, lentement ou brutalement, et toujours malgré leur volonté. Paul a basculé lui aussi. Peut-être en moins d'une seconde. Sa raison s'est envolée un beau matin et il est tombé dans le néant. Quand il vous voit, il ne vous regarde pas. Quand il vous entend, il ne vous écoute pas. Ceux qui ne perçoivent plus les choses, ceux-là viennent vivre ici. Et souvent, comme Paul, ils arrivent avec les menottes aux poignets.

Je sais de quoi je parle car c'est moi son infirmier.

Après une longue période d'un mutisme absolu, shooté aux médicaments, Paul est sorti très lentement de son silence. Jour après jour, mot après mot, certaines images imprimées dans son cerveau sortaient par la bouche. Des visions d'un autre monde que le nôtre, son monde à lui. Je l'ai écouté longtemps, pendant plus de trois ans, pour m'apercevoir bien tard qu'il me racontait une histoire. Son histoire à lui.

C'est cette histoire que je restitue, en espérant ne pas le trahir. La reconstitution du puzzle fut laborieuse mais le résultat est assez fidèle je crois. Son histoire est tragique puisqu'elle l'a conduit jusqu'ici, entre ces murs. Et je ne m'habitue pas à penser qu'elle puisse être vraie.

Je suis infirmier et non écrivain. Vous me pardonnerez mon pauvre talent de conteur.

Mais écoutez maintenant : il était une fois, dans un village ...

Paul ferme à double tour la porte vitrée de la cuisine et il n'a qu'à se retourner pour ouvrir la portière de la voiture garée tout contre la maison. Il pose son panier côté passager et prend la raclette logée dans la boîte à gants. Ce matin, il a ressorti du tiroir son gros pull en laine, qui gratte un peu à l'encolure, et il gratte énergiquement le pare-brise. Le ciel est clair, sans un nuage, et l'air est froid et sec.

Ce matin est le premier matin aux couleurs hivernales, avec les gelées blanches qui recouvrent les feuilles rousses éparpillées. La campagne du Périgord a enfin fini d'éponger les pluies de l'automne. C'est la tranquillité du matin aux premières heures de l'aube. La voiture franchit le portail resté ouvert pendant la nuit et elle ronronne maintenant sur la départementale 48. Les oiseaux se réveillent doucement et ont encore froid. Paul aussi a froid. Le chauffage de la voiture est dirigé sur le pare-brise et Paul a froid aux pieds.

Cela fait presque six mois que Paul habite cette vieille maison, un peu à l'écart du bourg, et il ne lui en faut pas tant pour avoir ses petites habitudes. Il part faire ses courses à une heure matinale. C'est ainsi.

Le voilà qui se gare dans la rue de la Libération, face à une vitrine de chaussures qui attendent leurs pieds. Il commence sa tournée par le boucher charcutier, puis le crémier qui a de bons fromages et la bonne bouille d'un reblochon. Vient ensuite la supérette - pas tous les jours, c'est selon - puis le boulanger évidemment et il finit par le primeur. Les commerçants le connaissent maintenant et le saluent volontiers ; la clientèle de l'automne n'est pas celle du printemps.

C'est d'ailleurs au printemps dernier que Paul est arrivé là pour s'installer, avec la vague des propriétaires de résidences secondaires. Ceux-là arrivent un peu avant la pleine saison touristique, pour ouvrir les volets de belles maisons en pierre et nettoyer les jardins. Les rues commencent alors à se remplir de voitures confortables aux plaques d'immatriculation diverses. Et Paul faisait partie du lot, un type qui passerait l'été à retaper une petite baraque et que l'on reverrait chaque année à la belle saison.

Cependant, à le voir traîner encore pendant le mois d'octobre, certains commerçants l'interrogèrent gentiment, à l'exemple du marchand de fromages :

"Vous restez jusqu'à la Toussaint ?"

Et Paul, un peu embarrassé :

"Non, non. Je pense m'installer là définitivement."

"Ah, c'est bien ça ! Et vous êtes installé où ?"

Et voilà comment on devient un habitant d'une bourgade, nul n'est besoin d'en dire beaucoup, il suffit d'y rester, sous le soleil, la pluie et les gelées. Les gens du coin n'en savent pas beaucoup sur son compte ; Paul n'est pas bavard par nature, surtout le matin. Mais ce n'est pas difficile de deviner qu'il est célibataire : on ne l'a jamais vu accompagné et il n'a pas d'alliance. Il vient des Yvelines : sa voiture était encore immatriculée 78 le mois dernier. On ne le voit plus vêtu tout de noir, avec des chaussures de ville. Désormais, il ne quitte plus son jean et ses chaussures ont la couleur de la terre. Son allure s'est accordée à sa nouvelle vie, de façon naturelle, gagnant en simplicité.

Paul poursuit sa tournée avec celle qui est derrière l'étal des tomates. Elle a un visage d'une grande douceur et lui offre toujours un sourire ravissant. Comme bien des hommes, Paul n'a guère d'élan naturel pour les fruits et légumes. Il n'achèterait que des patates s'il n'écoutait que lui. Elle lui vante les courgettes, les concombres, les poires et autres kiwis. Il se laisse faire et complète à chaque fois avec deux tomates. Deux tomates c'est charmant et un peu triste aussi. Deux tomates quotidiennes et voilà qu'elle devine sa solitude. Paul achève sa tournée par la supérette, succombe à quelques belles crevettes qu'il accompagnera de moules ; ce soir, se seront des pâtes aux fruits de mer qui justifieront un petit Sauvignon.

Paul retourne à sa voiture avec son panier léger qui se balance au bout du bras, sans prendre garde à ce poids qui lui pèse chaque jour davantage.

Pour comprendre le poids de ces deux tomates, il suffit de remonter un peu dans le temps, juste deux ans en arrière. Car en à peine deux ans, tout avait changé autour de lui.

En 1999, Michael Jordan prenait sa retraite tandis que Lance Armstrong gagnait son premier tour de France. Le monde allait changer mais certains hommes ne verraient jamais le nouveau millénaire. Pensons à Stanley Kubrick mort le 07 mars, à Bernard Buffet mort le 04 octobre et au sympathique Alain Gillot-Pétré mort le 31 décembre. L'éclipse du 11 août 1999 fut magique et l'approche de l'an 2000 avait quelque chose d'excitant. A cette époque qui n'est pas si lointaine, la vie de Paul était tellement différente. Il vivait au cœur de la ville, dans la banlieue de Paris ; il faisait partie de la vingtaine de salariés d'un cabinet d'architecture. Beaucoup de temps passé devant un écran à concevoir et dessiner des projets mais il ne trouvait rien à y redire, cela lui convenait. Et puis il y avait Alice à ses côtés, et puis il y avait sa mère vieillissante mais toujours obstinée à rester chez elle.

Au Noël prochain, il pourra célébrer le deuxième anniversaire de sa séparation avec Alice. C'était presque la veille de Noël 1999, le dernier Noël du millénaire. Au début, ce prénom rimait avec délice et pour finir, cela ne rimait plus à rien. Ils se plaisèrent à être amoureux, contentés par un lit toujours défait. Mais quand Paul parlait d'avenir et de ventre rond, Alice répondait qu'elle n'était pas prête. Autant dire qu'elle n'en avait pas envie, pas avec lui. Il voulait l'inviter à passer Noël chez sa sœur et c'est là qu'elle avait craché le morceau. Lui, il voulait qu'ils franchissent un cap ensemble et c'est alors qu'elle avait fui à toutes jambes. Paul avait aimé la légèreté d'Alice, son insouciance et sa liberté. Il lui reprocha ensuite, sans rien lui dire, cette même légèreté, son insouciance et sa liberté. Le charme était rompu, le lien était défait. Leur histoire devait donc s'arrêter là et Paul le vécut comme un échec, une désillusion.

Presque au même moment, la mère de Paul devait aller dans une maison de retraite. La décision fut difficile mais l'évidence était là : l'aide à domicile avait atteint ses limites. Quelques mois plus tard, en septembre 2000, sa mère mourait dans un lit étranger. Du lit au fauteuil et du fauteuil au lit, elle ne semblait plus concernée par la vie et attendait peut-être que son corps arrête enfin de la traîner ainsi. Persuadée qu'elle allait enfin rejoindre son mari, mort six ans plus tôt. Paul, avec sa sœur, se sont contentés de l'écouter jusqu'au bout.

"Il va me trouver moche. Vieille et moche."

"Mais non maman."

Paul et Sandrine furent étonnés d'entendre de tels mots dans la bouche de leur mère. Certes ils connaissaient son enfance catholique, une éducation religieuse qui allait de soi en ce temps-là. Mais au-delà des cantiques, de la messe le dimanche et du poisson le vendredi, ils ignoraient que la foi ait pu germer dans cet esprit-là. Une foi invisible et muette jusque-là, eux-mêmes n'ayant jamais connu la messe du dimanche ni aucun catéchisme. Peut-elle vraiment croire que sa vie devienne éternelle quand elle est sur le point de s'achever ? Paul revoit sa mère qui faisait ce petit signe de croix, discret, presqu'à la dérobée, lorsqu'ils visitaient une église ou quand ils poussaient la porte d'une chapelle isolée, par simple curiosité. Un geste mécanique, comme on imagine Pavlov devant Jésus, ou bien un atavisme en quelque sorte.

A la voir là dans ce lit étranger, Paul et Sandrine savent que leur mère préfère maintenant les quitter pour retrouver son mari. Retrouver la tendresse du couple que tous les enfants ignorent.

"Il va me trouver vieille. Vieille et moche."

Elle radote un peu. Ils l'écoutent et retapent son oreiller.

L'enterrement eut lieu en septembre de l'année dernière. Les gens étaient sous des parapluies et ils formaient une assemblée hétéroclite. Des voisins, des amis, des cousins, des neveux et nièces, et quelques enfants qui étaient plantés au milieu du chagrin des adultes. Paul ne put retenir quelques larmes, offertes à sa mère, au souvenir de son père, et à lui-même. Les enterrements offrent l'occasion de pleurer sur son propre sort, en toute discrétion, sans que personne ne s'en aperçoive.

Alice perdue et maintenant sa mère qui le fait orphelin, c'est tout le paradoxe d'une vie qui se remplit de vides accumulés. A la fin de l'année 2000, Paul commençait sa trentaine par un coup de vieux et une liberté sans horizon.

"Paul tu déconnes ! Tu ne vas pas aller t'enterrer à la campagne avec des bottes en plastique !"

C'était Hugo qui lui avait rétorqué ça, tandis que Paul lui avait fait part de son incertitude. Il avait envie d'autre chose, une autre vie mais il ignorait laquelle. Déménager ? Changer de métier ? Pourquoi ne pas s'installer à la campagne ? Paul acceptait mal son célibat, les soirées solitaires étaient sinistres et les dimanches sans plaisir. Il ruminait, tournait en rond et perdait l'envie. Auprès de ses amis, lorsqu'il évoquait ainsi la possibilité de déménager, leur réaction était au mieux un silence dubitatif et poli. Et puis il y eut cette phrase :

"Paul tu déconnes ! Tu ne vas pas aller t'enterrer à la campagne avec des bottes en plastique !"

Paul ne répondit rien. Il sourit, il n'est pas de ceux qui veulent avoir le dernier mot.

Pas un seul parmi eux ne l'a encouragé : s'isoler à la campagne n'arrangerait rien à l'affaire. Ils avaient sans doute raison et à force d'hésitation, à peser le pour et le contre, Paul n'avançait pas d'un pouce. Il attendait que le sort décide pour lui et, en quelque sorte, c'est ce qui arriva.

Paul repassait une chemise blanche en regardant la télé. C'était la fin d'une journée grise et quelconque. Il était debout, près de la fenêtre donnant sur la rue, en train de repasser donc, quand une mobylette attira machinalement son regard. Depuis le 3ème étage, la vue plongeait sur la rue et elle passa dans son champ de vision avant de disparaître. Mais au lieu de revenir à son occupation, il resta figé. La rue était déserte, les façades étaient dans l'ombre et les poubelles déjà sur le trottoir. Une voiture passa et il jeta alors un regard circulaire sur son appartement. La table à repasser et la télé allumée, le canapé avachi et les chaises bêtement alignées le long du bar de la cuisine, avec les placards comme tous les autres. Paul regardait ce décor familier comme autant d'objets dérisoires et vides de sens. Debout avec le fer à repasser à la main, dans la lumière électrique d'un appartement coincé au milieu de milliers d'autres. Cette vision aurait dû provoquer un profond sentiment d'abattement, cet appartement étant le reflet d'une vie totalement vaine, nulle, sans intérêt. Et curieusement, Paul ne ressentit rien de tel. Il était spectateur, parfaitement étranger à ce lieu, à ce décor. Il n'éprouvait plus aucun lien avec cette aquarelle pendue au mur, achetée avec Alice. C'était une évidence absolue, une révélation libératrice : il n'avait plus rien à faire ici. Il alla décrocher l'aquarelle, la contempla un instant. Poubelle. Et cette bouilloire électrique, pratique pour chauffer l'eau du thé. Paul ne boit pas de thé. Poubelle.

Paul fit ainsi le ménage à sa façon, avec un enthousiasme salvateur. L'heure avait sonné d'elle-même, il devait partir d'ici. Son esprit était déjà ailleurs, n'importe où et peu importe comment. Il se sentait libre et impatient de vivre son destin.

Paul a choisi Bardenat après avoir hérité de ses parents. Pas une fortune bien sûr, seulement le trésor de leurs économies, et suffisamment pour réaliser son projet : acheter une vieille maison à restaurer avec l'idée de faire des chambre d'hôtes, voire un gîte indépendant si possible. Un petit revenu mis au bout de quelques rentes suffirait à sa liberté. Paul n'a pas les moyens de s'enchaîner au luxe, ni à une aisance inutile.

Sa maison est exposée plein Nord, adossée au rocher, au bout d'un terrain tout en longueur qui débouche sur la départementale 48. Pas de façade au sud et des petites ouvertures par ailleurs : invendable avec les standards actuels et une aubaine pour Paul. La transaction fut rapide et facilitée par l'agent immobilier, soulagé de rayer de sa liste ce tas de pierre plein d'araignées.

Quelques mois de travaux furent nécessaires pour apporter le confort à cette maison sans chauffage, à l'électricité singulière et à la plomberie hors d'usage. La couverture et les menuiseries entamèrent également un peu plus son bas de laine. Au terme de ces premiers travaux qui occupèrent tout l'été, Paul habite une petite moitié du rez-de-chaussée, et les quelques pièces achevées constituent désormais son nid, son refuge. Il habite dans trois pièces en enfilade : la cuisine qui est la pièce principale, la chambre tout de suite à droite en entrant et la salle de bain tout au bout. A gauche de la cuisine, c'est une pièce à vivre en devenir, un salon - bureau ou quelque chose dans ce goût-là. Mais pour l'instant, c'est une pièce vide, brute, en travaux.

Paul est revenu des courses, tout est rangé à sa place et il est planté devant le calendrier de la Poste, pendu au mur de la cuisine. Le mois de novembre est annoté en diagonal : démolitions. Il s'agit d'abattre le mur du fond de cette pièce principale, situé contre la roche, pour restituer la pierre brute dans la maison. Oui mais pas aujourd'hui. Demain à la première heure.

Ainsi ce matin, il va commencer par desceller une première pierre, puis, avec la masse, les autres devraient tomber assez facilement. Les moellons seront stockés dans le jardin pour construire un futur enclos pour les poules. Un enclos en pierre qui accueillera des poules de luxe.

L'idée du poulailler est une évidence. Ses grands-parents paternels résidaient à la campagne, un petit coin de Normandie. C'était paisible, tranquille, il faisait chaud, c'était l'été des grandes vacances. Quand la voiture arrivait dans l'allée, les pneus crissaient sur les graviers et ses grands-parents apparaissaient instantanément dans l'encadrement de la porte de la cuisine. Paul leur sautait au cou, les embrassait vivement et filait tout de suite vers le poulailler, à toutes jambes. La cabane était en bois avec du grillage sur la porte et il sentait déjà la chaleur avant même de soulever le loquet. C'était la fournaise là-dedans, sous le toit en tôle ondulée. Et ça sentait le grain, les plumes et la fiente. Et les poules détalaient devant le petit bonhomme en culottes courtes.

Après le poulailler, c'était la visite du clapier. Les cages étaient superposées comme des HLM et les lapins se réfugiaient tout au fond, à l'ombre sur leur lit de paille. Paul prenait un long fétu de paille et le présentait à travers le grillage. Le lapin faisait un petit bond en avant et commençait à grignoter, il tirait fort et par à-coups, il fallait tenir le fétu de toutes ses forces.

Et voilà maintenant l'image de la campagne gravée dans son esprit. Des poules et des lapins, un potager, des outils, un vieux vélo peut-être, un arrosoir qui traîne. Un endroit bien à soi et une certaine idée de liberté.

En ce 2 novembre 2001, Paul termine son café en écoutant les informations à la radio, et bla bla bla, et aujourd'hui comme hier, à quelques degrés près pour la température et à quelques euros près pour la finance.

Il ne sait pas encore à quel point aujourd'hui ne sera jamais plus comme hier.

N'est pas maçon qui veut : presque trois heures pour enlever le premier moellon ! Le mortier est extrêmement dur et le mur est épais. Après ces premières heures laborieuses, la journée est rythmée par les coups de marteau sur le burin et par les allées et venues dans le jardin, où s'accumulent les pierres en vrac. C'est un travail physique et Paul comprend vite qu'il doit se soumettre aux lois naturelles des muscles. Inutile de s'épuiser à vouloir taper comme une brute, mieux vaut la multitude des entailles dans le mortier, comme le sculpteur de pierre, comme la lime sur le barreau d'une prison. Dehors, les insectes s'activent sans cesse dans leur labeur minuscule tandis que la maison résonne de bruits secs et métalliques. Paul déconstruit son mur avec patience, poursuivant ses efforts jusqu'au soir, jusqu'à ouvrir le mur sur toute sa hauteur, sur un mètre de large environ. Il n'en fera pas davantage aujourd'hui et il est assis par terre, buvant l'eau à petites gorgées, à même le goulot, à contempler le trou béant devant lui.

Satisfait d'avoir ouvert la voie, il évalue le travail accompli : deux mètres carrés environ et il en reste une vingtaine à faire tomber. Encore dix jours de travail. Paul hoche la tête comme pour entériner cette décision. Reste à savoir à quoi ressemble ce nouvel espace, et Paul a sans doute raison d'imaginer le pire : un sol rocailleux, bien que le seuil de l'ouverture laisse deviner une terre rouge, et un volume bas de plafond, incompatible pour y faire salon. Mais inutile de tergiverser davantage et Paul se lève résolument, armé de sa lampe torche. Aucune odeur particulière n'émane de la cavité. Rassurant. Il franchit le seuil et le faisceau balaie l'endroit comme un phare dans la nuit. Le faisceau ne révèle rien d'autre que les parois d'une excavation dans la roche. C'est un peu décevant mais concluant : en cassant le mur complètement, la pièce gagnera quelques mètres carrés. L'endroit ressemble à une grotte d'une trentaine de mètres carrés en forme de banane ; ce qui n'est pas sans lui rappeler la marchande de primeur. Confiant, il pénètre davantage pour éclairer l'extrémité de cette caverne, encore restée dans l'ombre.

Et c'est à cet instant qu'il reste figé. Le rétrécissement de la grotte est fermé par une paroi lisse, verticale, environ un mètre cinquante de hauteur et soixante centimètres de largeur. La paroi reflète la lumière de la lampe. Paul s'approche, touche la paroi : c'est métallique sans aucun doute.

"Mince, c'est quoi ça ?"

Suivant son inspiration et son intuition, il tape dessus pour en évaluer l'épaisseur. Il sonde la périphérie avec un fil de fer, glissé entre la roche et le métal. Il casse un peu la pierre de l'encadrement. Enfin, il finit par nettoyer la paroi, pour constater qu'aucune aspérité ne révèle une serrure ou quelque chose d'approchant et conclut ses investigations par un soupir et une moue dubitative. Il est tard et dehors, la nuit recouvre la maison depuis un moment déjà. Paul décide d'oublier un peu cette étrangeté, pour satisfaire son estomac. Pendant le dîner, il rumine les tomates à la vinaigrette au rythme de ses réflexions et en arrive à cette conclusion : l'explication la plus probable, c'est qu'il s'agit d'un accès à une grotte où ont eu lieu des fouilles archéologiques. Sans doute existe-t-il un deuxième accès par ailleurs, et ils ont condamné celui-là. Il n'y a donc rien d'extraordinaire à imaginer, mais c'est tout de même curieux que l'acte notarié ne mentionne pas cette particularité. Une paroi métallique comme celle-là ne date pas de Mathusalem !

Après le repas, Paul retourne au fond de la grotte, avec l'espoir de trouver un détail qui lui aurait échappé. En vain.

"Bon, assez pour aujourd'hui. Je suis crevé, il est tard, je prends une douche et je dors".

Bien sûr, Paul éprouve quelques difficultés à trouver le sommeil, avec cette question qui tourne en boucle : qu'y a-t-il derrière cette porte ?

Contes et légendes en Périgord - extrait du livre II :

"Ils étaient des ombres, des fantômes. Héritiers des loups garous selon la rumeur. En vérité, peu d'hommes ont aperçu leurs silhouettes dans la nuit et nul ne connait leurs origines. Des flambeaux étranges éclairaient leurs manteaux à capuche, tandis qu'ils rôdaient à l'entrée de la grotte. La grotte était leur refuge pour fuir le soleil meurtrier, et les villageois n'osaient s'en approcher à moins de cinq cents pas. Ce fut le temps des volets

clos et des portes que l'on ferme à double tour, dès le coucher du soleil. Et malheur aux vagabonds qui s'endorment avec la lune.

Les ombres étaient là, menaçantes et furtives, à accomplir une œuvre mystérieuse, que chacun savait maléfique. "

Le lendemain, en fin de matinée, tous les moellons sont étalés dans le jardin. Le mur est éparpillé dans l'herbe et Paul est assis au milieu des blocs de calcaire. Il est là, parmi les pierres, sous la surveillance d'un merle posé sur une branche, et il tripote quelque chose entre ses doigts. Dans l'épaisseur d'un joint était emprisonnée une matière souple, entre tissu et papier d'aluminium. Il s'agit d'un gant, étroit, genre latex. Paul l'enfile avec difficulté. Rien. Pas de sensation particulière. Il l'enlève, réfléchit, et repart à la grotte. Agenouillé devant la porte, il commence par toucher lentement la porte avec la main gantée. D'abord avec l'extrémité de chaque doigt, puis avec les 5 doigts ensemble. Rien. Puis avec la main toute entière, bien à plat. La porte glisse doucement vers la droite. Paul retire sa main d'un geste brusque, surpris. La porte continue de glisser. Le vantail est épais de dix centimètres environ et il s'effile sur cinquante centimètres pour finir en lame de rasoir. Paul n'a d'yeux que pour ce tranchant, cette guillotine horizontale. Il suit le mouvement lent et régulier jusqu'à ce que la porte s'immobilise. Le passage est libre. C'est alors qu'il constate qu'une deuxième porte, identique à la première, est située juste derrière, formant un sas. Elle est fermée. Paul est toujours agenouillé, il regarde, il ne comprend pas. Son instinct lui dit de ne pas avancer.

Cette guillotine le met sur ses gardes. Prudence. Pas question d'y laisser sa peau, ni même un bras ou quoi que ce soit.

Paul est planté là, il observe et réfléchit :

"Manifestement, il s'agit d'un sas. En tout cas, c'est probable. Donc il est possible que la première porte se referme avant que la deuxième s'ouvre. Peu de chance de coincer la fermeture : la guillotine va cisailler l'obstacle. J'essaierai quand même.

Il faut que je sonde aussi le sas, avec un bout de bois, la porte, les murs, le sol, le plafond, avant de m'y engager.

De quelle époque ça peut dater ? La maison est du XVIIIème paraît-il. Impossible que ce soit si vieux. C'est plus récent, moins de 100 ans je dirais. Comment ça fonctionne ce truc ? Un phénomène de pile peut-être, qui donne le signal d'ouverture, comme un interrupteur. Mais je n'ai pas entendu de moteur. Donc gravité et contrepoids ou quelque chose du genre.

Bon, admettons que je franchisse le sas. Qu'est-ce qui se passe après ? Il peut se refermer. Et si je ne peux pas l'ouvrir depuis l'intérieur ?"

Paul en était à ces réflexions et tourniquait en faisant les cent pas. Il ne pouvait écarter l'hypothèse de se retrouver enfermé à l'intérieur, pris au piège. Pas question de pourrir lentement là-dedans. Il faut emporter de l'eau, de la nourriture, de la lumière et de quoi en sortir. Voilà, avec ça, il ne prend pas trop de risques.

Et puis quelqu'un finira bien par s'inquiéter de son absence. Qui ? Un ami peut-être. Pourquoi pas un commerçant ? Pourquoi pas la marchande de primeur ? Paul aime bien l'idée que ce soit la marchande de primeur qui s'inquiète pour lui.

Ce ne serait pas idiot de laisser un mot en évidence dans la maison pour expliquer mon absence, et que je prenne mon portable, au cas où. Paul se rassure et commence à croire qu'il ne court aucun risque.

Combien de temps avant que quelqu'un s'inquiète, vienne à son domicile et trouve le mot ? Bof, mettons 10 jours au pire. Ouais, 10 jours.

L'autre alternative consiste à en rester là, à ne pas ouvrir la deuxième porte. Mais existe-t-il un homme capable de vivre dans une maison, avec sous les yeux, une telle tentation qu'il faudrait ignorer ?

"Le matin du 37ème jour, une fumée noire s'éleva dans le ciel. Un corps achevait de se consumer. Les chairs noircies fumaient encore quand les quatre villageois les plus hardis découvrirent le spectacle. Le squelette de la mâchoire offrait un sourire monstrueux, tandis que les cendres voletaient en léchant le mur. Car l'entrée de la grotte était désormais interdite. Un solide mur en pierre en barrait l'accès. Etait-ce là le tombeau des autres ?"

Le matin du 4 novembre, Paul prépare son sac à dos et vérifie son contenu, avec la liste soigneusement élaborée au détriment du sommeil de la nuit. Après avoir rédigé la lettre qu'il laisse sur la table de la cuisine, il se dirige vers le sas. A aucun moment, il n'éprouve le pressentiment qu'il ne reverra peut-être jamais le jour.

18

Comme prévu, il sonde avec grand soin toutes les parois avec un bâton. Tout semble normal.

Il place ensuite trois moellons provenant du mur, bloquant ainsi la première porte. Quelques secondes d'hésitation, puis il tend le bras pour atteindre la seconde porte avec sa main gantée. Il plaque la main contre le métal. C'est alors que la première porte se referme lentement, commençant à cisailler le premier moellon. Paul retire son bras par réflexe. Impossible. Sa main reste soudée au métal. Il s'acharne à retirer cette main et la panique le saisit. La porte continue à se refermer inexorablement. Il s'arque boute et tire de toutes ses forces mais ne réussit qu'à se faire mal à l'épaule. Il se résout à franchir le seuil, avant que le tranchant de la porte ne lui découpe le bras et que la largeur de passage le permet encore. Paul est coincé entre les deux portes et il ne peut que rester immobile dans cet espace exigu. Il écoute le bruit des moellons qui se fendent. La lumière du jour disparait lentement. Il ne maîtrise plus sa respiration et son cœur bat la chamade. Ce sont trente secondes   interminables.

L'obscurité est maintenant totale. Malgré sa lampe frontale allumée, Paul ne perçoit que l'obscurité. Les portes sont fermées. Paul est encore soudé à cette deuxième porte. Cinq secondes s'écoulent comme une éternité avant que Paul ne sente un léger mouvement sous sa main. Le glissement du vantail lui déchire les oreilles, mais ce bruit est comme un cri de délivrance. Trente secondes encore interminables, et l'angoisse s'estompe avec le sentiment de liberté retrouvée : le gant n'est plus solidaire du métal. La claustrophobie disparait avec la sensation d'un espace plus large qui s'ouvre devant lui, révélé par la lumière de sa lampe. Paul n'attend pas l'ouverture complète pour s'empresser de franchir le seuil et de s'en éloigner de quelques mètres.

Il lui faut quelques instants pour retrouver son calme et recouvrer ses esprits. Il tourne sur lui-même pour éclairer totalement cette deuxième grotte, où règnent les ténèbres. Il peut s'y tenir debout, le sol est relativement plat par endroit, pas d'humidité particulière, une température acceptable. Au pire, il pourra attendre ici dans un confort relatif. Il n'essaie pas de réouvrir maintenant le sas de l'intérieur, le retour sera pour plus tard, une fois son "exploration" achevée. L'échec pour ouvrir les portes serait une source d'angoisse qu'il ne veut pas subir maintenant. Il avisera le moment venu. En revanche, il est curieux de savoir s'il peut appeler par téléphone. Il compose le numéro prévu ... à priori, ça sonne à l'autre bout ...

"Oui allô ?"

"Christian ?"

"Ah non, vous faites erreur, il n'y a pas de Christian ici."

"Ah désolé. Excusez-moi de vous avoir dérangé."

"Je vous en prie. Au revoir".

"Au revoir".

Paul ne connait pas de Christian. Il voulait juste s'assurer que le téléphone est opérationnel. C'est chose faite. Et c'est parfait.

A l'angoisse précédente succède désormais une forme d'allégresse. Il s'agit de profiter pleinement de cette "aventure", maintenant qu'il sait que rien d'irrémédiable ne peut arriver, puisqu'il peut alerter les secours.

Paul en sourit presque, soulagé.

"Bon, ben voilà. J'y suis."

Il n'y a rien ici qui puisse lui répondre. Désormais, il n'y a que le silence absolu.

Son exploration se résume alors à une chose très simple : se diriger vers l'obscurité.

Là où la lumière se perd, là sera son chemin.

"4 novembre - 8h52 - départ"

Paul inscrit ces quelques mots sur son carnet. De simples indications, pour constituer des repères dans le temps, là où les jours et les nuits n'existent plus. Et il entame sa marche, sur un rythme tranquille, en s'efforçant de maîtriser chaque geste. Le sac à dos lui pèse déjà.

Moins de cinq minutes après, l'angoisse l'étreint à nouveau. Une nouvelle porte se dresse devant lui, identique à celles du sas d'entrée. Il l'examine de près. Sort le gant, l'enfile et plaque sa main contre la porte métallique. Le même mouvement latéral s'opère. Cette fois, le gant n'est pas soudé au panneau. Le chant du vantail n'est pas tranchant. Le passage est libre, il n'y a pas de deuxième porte. Pas de sas. Paul avance sans se poser de question. Le boyau dans la roche semble se poursuivre de la même façon que le premier tronçon. Toujours en descendant. Toujours plus profond. Paul parcourt dix mètres. Il se retourne. La porte est restée ouverte.

Première pause au bout de deux heures. C'est la cadence qu'il s'est fixé : dix minutes de pause toutes les deux heures, avec de l'eau sucrée et une barre énergétique. Jusqu'à présent, rien d'extraordinaire. La température est toujours sensiblement la même, autour de 10°C à priori. Par contre, l'humidité augmente. Les parois sont de plus en plus glissantes, au fur et à mesure qu'il descend. Il a glissé une fois en marchant. Une chute sans bobo, mais une petite alerte qui l'incite à être toujours prudent. Peu d'endroit où l'on puisse se tenir debout. Le plus souvent, il progresse sur les fesses. Pas de paroi franchement abrupte pour le moment et il n'a pas encore eu recours à sa corde. Autre bonne nouvelle : il n'a pas eu à choisir entre deux directions. Le boyau est jusqu'à présent comme un unique intestin.

Voilà le bilan que Paul dresse dans son esprit. Il ne ressent pas de douleur particulière et reprend la "route". Jusqu'à la fin de la journée, son exploration n'est qu'une lente dégringolade vers les profondeurs, sans heurts ni fantaisie. Distrait par la musique sortant de ses écouteurs, les heures ont défilé au rythme des chansons. Paul a cette caractéristique plutôt masculine : il ne sait pas faire deux choses en même temps. Ecouter de la musique l'empêche de penser. Les heures de marche se sont accumulées, jusqu'à ce que le corps, les jambes et les pieds demandent à s'arrêter. La recherche d'un endroit propice pour s'allonger est alors interminable. Tout n'est que bosses, excroissances, failles ou saillies, et Paul finit par se résigner et accepter un couchage de fortune. Après le réconfort timide d'un maigre repas, Paul éteint sa lampe en croyant pouvoir s'endormir.

Ce n'est pas la complète obscurité qui l'effraie, en revanche, le silence ... Il ne s'agit pas de la tranquillité d'un endroit calme, c'est un silence de mort, une tombe. Pas le moindre frémissement de vie aussi fragile soit elle. Même l'air, ici, semble inutile et emprisonné. Paul est lové dans son sac de couchage, incapable de lutter contre ce vide qui s'insinue dans son esprit. Son cerveau ne perçoit rien alentour et invente un début de rêve.

Quelle est cette gueule minérale, monstrueuse qui l'englou-tit ? Cette humidité en serait-elle la salive qui va le digérer ? N'a-t-elle pas déjà commencé à le goûter ? L'œsophage va se refermer doucement sur lui, ou bien attendre simplement qu'il pourrisse lentement, après qu'il ait perdu la raison. D'abord, l'eau quittera son corps, coulant vers le fond de cette gorge. Puis sa peau et ses viscères se dilueront. Enfin, son squelette rejoindra le reste, après quelques années qui, ici, ne comptent pas. Paul ne sera plus qu'une petite goutte noire, qui ira se perdre dans la nappe souterraine. Une gouttelette de pétrole rejoignant ses frères, ses millions d'ancêtres. Le destin de l'humanité où il ne reste que la mélodie des âmes. Puis il rejaillira au hasard d'un puits, aspiré, pompé, brûlé, distillé, transformé. Pour un sac en plastique peut-être, avec deux tomates dedans. Le rêve emporte tout, Paul s'est endormi.

2ème jour

Deux jours d'obscurité, deux jours de ce même décor : des reflets luisants sur la roche. Deux jours de descente dans l'humidité et l'inconfort. Paul n'a aucune idée de la distance parcourue, ni même de la profondeur atteinte. Son enthousiasme initial et sa curiosité sont maintenant oubliés. Et l'espoir de découvrir quelque chose comme un trésor perdu, cet espoir n'est plus qu'une sinistre plaisanterie.

Il écrit sur son carnet :

"Marre du noir. Marre d'avoir le cul trempé en perma-nence. J'ai l'impression d'être au fond d'un trou, comme un ver dans une pomme pourrie. L'impression que la terre va se refermer sur moi et me digérer lentement.

L'obscurité totale et le silence absolu, je sens que je ne vais pas supporter tout ça très longtemps. D'habitude, le silence m'a-paise, me repose. Mais là, c'est l'angoisse. Demain, je remonte."

Tant que ses pas résonnent et tant que sa lampe éclaire, Paul assure sa propre sauvegarde. Il crée la vie, là où rien ne survit. Mais quand vient le temps du repos, quand la lumière disparaît et que le silence recouvre tout, alors tout devient minéral. Pas un seul son, pas une seule couleur. C'est la perfection, c'est l'éternité où l'homme n'a pas sa place.

La sensation de malaise du premier soir était naturelle, instinctive. A présent, à mesure qu'il s'enfonce, succède désormais le sentiment d'abandon. Paul sait qu'il est loin de tout, loin des hommes et du ciel.

Recroquevillé dans son sac comme dans un cocon, il se laisse emporter par cette vague, comme une barque à la dérive. Cette fois, ce n'est pas l'inconscience des rêves, mais la conscience de l'éloignement et de l'isolement. C'est une étape au-delà de la solitude, une sensation inédite pour lui. La solitude est le fait d'être seul, pas nécessairement physiquement mais par l'esprit essentiellement. Cela peut être un tourment, une souffrance, ou bien un accomplissement, une plénitude, selon le degré d'acceptation de chacun. Paul ne dénie pas sa solitude et serait plutôt enclin à l'accepter volontiers mais à cet instant, il mesure l'abîme qui sépare la solitude de l'isolement. Sous terre, coupé du monde et loin des hommes, l'isolement est évident, absolu, palpable. Paul pense alors aux sans abri, cachés sous des cartons et mordus par le froid, aux vieillards perdus dans les lits étrangers des hospices, à tous ceux qui n'ont plus qu'eux-mêmes. Il espère alors le sommeil qui va l'emporter, il attend la douceur de Morphée, le seul refuge de cette humanité vouée à l'abandon.

3ème jour

La nuit n'a pas été réconfortante : plusieurs réveils successifs d'un repos en pointillé. Dès l'aube, obscure et fantomatique, Paul ressent le froid. Il a mal au dos, il se sent rouillé par l'humidité et il a le moral dans les chaussettes. Le seul réconfort se trouve dans un peu d'eau sucrée avec une barre énergétique. Faut-il continuer encore un peu ou remonter maintenant ? Finalement, il prend cette décision : il poursuit la descente jusqu'à douze heures.

Moins de trois heures plus tard, Paul s'arrête net, figé. Il croit percevoir un bruit et tend l'oreille. Oui, il y a un bruit de fond. Un petit gargouillement d'eau. Il avance encore. Les parois s'élargissent, pour ne renvoyer qu'un lointain reflet de lumière. L'écho d'une petite chute d'eau est net maintenant. Pas de doute possible. Le sol s'arrête brusquement devant lui, avec dix mètres de dénivelé à vue de nez. La corde n'aura donc pas été un fardeau inutile. Il descend laborieusement et a l'impression de peser une tonne. Arrivé en bas sans encombre mais les doigts tétanisés, il marque une pause et scrute autour de lui. La grotte semble immense.

"Ohé !"

L'écho est lointain et multiple.

Paul sort la bombe de peinture fluorescente et dessine une flèche sur la paroi, en prévision du retour. Il arrive rapidement au bord d'une rivière. L'eau défile lentement entre les berges étroites et il distingue nettement de minuscules points blancs, semblant nager entre deux eaux. Il y a donc une vie ici. Paul ne s'écartera pas de la rivière jusqu'au soir. Les petites bestioles qui dansent dans l'eau glaciale sont maintenant des centaines. Des mousses apparaissent sur les rives. La température est presque agréable maintenant, environ 15°C.

Au soir de ce troisième jour, Paul a retrouvé sa sérénité avec des fesses enfin sèches, il est confiant. Il lui reste sept jours de survie potentielle, et même davantage avec l'eau douce de cette rivière. Il éteint sa lumière pour retrouver l'obscurité, en compagnie de Cornélius - compositeur japonais. Mais l'obscurité n'est pas totale. Des petits points lumineux bordent le cours d'eau. Paul se rapproche et examine de près ces têtes d'épingle. Ces étoiles microscopiques semblent être comme des fleurs parmi la mousse. Des pistils phosphorescents. Paul est fasciné par cette lumière minuscule venue du néant. Comment est-ce possible ?

4ème et 5ème jours

Pendant ces deux jours, Paul ne quitte plus la rivière. Il se laisse guider comme si elle le prenait par la main. Pendant les pauses, il s'accroupit sur la berge et l'observe. La vie aquatique est de plus en plus variée. Des poissons, certes minuscules et forts minces, nagent mollement. Les mousses sont charnues et forment un tapis qui s'étend davantage. Certaines plantes s'échappent de ce tapis, présentant quelques feuilles épaisses au bout d'une solide tige, qui ateignent presque ses genoux pour les plus hautes. Au plafond, quelques lianes dégoulinent au-dessus de sa tête, comme des serpents immobiles. Les "fleurs" phosphorescentes sont maintenant omni-présentes. Elles ne permettent pas d'éclairer la grotte bien sûr mais Paul pourrait marcher le long de cette piste, sans avoir recours à sa lampe, qu'il garde allumée malgré tout. Il a changé les piles au terme des quatre jours d'autonomie et peut être devrait-il songer à les économiser.

Un peu fatigué par ces heures de marche, il décide de camper là pour la nuit. Et c'est le moment de réaliser la petite idée qui lui trotte derrière la tête : un feu de camp. Il se met donc à cueillir des tiges de toutes tailles. Il se fait peu d'illusion sur le résultat, avec du bois vert et l'humidité ambiante... Paul soigne l'agencement du bois, au-dessus d'une feuille de papier arrachée à son carnet. Il sort son briquet. Des flammes vives d'abord pour le papier. Puis des flammèches dansantes pour les brindilles. Les tiges plus épaisses noircissent. Et c'est dans une fumée abondante que le feu de camp s'achève. Paul est ravi. Avec des tiges plus sèches cueillies la veille, il est persuadé que le feu aurait pris. Mais pourquoi donc faire un feu ? Pour se rassurer peut-être et simplement parce que l'eau, la végétation, les poissons et la vie sont là.

Paul se sent bien et s'offre un petit quart d'heure de musique. Il chante en toute liberté, offrant le spectacle d'un concert surréaliste, devant un public végétal et fantomatique. Lorsque la dernière note disparait dans cette forêt d'oreilles immobiles et improbables, Paul sait qu'il vient d'être heureux, un bonheur simple et inexplicable. Étrangement heureux au fond d'un trou, loin de tout.

Pourquoi faut-il que la vie là-haut soit si compliquée ? Il lui suffirait d'un amour, simple, unique et féminin. Ce ne devait pas être Alice, alors qui ? Où est-elle, cette fille qui lui paraît de plus en plus inaccessible et improbable, au fur et à mesure des années et des jours qui passent. Où est-elle ?

Paul s'enferme dans cette idée, prisonnier de cette obsession. Il émerge de la foule, des millions de personnes se tiennent debout, à perte de vue. Il est sur un promontoire, de sorte qu'il domine cette masse compacte, qui se déplace lentement, qui tourne en rond. Il est au centre de la spirale, au centre du monde. Elle est là, quelque part, elle le voit, elle veut le rejoindre, elle se débat mais elle ne parvient pas à faire un geste, coincée par la foule qui l'emporte malgré elle. Paul scrute cette nuée, guettant un signe. Il ne la voit pas. Il ne distingue rien et bientôt, des rides apparaissent sur son visage, ses cheveux blanchissent, sa vue se trouble. De l'eau coule en abondance de ses yeux, encore et encore. La foule tourbillonne autour de lui, compacte, indifférente et irrésistible. Paul est parfaitement immobile désormais, paralysé, et devient statue. Il aperçoit un visage, un regard qui croise enfin son regard à lui. Elle est seule à le voir. Mais Paul subit toujours sa lente mutation, il dégouline comme un personnage de cire, il fond, devient transparent, il se sent disparaître.

6ème jour

Paul continue sa progression dans ce décor enchanteur. Il a goûté à cette mousse au parfum de noix verte. Les tiges qu'il appelle "plumeaux" ont une saveur nettement sucrée. Quant aux poissons... impossible de les attraper. Il marche ainsi, encore et encore. Un halo de lumière qui s'avance dans la nuit, avec l'écho de ses pas pour seule compagnie.

Et puis la rivière prend une drôle de tournure. Elle s'arrête, et Paul s'arrête avec elle. Ou plutôt, elle plonge dans les entrailles. Paul est tout de suite saisi par l'angoisse, son guide disparait sous ses pieds et s'évade sans lui.

Paul inspecte les alentours, son œil cyclope balaie la roche quand un reflet apparait différent. Paul s'approche et découvre devant lui un panneau lisse inscrit dans la roche, qui reflète la lueur de sa lampe ... encore une porte !

"Mais ce n'est pas possible ! Je rêve ! Mais QUI a fait cela ?"

Le gant contre le métal et Paul attend que le vantail coulisse, comme les précédents. Mais rien ne se passe.

"Cul-de-sac. Terminé l'aventure. Retour au bercail", tels sont les mots qui lui viennent à l'esprit. Il faut très peu de temps pour que naisse le pessimisme.

En réalité, quelques dizaines de secondes seulement se sont écoulées avant que le vantail coulisse. Mais cette fois, deux choses sont différentes. La lumière d'abord. Paul perçoit immédiatement une clarté inhabituelle, dès la première fente d'ouverture. L'épaisseur du vantail ensuite. Au moins cinquante centimètres de métal ! Paul ne réfléchit même pas et franchit cet ultime seuil.

Le spectacle est saisissant. Paul est sur un promontoire, comme sur la proue d'un navire à l'assaut d'un océan immobile. Une véritable forêt lumineuse s'étend devant lui, avec des colonnes de végétation qui rejoignent un plafond immense. Une foule de stalagmites et de stalactites, couvertes de mousses florales et d'arbustes, s'étale à perte de vue. Il entend la porte se refermer derrière lui, sans y prêter davantage attention, fasciné par le paysage. Est-il encore sur Terre ?

Paul n'a guère le choix pour continuer sa route. Il lui faut dégringoler cette cascade de végétation. La corde sera-t-elle assez longue ? Il entame prudemment la descente de la paroi verticale.

Ses pieds glissent sur la mousse, les arbustes le griffent et certaines branches s'accrochent. Il continue à la force des bras, les mains crispées autour de la corde. Rapidement, ses muscles se tétanisent. Dans un geste malheureux pour dégager une branche coincée par le sac à dos, il perd l'équilibre et glisse. Sa main gauche cède sous le poids et la corde s'échappe sous ses doigts. Après la chute, Paul est allongé parmi les fleurs, comme une poupée sur un tapis. Il a perdu connaissance après avoir heurté une maudite branche en plein vol.

Ils sont assis autour de la table et ils attendent sans un mot. Ils sont six et ils attendent le septième, le chef de la Sûreté. Celui qui les a convoqués. La pièce est ovale, nue et minérale, et chacun patiente sans bouger, sans même un regard. Ils ont tous en tête les quelques mots affichés par le message reçu un peu plus tôt : "réunion impérative - motif intrusion".

Nul n'en sait davantage.

Quand l'homme pénètre enfin dans la salle, la porte se referme doucement derrière lui. Il s'assoit calmement sur le dernier siège laissé vacant. Rien ne doit sortir de ces murs.

Le chef de la Sûreté se penche maintenant légèrement en avant, les mains jointes posées sur la table signifiant le nœud du problème. Il regarde un à un ses confrères et lâche enfin :

"Une intrusion a eu lieu. Une équipe d'intervention est déjà intervenue."

Il marque une pause et soupire :

"Il s'agit d'un Etranger. Un homme de la surface."

A ces mots, les réactions sont difficilement maîtrisées. Imperceptibles pour un non initié mais évidentes pour chacun d'eux. Eux pourtant rompus aux difficultés, à l'impératif des décisions, à l'habitude des arbitrages, à la gestion des imprévus, bref, à l'exercice du Pouvoir. Un Etranger ici. Comment faire face ? Comment contrôler cela ?

C'est Efus qui rompt enfin le silence :

"Je pense que le défi consiste à fiabiliser les intervenants."

Chacun acquiesce sur cette évidence et Colfan, le chef de la Sûreté, concerné par cette priorité, se doit de prendre la parole :

"L'équipe est en code 0 et je n'affecterai pas un homme de plus sur cette mission naturellement. Je prends moi-même en charge cette équipe."

Les cinq hommes de l'équipe sont donc actuellement au courant de l'évènement et cela fait treize avec les huit membres de l'Ordre. Treize personnes savent qu'un étranger a fait irruption sur leur territoire. Le code 0, c'est la quarantaine, l'isolement complet, la vie en vase clos pour toute l'équipe. Aucun contact avec l'extérieur.

Efus reprend :

"Cela me convient en ce qui me concerne. Cela nous laisse quelques jours de réflexion. Quelqu'un parmi vous a-t-il une objection à formuler ?"

Quelques secondes s'écoulent.

"Très bien. Considérons que le code 0 est adopté et mis en place dès maintenant."

Une femme prend alors la parole :

"Colfan, un rapport précis doit être établi dès que possible."

"J'ai déjà le compte-rendu d'intervention. Il s'agit d'un homme, sexe masculin, adulte. Aucune trace d'un autre individu. Une autre inspection plus approfondie sera toutefois réalisée pour s'assurer de ce point. Nous avons besoin d'une certitude à cet égard. L'individu a été trouvé évanoui. Perte de connaissance suite à une chute selon notre analyse. Légères blessures. L'équipe sera bientôt de retour."

Le plus âgé d'entre eux renchérit :

"Code 0 jusqu'à nouvel ordre. Surveillance permanente du sujet et de l'équipe d'intervention. Compte-rendu biologique à réaliser impérativement. Nous nous retrouvons ici même dans six heures. La séance est levée."

Six heures très exactement après leur première réunion, les mêmes personnes se retrouvent autour de la même table, chacun ayant retrouvé son siège. Et Colfan prend tout de suite l'initiative :

"L'homme est désormais en sûreté, dans une cellule de la Tour."

Efus corrige : "Vous parlez d'une chambre, je présume."

"Une chambre, si vous préférez ce terme Efus. Les analyses biologiques n'ont rien révélé d'anormal. Il n'y a pas de risque sanitaire avéré. Le sujet est maintenant sous sédatif et sous surveillance vidéo. La situation est donc sous contrôle, comme je m'y étais engagé."

L'homme le plus âgé conclut :

"Bien. Cela nous laisse un peu de temps pour la réflexion. Nous vous remercions Colfan. Votre efficacité semble décidément sans faille."

"Je n'ai pas terminé : nous devons analyser la fonction de chaque matériel qu'il transportait avec lui. Mes hommes en font l'inventaire et votre concours sera nécessaire Efus. Nous devons avoir la certitude des réponses aux questions suivantes : cet homme était-il accompagné ? Etait-ce un éclaireur ? Comment est-il parvenu à ouvrir la porte ?"

Une femme prend alors le relais :

"Vous avez raison Colfan. Nous devons nous assurer s'il s'agit d'une intrusion fortuite et accidentelle. Cette enquête doit être menée dans l'objectif de nous apporter une certitude absolue sur ce point. Reste le problème de cet homme. Qu'allons-nous faire de lui ? Je vous propose de poser le problème de la façon suivante : un homme du monde extérieur est parmi nous. Deux options sont envisageables : l'exil, avec ou sans période d'observation et dans des conditions strictes d'isolement. Ou bien l'intégration dans des conditions qui resteraient à définir."

L'idée de reconduire Paul par où il est venu est inconcevable.

Une deuxième femme s'interroge :

"Et c'est tout ? Il n'y a que deux options ? L'exil ou l'intégration ?"

Efus profite de l'occasion pour soumettre sa réponse :

"Ce sont les deux alternatives principales en effet. Mais je pense qu'il est prématuré d'y répondre aujourd'hui. Dans les deux cas, il y aura nécessairement une période d'observation. Mon équipe pourra remédier facilement au problème technique de communication, avec une prothèse auditive couplée à un traducteur. En revanche, j'ignore le degré de coopération de cet homme. Je pense, et je suis même certain, que nous devons le placer dans un environnement favorable. Il est essentiel de l'accueillir comme un invité et non comme un prisonnier. Aussi, permettez-moi de vous soumettre ma proposition."

Efus marque une pause. Le silence qui suit l'autorise à exposer son projet.

Le sol, les quatre murs et même le plafond sont en pierre et il n'y a aucune fenêtre. Les dimensions de la pièce sont celles d'une chambre ordinaire, avec un lit d'appoint placé dans un angle et un bureau massif et minéral, en forme de demi-cercle et plaqué contre un mur. Deux écrans sont posés là et face à ces écrans, il y a un homme. Il regarde l'écran à sa droite, ses pupilles suivent les images animées ; tandis qu'il semble ignorer l'écran de gauche qui n'affiche qu'une image fixe, un homme allongé sur un lit. Cet homme est vêtu d'une tunique blanche immaculée, les bras sagement repliés sur le ventre. La tête est bien droite et fait penser à un pharaon endormi, là, au cœur d'une pyramide éternelle. Cela fait presque deux jours qu'il dort ainsi.

Mais ce sommeil artificiel doit s'achever très bientôt. Le surveillant sait cela et va se concentrer bientôt sur cet homme allongé, juste après la résolution de l'énigme proposée par le jeu télévisé. Il ne faut pas rater le réveil de l'individu, il faut guetter le premier geste. C'est important, c'est la consigne. Quand il sera sûr que l'homme a repris conscience, il enverra le message sur l'écran de la chambre. Mais pas avant, pas trop tôt, Efus a insisté sur ce point. Et bien sûr, il alertera immédiatement Efus. Alors sa mission sera terminée, et Okan aura la satisfaction d'avoir fait son boulot.

Paul reprend conscience et ouvre les yeux. Il se trouve dans une pièce, une chambre où il est allongé sur un matelas confortable. Le sol, les murs et le plafond sont d'une seule matière, mate et polychrome. Un bleu profond, qui prend un ton rouge au plafond et légèrement vert au sol. Ces nuances sont dues à l'éclairage particulier, qui illumine certains endroits et laisse par ailleurs des zones d'ombre. L'ambiance est sereine, rassurante. La pièce est hexagonale, un écran noir sur le mur en face de lui. A droite, une alcôve avec quelque chose qui pourrait être un siège face à une tablette. A gauche, Paul croit deviner la porte qui se confond presque avec les murs. Et puis il y a cette musique, qui lui semble si familière. Un morceau de musique classique au piano.

Paul prend alors conscience de ses nouveaux vêtements. Une simple tunique blanche et les pieds nus. Il porte machina-lement une main vers sa tête douloureuse. Brusquement l'écran face à lui s'allume et le fait tressaillir.

"Bonjour Monsieur, vous êtes le bienvenu.

Vos blessures sont sans gravité - soyez rassuré.

L'un de nous va s'occuper de vous. Il s'appelle Efus.

Pour communiquer entre nous, il faut vous équiper d'un appareil auditif.

Efus va entrer pour vous poser cet appareil.

Merci de votre attention".

Le message est écrit en français et persiste sur l'écran. Il se veut rassurant. Paul se souvient alors du promontoire, du décor extraordinaire et de sa chute dans la végétation. Il sait qu'il a perdu connaissance et il se retrouve là, dans ce lieu inconnu, une chambre étrange, douce et inquiétante. Où est-il ? Paul est saisi par l'angoisse, une peur soudaine et incontrôlable. Il a le regard fixé sur la porte. La musique est désormais pesante. Il attend, il écoute. Les secondes sont interminables. Son cerveau se bloque sur ces phrases "Où suis-je ? Ce n'est pas possible. Où suis-je ? Je dois rêver. Ce n'est pas possible."

Paul regarde autour de lui et peine à croire à ce qu'il voit. Les mêmes questions pendant de très longues minutes et l'anxiété d'aucune réponse. Jusqu'à ce que la porte coulisse doucement. Un homme apparaît et Paul est paralysé, incapable de bouger. Il capte aussitôt le regard de l'étranger qui s'approche. Des yeux sombres fixés sur lui. Paul ne parvient pas à en déchiffrer l'expression. L'homme dépose sur la tablette murale une plaque qui ressemble à un écran puis s'avance vers le lit, sans brusquerie. Ces gestes sont presque nonchalants. Il plonge sa main dans une poche et montre à Paul une pastille souple. Il la place près de son oreille puis adresse un léger sourire.

Paul ne répond rien et se contente d'un léger mouvement de recul, il ne comprend pas qu'il s'agit de la prothèse auditive.

L'homme se penche sur Paul et lui introduit le dispositif dans l'oreille gauche.

"Vous m'entendez maintenant ?"

Paul a un instant de stupeur et ne répond toujours pas. Il se contente d'un léger signe de tête.

L'homme rejoint le siège de l'alcôve, s'assoit et se tourne vers Paul. Il porte lui aussi une tunique blanche, recouvrant un pantalon, et des chaussons de toile.

"Vous êtes resté sans connaissance pendant plus de deux jours. Vous sentirez probablement une douleur à la jambe droite et derrière la tête, lorsque l'effet des médicaments s'estompera. Il s'agit là de blessures superficielles dues aux chocs. C'est sans gravité, je vous assure."

Paul reste muet, il a encore l'esprit embrumé, encore tétanisé et a du mal à se concentrer sur ces paroles. Il regarde l'homme face à lui. Une stature moyenne, âge mûr, un visage austère, des gestes souples. Un homme que l'on ne tutoie pas au premier abord. Et puis il y a cette couleur de peau, très claire et bleutée, et très lisse. Pas de poil visible, ni de cheveux bien sûr.

"Où suis-je ?"

"En lieu sûr, rassurez-vous."

"Qu'est-ce que ... Qui êtes-vous ? Vous êtes médecin ?"

"Non, je ne suis pas médecin. Je suis là pour vous accompagner. Vous pouvez m'appeler Efus. Et vous, comment dois-je vous appeler ?"

"Paul".

"Enchanté Paul".

Paul ne sait que dire, incapable de réfléchir, comme si son cerveau était au ralenti.

"Vous allez devoir rester dans cette chambre quelques jours je pense ... le temps que vous soyez parfaitement rétabli".

Paul ferme les yeux. Il est encore sous l'emprise des sédatifs et ses paupières sont vraiment lourdes.

"Reposez-vous. Nous avons tout le temps pour nous connaître".

Efus se lève, marque un temps d'attente, puis, voyant Paul sans réaction, sort de la chambre.

12 novembre

Après avoir été alertés par téléphone par une certaine Sandrine, se présentant comme la sœur de Paul Borovic, les gendarmes arrivent au domicile de Paul pour une simple vérification de routine. Voilà bientôt une semaine que son téléphone sonne dans le vide et Paul n'a pas rappelé sa sœur malgré plusieurs messages laissés sur son portable. Sandrine a cru bon alerter la gendarmerie de Bardenat, leur demandant s'il est possible qu'ils aillent vérifier sur place à son domicile.

La voiture de Paul est garée devant la maison. Les deux hommes jettent un coup d'œil à l'intérieur et font le tour du propriétaire. L'endroit est évidemment désert et il n'y a aucune trace d'effraction. La porte n'étant pas verrouillée, ils entrent tous les deux dans la cuisine et voient tout de suite la lettre laissée en évidence sur la table.

"Bonjour,

Qui que vous soyez, merci d'attendre le 14 novembre pour alerter les secours.

Je suis parti en excursion et j'espère être revenu d'ici là.

Si nous sommes déjà le 14 novembre (ou plus), dirigez-vous au fond de la grotte située derrière le mur (pièce d'à côté).

J'ai réussi à ouvrir la porte métallique pour entrer, peut-être ne suis-je pas arrivé à l'ouvrir pour sortir. Normalement, je me trouve derrière cette porte.

Appelez ce numéro : 06......

Si je ne réponds pas, merci de tout défoncer pour me retrouver (je n'ai peut-être plus d'eau ni de nourriture).

Paul Borovic - le 4 novembre."

Perplexes, les deux gendarmes rejoignent le fond de la grotte et naturellement, ne parviennent pas à ouvrir la porte métallique. Ils reviennent alors dans la cuisine, dans la chambre, la salle de bain. Il y a encore des vêtements dans la penderie, il reste des affaires de toilette, l'eau et l'électricité ne sont pas coupés. Et puis surtout, le frigo n'est pas vide. L'un des gendarmes prend un yaourt et l'ouvre. Il prend une petite cuillère et commence à manger.

"Tu manges un yaourt ? Tu piques dans le frigo des gens ?"

"Il est périmé depuis deux jours. T'en veux un ? Ils vont être perdus si personne ne les mange."

L'autre s'approche et regarde dans le frigo :

"Vanille, c'est ça ?"

L'autre acquiesce, la bouche pleine. Et les voilà tous les deux en train de manger leurs yaourts dans la cuisine, en regardant autour d'eux. Heureusement qu'ils n'ont pas ouvert le congélateur : Paul a planqué ses papiers et sa carte de crédit dans un pot de glace au caramel.

Après avoir exposé les faits à leur supérieur, il est convenu de demander le concours d'une entreprise, pour ouvrir cette fichue porte métallique.

Le lendemain, en fin de journée, le passage est ouvert. Les portes du sas ont opposé une résistance inattendue. La deuxième grotte est vide, sans le moindre indice de la présence, ni du passage de Paul sur ce sol minéral.

L'endroit est un cul-de-sac. L'entrée du tunnel où Paul s'est engagé est désormais barrée par un panneau rocheux : impossible qu'il ait pu emprunter ce passage.

Le rapport de gendarmerie conclura à une disparition "volontaire" de Paul Borovic, pour des motifs non connus. La lettre laissée au domicile n'étant qu'un artifice pour faire croire à une disparition involontaire, voire un accident. A défaut de faits nouveaux ou de nouveaux indices, le dossier Paul Borovic est clos et rejoint donc le fond d'un classeur, au fond d'un tiroir.

Paul est réveillé et se sent plus lucide cette fois. Il s'assoit sur le bord du lit, se prenant la tête entre les mains. Il n'arrive pas à croire à tout cela, à cette chambre, à cet homme. A cet univers. La seule chose qu'il n'ignore pas, c'est qu'il est encore sous terre. Ce fait est pour lui bien plus qu'une conviction, c'est une évidence.

Il se lève et fait le tour de la pièce. Il regarde.

Il y a une petite pièce annexe, derrière le mur côté tête de lit. Les commodités. Paul observe bêtement les sanitaires, quand il entend s'ouvrir la porte de la chambre.

Efus rentre alors dans la pièce avec la même discrétion, la même assurance.

"Bonjour Paul."

Puis il va rejoindre le siège de la même façon que la première fois. Paul va s'assoir sur le lit et regarde Efus et il attend.

"Ecoutez Paul... je pense nécessaire de vous exposer la situation. Êtes-vous disposé à m'entendre ?"

La question est superflue bien sûr. Paul n'attend que cela : comprendre ce qui lui arrive, savoir où il se trouve, savoir qui ils sont.

Et Paul ne répond même pas à la question.

"Eh bien... vous n'avez pas choisi d'être là. Nous en sommes conscients. Mais, comprenez aussi que votre présence s'impose à nous. Je vous le répète : votre présence s'impose à nous."

La phrase est suivie d'un silence, pour marquer son importance.

"Vous êtes dans un Monde que vous ignorez, que votre Monde ignore, un pays souterrain. Nous vivons ici en autarcie depuis des millénaires et nous avons trouvé un équilibre, un épanouissement et une paix sociale qui nous sont chers. Vous apprendrez qu'ici, la vie est précieuse et sacrée. Cette valeur fondamentale nous a conduits à prendre naturellement soin de vous. Mais nous vous avons recueilli malgré nous."

Efus parle lentement, calmement. Paul se concentre sur la voix un peu métallique du traducteur artificiel. Il faudra qu'il s'habitue à cette stéréo permanente : la voix des hommes qui parlent un langage mystérieux et les mots synthétiques chuchotés à son oreille. De cette introduction, Paul ne retient que deux choses : le Monde souterrain et sa présence indésirable. Interprétation. Efus a parlé de présence imposée et Paul comprend qu'il est un intrus déjà gênant.

"Vous devrez être patient et coopératif, nous vous demanderons de respecter les règles que nous vous indiquerons. Je suis persuadé que vous comprenez qu'il s'agit là de votre intérêt."

Efus semble attendre une réponse. Paul est pris au dépourvu, ne comprenant le discours qu'à moitié. Il regarde Efus, il entend cette voix un peu synthétique dans son oreille.

"Un monde souterrain ?"

"Oui, c'est difficile à croire pour vous mais je vous rassure, nous sommes des hommes comme vous. Vous le voyez bien."

Paul a devant lui un homme imberbe à la peau bleutée. Non, ce ne sont pas des hommes comme lui.

"Et je suis condamné à rester ici ? Vous allez me garder prisonnier ?"

Efus réfléchit à la réponse et esquisse un léger sourire.

"Vous n'êtes ni condamné ni prisonnier. Votre présence est toutefois inattendue et tout à fait inédite pour nous. Nous allons vous offrir tout le confort possible mais vous comprendrez que la confidentialité est une nécessité. Laissez-nous le temps de réfléchir à la situation et je vous le répète : soyez patient, coopératif et respectez les règles que nous vous indiquerons. Il s'agit de votre intérêt."

"Mon intérêt ? Et si je ne respecte pas les règles, même de façon involontaire ?"

"Nous ne pouvons pas prendre un tel risque. Ne vous inquiétez pas, nous veillerons sur vous. Et si cela peut vous rassurer complètement sachez que l'ultime recours serait de vous exiler ..."

L'exil ne semble pas une menace si terrible pour Paul. Doucement, il commence à retrouver son assurance.

"Pourquoi m'avoir sauvé et amené jusque-là, si je suis tellement gênant pour vous ?"

"Je vous l'ai dit : ici, la vie est sacrée. C'est par devoir moral que nous vous avons recueilli. Et aussi, je l'avoue, par curiosité scientifique."

Ce petit exposé laisse Paul dans la perplexité. Certes, il y a de la bienveillance à son égard, mais il ressent également une menace latente. Il est convaincu que la vérité n'a pas été dite.

"Je pense vous avoir compris. Je tâcherai de m'appliquer."

"Très bien. Croyez-moi, c'est là votre salut."

Efus semblait vraiment sincère et déterminé à apprivoiser Paul.

"Monsieur... Efus... cette chambre sans fenêtre... dites-moi que je ne vais pas rester ici très longtemps encore."

"Rassurez-vous. C'est l'affaire de quelques jours, pas plus. Vous aurez alors un environnement plus agréable, croyez-moi. Nous verrons bien comment les choses se passent. L'évolution se fera au jour le jour. Il s'agit pour vous d'une naissance dans notre monde. Ne soyez pas inquiet, tout se passera bien. Il faut que je vous quitte maintenant. Un repas va vous être servi. Je passerai vous voir sous peu. A plus tard."

Efus se lève et adresse un léger sourire à Paul.

Une seconde naissance dans ce monde. Cette perspective est à la fois fascinante et terrifiante. Fascinante comme peut l'être une terre promise. Terrifiante comme peuvent l'être les adieux, l'adieu à sa vie passée. Que va-t-il devenir ici ? Sa maison et son projet de chambre d'hôte lui paraissent tellement loin, tellement dérisoires. Quelle vie s'offre à lui désormais ? Reverra-t-il un jour le soleil ? Reverra-t-il un jour sa sœur ? Reverra-t-il un coiffeur, la marchande de légumes, des légumes, des poules, des oiseaux, des nuages ? Reverra-t-il un jour le soleil et tous ceux qui lui sont chers ?

Paul regarde autour de lui, cette chambre aveugle avec cet éclairage étrange. Puis il se voit lui-même dans cette tunique blanche et fronce alors les sourcils. Ses mains ! Ses mains ont changé ! Il relève une manche et constate la même transformation sur son avant-bras. Alors il se lève d'un bond et ôte sa tunique. Ses jambes et tout son corps sont désormais comme ses mains : il n'y a plus un seul poil ! Seuls, sa tête et son pubis ont été épargnés.

Paul réalise que son corps a été à leur merci pendant plusieurs jours. Que lui ont-ils fait ? Pourquoi l'avoir rasé de la sorte ? Les questions arrivent en vrac, sans attendre de réponse et Chopin s'interpose. Son piano revient en sourdine au moment où un panneau mural coulisse. Un plateau repas est en évidence. Paul se lève, s'en saisit et s'attable dans l'alcôve.

Il imaginait quelque chose du genre purée, bouillie, gélules, maison de retraite. Non, il découvre avec satisfaction une aumônière de... légumes ?, avec de fines tranches de... viande ?, plusieurs coupelles de condiments, un ramequin de sauce et des pâtisseries à base de... miel ?, un bol d'eau. Le tout est disposé tout simplement sur une plaque en granit noir. Il se penche pour sentir les vapeurs parfumées et un sourire lui éclaire le visage. Ce repas est totalement nouveau et pourtant si familier. Paul dispose d'une spatule métallique et d'un autre ustensile dont il ne sait que faire, une équerre avec un manche. Il commence par goûter chaque légume, chaque condiment, la viande et la sauce. Certaines choses ressemblent à ce qu'il connait mais les subtilités de saveur et de consistance sont totalement nouvelles. Paul achève son repas, en utilisant l'équerre pour finir les miettes.

Chaque composant de ce déjeuner est porteur de promesses. Il y a donc une agriculture et de l'élevage, des fourneaux et des cuisiniers. Ces hommes succombent également au plaisir du ventre. Paul se rassure un peu avec ce repas. Mais où a-t-il atterri ? Dans un monde souterrain ou bien dans un monde de rêves ? Est-ce réel ou imaginaire ? Est-il devenu fou ? Est-il plongé dans le monde virtuel d'un coma profond ? Est-il vivant ou mort ? Le moment est venu pour une sieste digestive.

A la fin de cette première "journée", Efus réapparait. Il est assis dans l'alcôve et Paul est sur le lit.

"Pourquoi m'avez-vous rasé ? Qu'est-ce que vous m'avez fait ?"

Ce sont les questions d'un malade à un médecin, sans agressivité et avec une pointe d'inquiétude.

"Vous avez mille questions et j'en ai tout autant. Soyez patient. Je viens vous annoncer une bonne nouvelle : nous préparons votre lieu d'accueil et quand vous y serez, d'ici quelques jours, nous aurons toute liberté pour échanger et nous connaître. Nous avons conscience du traumatisme et de l'épreuve que vous subissez. Je vous demande une nouvelle fois de me faire confiance."

Les deux hommes s'observent.

"De toute façon, je n'ai pas le choix."

"En effet. Vous n'avez pas le choix."

Paul ne cesse de regarder l'homme assis en face de lui. Cette réalité le dépasse complètement.

Quelques jours passent ainsi, dans une chambre sans fenêtre.

Paul se lave beaucoup. Il se sent sale.

Paul dort beaucoup. Mieux vaut ne penser à rien.

Paul attend que quelque chose se passe. La patience est une vertu et l'attente est une épreuve.

Rapport de Colfan fait aux membres de l'Ordre.

Tous les matériels évoqués ont été identifiés, ainsi que leur fonction - la liste est établie en annexe.

Après analyse, nos conclusions sont les suivantes :

- l'homme est français.

- aucun indice n'a révélé une appartenance à la classe guerrière.

- aucune arme n'a été trouvée.

- un écrit sur papier a été considéré comme une note personnelle - la traduction se trouve en annexe.

- un moyen de communication a été identifié. Nos investigations ont révélé un dernier appel datant du 04 novembre selon leur calendrier, soit un délai de 12 jours selon leur unité de temps. Aucune communication n'a été décelée depuis cette date.

- un gant a retenu toute notre attention : la matière et le mode de fabrication prouvent qu'il s'agit d'un objet provenant de notre société - son ancienneté est évaluée à environ 300 ans, peut-être davantage. Nous estimons qu'il s'agit du Sésame.

A l'issue de nos investigations, nous considérons que l'homme est parvenu jusqu'à nous de façon accidentelle. Aucun indice n'a révélé que sa trace a été suivie par un tiers.

Le matériel est placé sous scellé jusqu'à nouvel ordre.

L'ouverture de la porte interrompt sa rêverie. Efus apparaît, il est accompagné. C'est une femme. Elle ne se distingue pas d'Efus par ses vêtements, la tunique et les chaussons étant probablement un uniforme de travail. Elle paraît jeune, c'est un petit gabarit et semble presque chétive à côté d'Efus. Paul croise son regard. Elle détourne les yeux vers Efus. De grands yeux bleu nuit, à l'expression indéchiffrable.

"Paul, je vous présente Naâ, ma collaboratrice."

Paul se redresse et s'assoit.

"Bonjour."

Naâ ne répond que par un faible sourire. Elle paraît tendue.

"Le déjeuner vous a-t-il convenu ?"

"Parfaitement, et sans doute bien plus que vous ne l'imaginez."

"Tant mieux, tant mieux". Efus rejoint l'alcôve.

"Paul, vous savez comme nous que l'apparence physique a toujours quelque importance dans toute société. Vous ne serez donc pas surpris que l'on vous rase le crâne ?"

Paul écarquille les yeux, surpris et pris au dépourvu une nouvelle fois.

"Si vous pensez que c'est nécessaire."

Naâ s'approche de lui, en tirant de sa poche ce qui doit être un rasoir. La tête penchée en avant, il lui offre son crâne. Le regard tourné vers le sol, il observe les chaussons et la naissance des pieds, cette peau lisse et légèrement bleutée, tandis que la lame glisse et que les cheveux tombent en silence. Elle est délicate, précise et oriente sa tête du bout des doigts, comme une porcelaine qu'elle s'appliquerait à peindre. Naâ lui redresse le visage pour raser la barbe. Elle s'accroupit et, par nécessité, ils se retrouvent face à face. Paul ne peut qu'admirer le dessin de ses lèvres, la finesse de son nez, la profondeur de ses yeux. Sont-elles toutes aussi belles en ce monde ?

Elle ne laisse rien paraître, appliquée et concentrée sur son ouvrage. Elle parcourt du regard le visage de Paul sans jamais croiser son regard, ultime inspection avant l'étape suivante. Elle range le rasoir et sort un pot de crème bleutée. Elle en applique quelques noisettes sur les joues, le crâne, le menton, le cou, avant de l'étaler pour imprégner la peau. Paul ferme les yeux et se laisse bercer par ce massage. Il s'abandonne aux mains de Naâ comme un enfant.

"Je pense avoir terminé, Efus."

"Très bien, ça ira pour aujourd'hui", conclut Efus.

Paul ouvre à nouveau les yeux, à regret.

"Je vous emmène chez moi, Paul. Convenez que votre séjour dans cette chambre n'a pas été si terrible."

Paul sourit.

"J'habite tout près d'ici. Nous ferons le trajet à pied avec Naâ. Deux personnes de la sécurité nous suivront à vue. Paul, il faut que vous fassiez exactement ceci : marcher normalement, ne pas attarder votre regard sur les gens, essayez de regarder au loin et, bien sûr, ne pas dire un mot. Nous marcherons environ dix minutes dans les rues pour rejoindre mon appartement. Suis-je bien clair ?"

"Parfaitement."

"Comprenez-bien qu'il s'agit d'un premier test, une épreuve de confiance. A cette heure-ci, les rues sont calmes et peu fréquentées. Soyez détendu et tout ira bien. Je vous demande de me croire sur parole : n'ayez aucune tentative malheureuse. Votre sort basculerait en d'autres mains, moins bienveillantes que les miennes. Je vous le dis comme un avertissement très sérieux. Il vous suffit de marcher normalement auprès de moi, pour une promenade ordinaire et silencieuse."

Paul est décontenancé par si peu de formalités et par la menace qui vient d'être exprimée. Il imaginait une haute surveillance, des interrogatoires, des tests, mille choses pénibles et inutiles.

"Mettez ces chaussons et partons s'il vous plait."

Paul enfile des chaussons de toile blancs, se prolongeant par des chaussettes grises.

La porte s'ouvre, Efus sort suivi de Paul et de Naâ. Le couloir rectiligne est vide, silencieux, constitué de pierre polie sur les quatre faces, avec une succession de portes comportant des inscriptions gravées. Ils entrent dans un ascenseur, Efus annonce "sortie" et la plateforme s'élève dans cette cheminée de pierre. Efus inspecte Paul des pieds à la tête.

"Mettez vos mains dans les poches et ne les sortez plus."

Paul s'exécute. Il a des regards furtifs vers Naâ. La tension est palpable, Paul inspire profondément et s'efforce de se détendre. L'ascenseur s'arrête, les portes s'ouvrent. Efus sort suivi de Paul et de Naâ, petit protocole du cortège. Encore un couloir identique au précédent, avec une unique porte à son extrémité. Efus prononce le sésame "Sortie". Et la rue apparaît.

Le trio marche de front sur un large trottoir, bordé par les hautes façades des bâtiments. Tout est minéral, avec une savante alternance de couleurs et de parements, rugueux ou polis, offrant des reflets de lumière en harmonie avec le relief des façades. Les ouvertures n'ont pas de fenêtres mais se distinguent par l'éclairage différent provenant de l'intérieur des bâtiments.

Paul ne peut s'empêcher de marquer un temps d'arrêt : le spectacle est magique, irréaliste et tellement magnifique. Efus réagit tout de suite à cette hésitation involontaire. Il se tourne vers Paul et le fusille du regard. "Allons" dit-il dans un murmure.

Paul se ressaisit et s'efforce de ramener son regard à l'horizon. Ils débouchent bientôt sur une artère nettement plus large et plus fréquentée. Efus impose un rythme nonchalant, tous les trois ont les mains dans les poches, comme pour une ballade entre amis. Personne ne semble prêter une attention particulière à Paul. Quelques regards croisés se sont parfois attardés mais sans l'affoler pour autant. Il s'applique à adopter une démarche souple, une allure naturelle, un visage sans expression particulière. Pourtant, le spectacle est saisissant.

L'avenue descend légèrement, offrant une perspective incroyable. L'avenue est bordée par deux trottoirs piétons de quinze mètres de large environ et la partie centrale semble être une veine où le sang coule, irriguant la ville. Des voies superposées, des rampes les reliant entre elles, et un flot de véhicules y circulant en sourdine. Paul s'interdit de détourner la tête et ne parvient pas à distinguer les détails. Il ne perçoit donc que cette vue d'ensemble, cette fluidité formidable et tranquille à la fois. Le ciel de cette artère forme un matelas de lumière diffuse.

Comme l'avait annoncé Efus, ils quittent rapidement cette avenue pour s'engouffrer dans une rue étroite, traversant la barre des immeubles de l'avenue. La rue est sinueuse et les bâtiments sont à échelle humaine, moins hauts et bénéficiant de larges terrasses. La végétation est de plus en plus présente, recouvrant parfois totalement certaines façades.

Efus s'engage dans des escaliers à ciel ouvert, coincés entre deux murs, et s'arrête devant une grille. Il fait signe aux deux agents en contrebas, restés à distance et qui font maintenant demi-tour.

"Nous sommes arrivés."

Il ouvre la grille et prie Paul d'entrer le premier. Il pénètre dans une cour intérieure en forme de fer à cheval, avec en son centre, des bancs creusés dans la masse rocheuse autour d'un plateau formant ainsi une large table. La périphérie de la cour est bordée par des murs végétalisés. Paul se dirige machinalement vers l'unique porte qui soit visible. Efus prononce son propre nom et la porte coulisse pour offrir une large baie libre. Il se retourne vers Paul, avec un large sourire :

"Bienvenue Paul. Vous n'imaginez pas la joie et le privilège que j'éprouve à vous accueillir chez moi."

"J'ai l'impression de vivre un rêve."

Efus rit de l'incrédulité de Paul.

"Venez, que je vous montre votre chambre."

Ils traversent la pièce principale pour rejoindre la chambre. La pièce est lumineuse, largement ouverte à gauche sur un balcon extérieur. Le lit est enclavé à moitié dans le mur d'en face. Sur cette profondeur sont aménagées des niches de part et d'autre du lit. A droite se trouve une vasque et une douche derrière une cloison en épi. Un grand écran plat est encastré dans le mur face au lit. Reste une alcôve similaire à la chambre d'hôpital, avec tablette et siège. Toutes les parois sont en pierre, encore et encore, couleur sable avec des variations parfois grises, parfois ocres. L'endroit est chaleureux, serein et luxueux.

"C'est magnifique."

"J'espère que vous vous y plairez. Venez que je vous explique certains détails matériels."

Efus fait la démonstration des appareils d'éclairage, de l'écran, de la douche, des différents stores. Paul est évidemment séduit par tant de luxe et de simplicité à la fois.

"Je pense que vous aspirez à une bonne douche et à vous changer. Je vous laisse. Rejoignez-moi dehors quand vous serez prêt."

Efus parti, Paul va sur le balcon. Il admire longuement cette vue magique, où chaque toiture forme une vague végétale.

Cette ville semble comme un lac, aux eaux calmes, abritant une vie intense, perceptible par un bourdonnement lointain. Il se retourne pour embrasser d'un regard ses nouveaux appartements. Ce luxe est-il la promesse d'un bonheur nouveau ou la cage dorée d'une éternelle solitude ?

Il refoule cette pensée, se déshabille puis se laisse bercer par la pluie tiède provenant du plafond. Il passe machinalement les mains dans ses cheveux et sourit. Il n'aura plus le souci des épis, ni des conversations de coiffeur. Quand la pluie tiède s'arrête enfin, les murs de la douche diffusent un air chaud et il se met à tourner sur lui-même en souriant sous le sirocco du séchoir. Puis il enfile les vêtements laissés sur le lit, et sort rejoindre Efus.

"Vous portez très bien la toilette Paul, n'est-ce-pas Naâ ?"

Naâ sourit en acquiesçant légèrement.

"Merci, mais je crois qu'il faut d'abord féliciter le couturier."

Paul les rejoint autour de la table, au milieu de la cour.

"Efus, j'ai mille questions à vous poser bien sûr. Mais je veux commencer par celle-là et dites-moi la vérité. Comment connaissez-vous notre langage ?"

Efus marque un temps et détourne la tête vers Naâ, lui suggérant ainsi de prendre la parole. Naâ se tourne enfin vers Paul et lui adresse les premiers mots :

"Nous recevons vos fréquences radios."

"Nos fréquences radios ?"

"Nous écoutons vos émissions radiophoniques et télévisuelles. La priorité a été naturellement de comprendre votre langage."

"Naâ est traductrice. Elle travaille avec moi au Département des Ecoutes. C'est l'une de nos meilleures spécialistes, à tel point qu'elle ne porte pas d'oreillette. Elle vous comprend parfaitement."

Paul est sidéré et regarde Naâ, incrédule :

"Vous comprenez réellement tout ce que je dis ?"

"Bien sûr", répond Naâ dans un sourire, à cette question naïve.

"Et vous parlez français aussi ?"

Naâ regarde Efus et revient vers Paul :

"C'est une compétence que nous nous efforçons d'acquérir. Cela nous aide à mieux le comprendre."

Elle marque une pause, regarde Paul droit dans les yeux et prononce alors ces quelques mots en français avec une extrême application :

"Nous vous souhaitons la bienvenue."

Paul a parfaitement entendu ces mots avec son oreille libre de toute prothèse. Le timbre clair de sa voix, cet accent exotique mêlé d'application pour la prononciation.

Constatant le trouble de Paul, Efus reprend la parole :

"Nous avons le souci constant de la surveillance de notre environnement. Il s'agit de notre espace vital. Nos ressources sont limitées, nos frontières sont immuables. Notre survie exige une parfaite maîtrise de notre environnement. Cette maîtrise exige la surveillance et le contrôle de quelques paramètres essentiels. Vous devinez que l'oxygène est le premier de ceux-là. Ainsi, des centaines de dispositifs sont disséminés autour de notre territoire. Et l'une de ces sondes les plus éloignées, et assez proche de la surface sans doute, nous a permis un jour de capter ces signaux. De façon tout à fait involontaire d'ailleurs."

"Pourrons-nous avoir des conversations ? Qu'en dites-vous Naâ ?"

Paul n'avait pas écouté Efus.

Efus, irrité :

"Écoutez Paul, cette question n'est pas à l'ordre du jour. Et Naâ n'a sans doute pas de temps à consacrer à ce... ce perfection-nement de votre langue."

"Quel mal y a-t-il à cela ?"

"Laissez-nous vous en prendre en charge. Et respectons les étapes."

Paul ne bronche pas.

"Nous verrons avec Naâ ce qu'il est possible de faire."

"Merci."

Paul croit comprendre qu'il s'agit là d'une promesse. Un silence s'installe, pesant, avant que Naâ reprenne l'initiative :

"Parlez-nous de vous, s'il vous plait."

Paul trouve son accent délicieux.

"Que voulez-vous que je vous dise ?"

C'est décidément Naâ qui semble prendre l'interrogatoire en main. Elle promène ses doigts sur l'écran posé sur la table, devant elle. Puis elle relève la tête :

"Votre nom d'abord. Votre âge. Votre famille. Votre profession."

A l'évidence, Naâ récite une leçon préparée à l'avance.

"Je m'appelle Paul Borovic, j'ai 32 ans, je suis issu d'une famille "cadre moyen". J'ai une sœur, je suis célibataire. J'ai travaillé dans un cabinet d'architecture et puis ... voilà."

Naâ plonge à nouveau vers l'écran et vérifie que les paroles sont enregistrées et correctement traduites. Efus n'intervient pas et la regarde faire, impassible mais attentif. Elle va alors enchaîner les questions pour un interrogatoire en règle :

"Vous vous entendez bien avec vos parents ?"

"Ils sont morts."

Naâ pas plus qu'Efus ne semblent gênés par cette réponse.

"Et avec votre sœur ?"

"Excusez-moi, mais je ne vois pas l'intérêt de ces questions."

Efus intervient :

"Nous apprenons à vous connaître. Maladroitement peut-être. Répondez sans trop réfléchir."

Paul regarde Efus et décide de se plier à leur demande :

"On se voit deux à trois fois par an, selon les occasions. Mais on garde le contact régulièrement. Oui, on s'entend bien."

"Vous l'aimez ?"

Paul est surpris par cette question brutale, inattendue.

"Ben, comme un frère peut aimer sa sœur. On est attaché l'un à l'autre, forcément."

"Attaché ?" intervient Efus.

"C'est une façon de parler. Excusez-moi mais je n'ai pas l'habitude de commenter ce genre de sujet."

"Vous êtes célibataire, c'est donc que vous vivez seul ?"

"Oui."

"Depuis toujours ?" L'image d'Alice apparaît.

"Depuis toujours."

Paul n'a pas su maintenir le ton neutre de ses réponses précédentes. Ont-ils perçu le goût d'amertume dans sa voix ?

"Quand avez-vous commencé à travailler ?"

"Après mes études, à 23 ans."

"Et quand avez-vous quitté le domicile de vos parents ?"

"Après le bac, à 18 ans, pour faire une école d'archi. D'architecture."

Les questions s'enchaînent, Paul y répond comme s'il remplissait un formulaire.

"Vos parents ne se sont jamais séparés ?"

"Non."

"Quand sont-ils morts ?"

"Mon père il y a sept ans environ et ma mère l'année dernière."

"Quel sentiment éprouvez-vous maintenant qu'ils ont disparu ?"

Paul regarde Naâ. Elle est imperturbable, professionnelle. Quel est le sens de toutes ces questions ? Paul réfléchit un instant.

"Un sentiment de... vieillesse prématurée, d'évidente solitude et la liberté qui va avec."

Naâ et Efus échangèrent un regard.

"Croyez-vous en Dieu, ou plutôt, pratiquez-vous une religion ?"

"Ni l'un ni l'autre."

"Pourquoi ?"

"Je suis sans doute trop rationnel et je n'en éprouve pas le besoin."

"Avez-vous envie de fonder une famille ?"

"Disons plutôt que j'aimerais avoir une femme et des enfants."

"N'est-ce pas la même chose ?"

"Pas tout à fait. Je n'aspire à être le fondateur d'une famille mais à vivre avec une femme et avoir des enfants avec elle."

"Bien, bien." Efus semble satisfait.

"Merci Paul et pardon pour toutes ces questions."

Paul regarde tour à tour Efus et Naâ. Ils sont en face de lui, calmes, tellement sûrs d'eux-mêmes en apparence et sans expression d'émotion. Leurs visages sont sans sourire mais sans sévérité pour autant, ni même d'austérité. Ils réfléchissent sans doute. Chacun est plongé dans ses pensées. Paul, lui, est partagé entre l'émerveillement et l'inquiétude. L'émerveillement d'une découverte magnifique et irréelle ; ce couple face à lui, à la fois si proche et si lointain. Cette couleur de peau fascinante au reflet étrange, de la couleur d'un ciel qui n'existe pas ici. Et cette idée le conduit sur le chemin de l'inquiétude, un chemin étroit que l'on ne semble pas pouvoir quitter. Paul a une conviction sourde et tenace, il la sent en lui, elle s'impose à lui comme un pressentiment, durable et profond. Une in-quiétude ; sans autre mot que celui-là.

Paul revient à la réalité, futile et rassurante avec le beau visage de Naâ.

"Depuis quand connaissez-vous notre existence ?"

C'est Efus qui lui répond :

"Depuis environ une dizaine années."

"Et toute la population est au courant de cela ?"

"Je vous demande pardon ?"

Le logiciel de traduction ne maîtrise pas certains raccourcis familiers. Naâ reformule auprès d'Efus.

"Oui. Partiellement."

"Et vous n'avez jamais rien fait pour rentrer en contact ?"

"Nous redoutons les décisions irrémédiables, sans retour possible. Notre Monde est fragile, tellement fragile face au vôtre."

Paul avait conscience que sa présence était confidentielle mais il était loin d'imaginer qu'il puisse constituer une menace. Il commence en effet à comprendre que sa survie est liée au secret de son existence parmi eux.

Il lève la tête machinalement vers le ciel souterrain, ce nuage sous la terre. Il regarde ce spectacle, immobile, et s'interroge:

"Cette lumière ne faiblit donc jamais ?"

Paul est presque surpris d'entendre Efus lui répondre :

"L'intensité diminue pendant six heures environ, pour marquer le temps de repos."

Paul, toujours vers le ciel, comme pour lui-même :

"Il n'y a ni journée, ni saison."

"Nos cycles temporels diffèrent en effet des vôtres. Nous n'avons pas de saison, c'est vrai. Nos jours sont basés sur notre rythme naturel de veille et de sommeil. Je vous conseille d'adopter ce rythme dès maintenant d'ailleurs."

Paul hoche la tête, tandis qu'Efus se tourne vers Naâ :

"Restez-vous à diner avec nous ?"

"Avec plaisir."

"Allons commander alors."

Ils se lèvent tous les trois et rejoignent la pièce principale.

Efus et Naâ s'installent sur les ondulations d'une banquette. Naâ s'est déchaussée, elle est posée comme un chat sur un canapé - ne pas déranger, c'est ma place.

Paul ne trouve pas de position satisfaisante, ses bras et ses jambes semblent de trop. Naâ s'amuse à le voir gigoter. Efus allume un écran mural et navigue du doigt sur une plaque de verre, reproduction miniature de ce qui s'affiche sur le mur. C'est évidemment incompréhensible pour Paul. Efus lit les différents plats proposés. Paul décide de prendre les mêmes que Naâ.

"Vous ne faites jamais la cuisine ?"

"Si bien sûr. Mais aujourd'hui, c'est plus simple de commander à l'extérieur."

"Vous faites vos courses comme nous alors ?"

"Pas tout à fait, non. La totalité de nos achats ou presque est livrée à domicile. Nous achetons comme nous venons de le faire pour le repas de ce soir."

La conversation continue lors du repas, tranquillement, sur les détails du quotidien. Somme toute, la vie ici ne semble guère différente. La formule métro - boulot - dodo s'applique à quelques nuances près. Moins d'heures de travail par jour, ce qui donne cette impression de nonchalance mais pas de week-end, Chacun dispose de 2 jours de repos tous les 10 jours, dont il profite à sa guise. Décidément, l'homme n'a guère d'imagination pour inventer sa vie. Notre filiation tient autant de la fourmi que du grand singe.

La lumière extérieure est maintenant moins intense et prend une coloration rosée. Le repas s'achève.

"Il est temps d'aller dormir."

Efus a cette autorité naturelle, péremptoire sans en avoir l'air.

Paul se tourne vers Naâ : "A demain ?"

"Bien sûr", répond-elle doucement dans un sourire.

Paul eut beaucoup de difficultés à trouver le sommeil. Il repense à cette soirée, presque ordinaire et tellement extra-ordinaire.

Lui dans cette chambre, dans cette ville, cette civilisation millénaire, souterraine, inconnue sur Terre.

Mieux que Christophe Colomb, mieux que le premier pas sur la Lune. Son nom, Paul Borovic, resterait peut-être dans l'histoire de l'humanité, qui serait dorénavant l'histoire des humanités. Le vertige de la gloire et l'immortalité des dictionnaires.

Lui dans cette chambre, dans cette ville. Une fourmi noire parmi les fourmis rouges. Un problème tenu au secret. Un animal rare, choyé, surveillé et privé de liberté. Une vie rongée par l'ennui et par la solitude.

Paul s'endort finalement avec le visage de Naâ.

"Bien dormi ?"

"Bof."

Le traducteur s'emmêle les pinceaux mais Efus n'attache pas d'importance à la réponse.

"Vous allez avoir un programme chargé, Paul."

"Je suis heureux de l'apprendre."

"Vous allez bénéficier d'un programme éducatif que nous croyons nécessaire. En particulier, vous devez connaître notre histoire, et c'est par là que vous commencerez. Durant quelques jours, vous serez donc comme un étudiant. Vous resterez ici pour visionner le programme d'histoire que nous diffusons dans nos écoles, simplifié pour la circonstance. Vous allez donc rester seul une grande partie de la journée. Vous m'avez promis de donner le meilleur de vous-même, je ne suis donc pas inquiet sur votre assiduité."

Paul ne répond pas, attendant la suite.

"Autant que vous le sachiez tout de suite, cette résidence est surveillée. Vous vous doutez bien qu'il est prématuré d'envisager une promenade inopinée."

La formule alambiquée fait sourire Paul.

"N'ayez crainte. Je ne compte pas prendre d'initiative malheureuse."

"Parfait. Vous avez 5 heures de programme par jour. Vous pourrez naturellement faire des pauses. Ce midi, nous déjeunerons ici avec Naâ."

"Très bien."

"Une dernière chose. Je vous laisse deux lotions que vous devez vous appliquer sur tout le corps. Une pour réduire la capillarité, l'autre pour la coloration. Consacrez le temps qu'il faut, et j'insiste, une fois par jour sur tout le corps."

"Compris Efus. Je vais d'ailleurs le faire dès maintenant."

"Bon je vous laisse. A ce midi donc."

"A ce midi."

Paul va ainsi passer trois jours en élève bien sage, à visionner des heures de film retraçant l'histoire de cette civilisation. Comme tous les enfants apprenant l'histoire, il ne retient que quelques dates essentielles et certaines anecdotes.

Tout commence il y a environ 30 000 ans, datation des fossiles les plus anciens dont ils aient connaissance. La population des hommes est estimée dans ce monde à quelques milliers. Le film ne dit rien sur leurs origines, sur la naissance de ce Monde. Le stade d'évolution est identique à celui que Paul croit savoir des hommes sur la Terre, à cette époque. Le film retrace l'évolution progressive sur des milliers d'années, semblable là encore à ce qui se passe sur Terre. L'Homme, quel que soit son environnement, évolue de façon inéluctable. L'Homme n'est qu'un organisme terrestre, simplement vivant, évolutif, envahissant, dominant.

La deuxième grande date que Paul retient, se situe il y a 2500 ans environ. Après des siècles de conflits et de guerres tribales, ce Monde unique va se diviser en deux territoires. Ainsi va naître le pays des Hommes, qui verra apparaître et grandir cette cité. Et le pays des Autres. Ceux avec qui il fallait cohabiter depuis toujours, de gré ou de force. Ceux avec qui il fallait partager l'espace vital, chacun défendant ses intérêts. Ceux contre qui il fallait lutter pour survivre, jusqu'au jour où, de guerre lasse, la paix s'imposa entre les deux peuples. La paix par le partage du territoire. La paix par une frontière, par l'éloignement. Avant cette date, les Autres étaient les frères ennemis, toujours en lutte pour l'héritage commun. Depuis cette date, les Autres sont devenus des voisins. Chacun chez soi, avec ses problèmes, ses maladies, ses conflits internes, incendies, famines. La paix n'a cessé d'être sous constante surveillance, avec des relations suivies et ponctuelles, comme un médecin venant au chevet de son patient. L'Autre est notre cousin éloigné, avec qui toute union est impossible. L'Autre est à la fois un rêve et une menace. L'Autre, c'est Neandertal. Réfugié comme nous dans ces grottes immenses, il y a 30 000 ans. Nul ne sait et ne saura sans doute jamais, pourquoi ces deux peuples ont fui la surface de la Terre, pour se réfugier là. Leur survie tient du miracle sans doute. Paul a visionné plusieurs fois le cours de cette époque ancienne. Neandertal ! Est-ce possible que cette espèce humaine soit encore vivante, dans ces grottes ?

La troisième date marquante est à l'origine du nouveau calendrier. L'année zéro donc, l'année d'une découverte : l'électricité. Il y a précisément 535 ans de cela, soit environ 400 de nos années terrestres. Jusqu'alors, le feu était cet allié magnifique qui permet à l'homme d'éclairer, de chauffer, de cuire, de fondre, de transformer. C'était aussi un danger redoutable, invisible et implacable. Le feu détruit l'oxygène. Combien de morts a-t-il fallu pour comprendre ? Combien d'asphyxiés dans les forges ? Le feu a longtemps été considéré comme un être vivant, sublime, domestique et sauvage. Et puis, l'électricité est apparue, nouvelle déesse de l'homme. Avec elle, les progrès furent immenses, les hommes y consacrant toutes leurs énergies, toutes leurs recherches, toute leur inventivité. Ainsi, tous les domaines scientifiques furent découverts, étudiés et développés. Et eux aussi ont leurs grands hommes, leurs découvreurs géniaux.

Le film s'achève donc sur cet hommage aux grands hommes, des icônes, à qui il faut rendre gloire. Ces esprits supérieurs d'où sont nées toutes ces technologies formidables. Gloire à la science et à l'humanité.

Pas un mot n'a été dit sur l'existence des portes qui mènent à la surface. Pas un mot sur l'existence d'un autre Monde possible. Leur univers est clos et se résume à un terrier immense, partagé avec les Autres.

Ici, l'homme n'est pas confronté à la nature sauvage. Il n'y a pas de tempête et pas davantage de prédateurs. Il n'y a pas de colère divine. Leur Monde leur appartient et ils n'ont de cesse de le domestiquer, de le façonner pour le rendre toujours plus sûr et plus parfait. C'est leur jardin et leur berceau. Ce Monde est leur mère nourricière et ils en sont les enfants.

Paul éteint l'écran. Il est allongé sur son lit, le nez tourné vers le plafond, rêveur. Il n'arrive pas à croire que ces hommes, 30 000 ans sous Terre, sont des hommes comme tous les autres. Que cette humanité nouvelle n'est qu'un pays de plus sur Terre. Une île perdue. Des hommes comme tous les autres. Des hommes, des femmes et des enfants. Sous Terre, depuis 30 000 ans.

"Putain." Réflexion personnelle lancée à voix haute.

Et puis les Autres, l'homme de Neandertal, toujours là. Le voisin d'à côté. Une autre espèce humaine. Une autre espèce humaine sur Terre.

"Putain, c'est fou !" Paul est plongé dans ces réflexions, entre rêve et réalité.

Paul somnolait gentiment dans sa chambre en compagnie de Neandertal, jusqu'à ce qu'il entende des pas dans la pièce d'à côté. Il est trop tôt pour que ce soit Efus. Et en effet, ce n'est pas lui.

"Paul ?"

C'est Naâ.

"Je suis dans ma chambre. Vous pouvez venir."

Naâ apparaît dans l'encadrement de la porte.

"Je vous ai réveillé ?"

"Pas du tout. Je me reposai sans dormir."

"Efus est retenu au Département. Il rentrera assez tard aujourd'hui."

"Ah bon. Bien. Nous dinerons sans lui alors ?"

"Oui."

Paul avait attendu ce moment sans se l'avouer.

Comme tout le monde, Paul a croisé quelques jolies filles. Et comme tout le monde, presque à chaque fois, il fut soumis au jeu de la séduction. C'est un réflexe involontaire, quelquefois inutile, quelquefois idiot mais c'est comme ça. Enfant, adolescent, étudiant, mettez un garçon face à une jolie fille et il se met à faire le paon, même s'il n'a pas les plumes.

Certains en jouissent, d'autres en souffrent.

Mais Naâ est bien plus que jolie. Elle est belle. Objectivement belle. Sans qu'interfère les nuances du charme. Cela peut paraître étrange, mais la beauté semble estomper le charme. Le masque est-il trop parfait ?

Ainsi, Paul a admiré la beauté de Naâ. Même de près, elle reste belle. C'est une plastique rare, inattendue, fascinante. Une personne du troisième sexe.

Ajoutez à cela une attitude de retenue, un peu de distance et de froideur, et le réflexe de la séduction n'intervient pas. Le charme n'opère pas. Trop belle pour lui.

Mais Paul a d'autres soucis, d'autres besoins.

Jusqu'à présent, il n'avait pu se retrouver seul avec elle.

"Voulez-vous que l'on parle français ?" propose-t-elle.

"C'est l'occasion en effet et j'aimerais beaucoup, oui."

Paul se lève.

"Allons sur le balcon."

Ils se retrouvent ainsi côte à côte, à regarder simplement le panorama.

"Allez, je vous écoute", lance Paul avec une certaine malice.

"Mais ... je ne sais pas quoi dire !"

Paul aurait trouvé n'importe quel accent charmant, entre ces lèvres-là.

"Vous le dites très bien, en tout cas."

"Merci."

"Quel âge avez-vous ?"

"Euh ... 28 de vos années."

"Vous habitez loin d'ici ?"

"Non."

"Ah non, il faut faire des phrases Naâ !" Elle rit.

"Non, j'habite pas loin d'ici."

"Faute : je n'habite pas loin d'ici. Continuez, développez, allez !"

"Dans une des bosses, là-bas, à environ quinze minutes à pied" dit-elle en tendant le bras vers une des bosses, là-bas.

"C'est vrai ou c'est juste pour dire une phrase ?"

"C'est vrai !"

"Dans une maison comme celle-là ?"

"Non, plus petite, il n'y a qu'une chambre."

"Et vous y vivez seule ?" cette question lui brûlait les lèvres. Paul s'est appliqué à la poser sans en avoir l'air, sur le ton de l'anecdote, comme s'il lui avait demandé sa couleur préférée. Il n'empêche qu'il retient sa respiration sans le vouloir, en attendant la réponse.

"Oui." lâche-t-elle après un court silence.

Il y a des mots tout simples comme ça, qui font naître quelque chose. Paul a senti un peu de tristesse dans ce oui, un aveu fait à contre cœur. Comme une réalité qu'on est bien obligé d'admettre. Naâ évite le regard de Paul. Pour dissiper l'embarras qui pourrait s'installer, Paul enchaîne :

"Comment les gens vivent-ils ici ?"

"Que voulez-vous dire ?"

"Eh bien, la famille par exemple. Comment concevez-vous l'idée de la famille ?"

56

"C'est assez éloigné de votre conception, je crois. Vous savez, nous devons contrôler notre démographie, compte-tenu des ressources limitées dont nous disposons. L'oxygène, la nourriture, l'eau, le territoire, tout cela est compté et conduit à un programme des naissances réévalué chaque année. Avoir des enfants est un devoir social ici. Pour faire simple, disons que chaque femme doit donner naissance à deux enfants. Ce n'est pas une règle absolue bien sûr, c'est une moyenne. Et les femmes ne peuvent pas avoir deux enfants du même père. Les frères et sœurs n'existent pas ici. Nous avons tous soit des demi-frères, soit des demi-sœurs."

"Attendez, vous voulez dire qu'ici, les hommes et les femmes ne vivent pas ensemble en couples ?"

"Oui et non. Il est fréquent que des couples se forment pendant plusieurs années. Mais c'est sans rapport avec les enfants."

"Sans rapport avec les enfants ? Je ne comprends rien."

"Bon, pour ce qui est des enfants : les adultes, hommes et femmes, doivent avoir en moyenne deux enfants entre leur 25ème et 35ème année. On choisit évidemment quelqu'un qui nous convient mais on se sépare après la naissance de l'enfant. L'éducation des enfants n'est pas faite par les deux parents réunis mais chacun son tour. Vous comprenez ?"

"Vous divorcez dès la naissance en quelque sorte."

"C'est un peu ça, oui. Mais ce n'est pas vécu de façon dramatique puisque c'est la normalité."

"Comment est-ce possible ? Comment peut-on avoir des enfants avec une personne quasi-inconnue et ne pas en avoir avec la personne qu'on aime ?"

"C'est peut-être difficile à comprendre pour vous, mais pour nous, c'est ancré dans les esprits, depuis l'enfance. Nous aimons nos parents, nous aimons nos enfants mais l'amour entre les parents n'est pas une nécessité. L'amour entre adultes est complètement déconnecté des enfants."

"Et vous Naâ, vous avez des enfants ?"

"Non, j'ai encore un peu de temps devant moi pour cela. Et jusqu'à maintenant, j'ai voulu donné la priorité à ma profession."

Naâ serait-elle de ces femmes indépendantes, qui se plaisent à penser que les hommes ne sont que des mâles ? Quelle horreur !

"Vous êtes traductrice depuis longtemps ?"

"Un peu moins de trois ans. Je suis entrée au Département de la Surveillance en tant que sociologue. Après quelques jours, j'ai été présentée à Efus, pour des tests et des interrogatoires. Quand ils m'ont annoncé que j'étais sélectionnée pour travailler dans le Service des Ecoutes, j'ai accepté sans savoir réellement en quoi ça consistait. Un an à écouter du néant et à me préparer à entendre un jour autre chose. Et ce jour est arrivé. Je m'en souviendrai toute ma vie. Une voie humaine dans une langue inconnue. Je suis restée paralysée, fascinée. Efus m'a avoué peu après qu'ils m'avaient fait écouter un enregistrement sans que je le sache. Je n'avais rien découvert et ils voulaient seulement observer ma réaction. J'ai dû bien réagir puisqu'ils m'ont gardée. Efus m'a expliqué qu'ils avaient besoin de traducteurs, de sociologues et de toutes sortes de spécialistes. La difficulté est que votre existence ne doit pas être dévoilée, ce qui restreint les candidats possibles. Voilà comment j'ai passé des jours et des jours à écouter et à regarder vos émissions."

"Vous ne connaissez que la France ?"

"Nous recevons très bien vos programmes puisque vous êtes les plus proches en distance. Vous êtes le pays que nous croyons connaître le mieux. Mais nous nous intéressons aussi à tous les autres pays, souvent à travers vos reportages d'ailleurs. Moi, je ne suis traductrice que pour le français."

Elle lève alors doucement la tête vers Paul et le regarde droit dans les yeux. Toutes les photos, tous les films du monde ne sont rien, en comparaison de la présence de ce français, si proche, si palpable, si vivant. Naâ regarde Paul, comme un chercheur d'or admire cette pépite tant espérée, tant attendue.

Et Paul se noie dans cet iris bleu nuit, alors que ce monde ne connaît que le jour.

C'est Naâ qui reprend le dialogue, refusant ainsi de s'abandonner à toute émotion :

"J'avais beaucoup d'appréhension à l'idée de vous rencontrer."

"Et vous n'êtes pas trop déçue ?"

Naâ sourit.

"Non pas du tout. C'est même plus facile que je l'imaginais."

Elle a l'air d'une petite fille rassurée. Comme certains enfants un peu effrayés avant d'approcher le Père Noël des grands magasins, et tout joyeux ensuite d'être dans ses bras.

D'un coup, l'idée de sa seconde naissance refait surface. Paul découvre un nouveau monde. Ce sont les premiers regards, les premiers échanges. Là, ce devait être un sourire en réponse à un mot et cela a suffi. Paul a senti chez Naâ une vrai curiosité, saine et sans arrière-pensée et il se laisse aller à cette simplicité. Une question en amène une autre. C'est ainsi que la richesse de certaines conversations tient tout autant de l'ignorance que du savoir.

Paul se sent léger, libre et affamé :

"Vous avez faim ?"

"Oui."

Ils rejoignent le salon pour commander leur repas et Naâ l'interroge :

"Vous aimez les coquillages et les poissons ?"

Ils choisissent un plateau de produits aquatiques, avec coquillages, crustacés, poissons, algues. Paul regrette de ne pas avoir une bouteille de vin blanc au frais. Cela n'a pas la saveur iodée des produits marins mais le charme est le même. Décortiquer, trifouiller avec les doigts. Ils dinent ainsi en causant, de la faune et de la flore aquatique. Naâ l'interroge sur la mer qui semble la fasciner. Paul avoue n'avoir jamais plongé dans les mers tropicales. Faire trempette sur les côtes de la Manche et de la Méditerranée, avec un masque et un tuba, voilà bien toute son expérience de la mer. Naâ est un peu déçue de ne pas en savoir plus. Il lui décrit alors les aquariums que l'on peut visiter, comme des petits morceaux de mer mis en conserve, avec des poissons multicolores, des crevettes bizarres, des pieuvres immobiles, des requins qui tournent en rond et des enfants qui courent partout.

"Vous savez que l'on ne connait pas plus de 20 % des espèces sous-marines ?"

"Vous avez de la chance. Nous, on s'échine à trouver de nouvelles espèces."

"Il y a beaucoup d'espèces animales ici ?"

"En comparaison de ce que vous connaissez sur Terre, non c'est ridicule. Mais avec la génétique, on arrive à progresser. Surtout pour faire augmenter la taille des animaux et leur rendement."

Et les voilà partis sur le sujet de l'agriculture.

Paul : "Et vous avez votre cochon ?"

Naâ : "??"

"Le cochon, c'est un animal qui se mange quasiment des pieds à la tête. Tout est bon dans le cochon. On dit en France que le meilleur ami de l'homme, c'est le cheval ou le chien, je ne sais plus. C'est faux, c'est le cochon. Enfin, pas pour tout le monde. Disons, le cochon et la vache. Et le mouton. Voilà des animaux qui apportent de vrais plaisirs."

"Ah ? Alors comme ça, vous aimez manger vos meilleurs amis ?"

"Avec une bonne sauce et un verre de vin, naturellement."

Et patati, et patata. Et puis ils entendent l'ouverture de la grille. C'est Efus, qui voit Paul et Naâ encore attablés, avec tous les restes du repas.

"Bonsoir ! Encore à table à cette heure ?"

Naâ se lève d'un bond pour débarrasser la table. Paul en fait autant.

"Excusez-moi. Je n'ai pas fait attention à l'heure. Vous avez raison, il est temps d'aller se reposer." Naâ est un peu confuse et embarrassée.

Ils se retrouvent dans la pièce de service, pour jeter les déchets. Paul murmure à Naâ :

"J'ai passé une bonne soirée. Ça m'a fait du bien vous savez."

"Moi aussi, j'ai passé une bonne soirée."

Chacun se sépare ensuite, poliment. Ce soir, Paul et Naâ se sont rencontrés. Paul s'endormira comme un bébé.

Paul se réveille, regarde l'heure à sa nouvelle montre, posée sur la niche à côté du lit. Il se lève, remonte le store, jette un œil au paysage, se dirige vers la douche. Après s'être enduit avec les lotions suivant les instructions d'Efus, il se regarde dans le miroir. Les cheveux et la barbe sont à peine visibles. Sa peau est légèrement bleutée. Il se trouve plutôt pas mal. Il se sourit dans le miroir.

Il repense à la soirée avec Naâ. Quel est son avenir ici ? Quelle vie l'attend ?

Il va dans la pièce de service pour se préparer un plateau petit déjeuner. Pas facile de se défaire de ce genre d'habitude. Cette pièce est en quelque sorte une cuisine. C'est là où est rangée la vaisselle, là où sont tous les appareils domestiques. Paul prend des céréales, une sorte de confiture, du miel, un genre de yaourt et une boisson qui ressemble à du thé. Des aliments à la fois différents de ce qu'il connaît et à la fois assez similaires finalement. Il va dans la cour avec son plateau et voit Efus attablé.

"Bonjour, vous n'êtes pas encore parti travailler ?"

"Bonjour. Non, aujourd'hui, j'ai pris ma journée. C'est en partie pour ça que j'ai terminé tard hier."

Paul s'assoit face à Efus, penché sur un écran posé sur la table, un verre de jus de quelque chose à la main. Paul aperçoit rapidement des images, un peu comme un journal télévisé.

"C'est une émission de télé ?"

"Oui, ce sont les informations."

Étonnamment, Efus ne prête guère attention à Paul, et reste les yeux rivés sur l'écran.

Des tables en fer, un café et un verre d'eau, le journal du coin, les pigeons qui slaloment entre les chaises. Paul s'absente dans un souvenir, lointain. Jusqu'à ce qu'Efus éteigne son écran.

"Je vous emmène visiter la ville, qu'en dites-vous ?"

"Avec plaisir." Paul n'a pas trop le choix des réponses.

Efus ne peut s'empêcher de rappeler à Paul le chapelet de consignes, puis ils quittent le domicile et descendent les escaliers pour rejoindre la grande avenue. Efus se dirige droit vers un véhicule.

"Je l'ai réservé pour la journée. Tenez, mettez ça."

Paul installe le micro et les écouteurs, puis s'assoit à l'arrière. Le véhicule fait environ un mètre de large, avec deux sièges en enfilade, sans toit ni porte, et un petit coffre à l'arrière. Un truc tout simple et très confortable, les sièges étant de vrais fauteuils. Le véhicule démarre dans un silence, électrique. Efus roule au pas sur le trottoir avant de monter une rampe vers la chaussée surélevée. Paul a l'impression d'arriver sur une autoroute miniature, avec des voitures de poupée. Le trafic est dense et fluide, les véhicules se frôlent les uns les autres. "Interdiction d'étendre un bras hors du véhicule." Paul comprend maintenant cette mise en garde d'Efus, d'autant que l'on n'entend absolument pas les véhicules venir derrière soi. L'absence de bruit est saisissante et la sensation de vitesse l'est tout autant, comme un vélo parmi les piétons.

"Chaque bande de circulation correspond à une tranche de vitesse." Il y a en effet quatre files sur la chaussée et les deux sens de circulation sont séparés par un muret.

"C'est quoi la petite bande métallique centrale ?"

"C'est pour permettre le changement de vitesse. Les deux files de gauche peuvent rouler entre 30 et 60 km/h et les deux files de droite entre 0 et 30 km/h. Ce ruban métallique donne un signal au moteur, pour respecter cette barre de 30 km/h."

Efus va rapidement sur la file de gauche. A 60 km/h, l'impression de vitesse est assez grisante : la file à gauche, à contresens, défile à 120 km/h !

"Paul, vous avez un masque sous votre siège, si le vent vous gêne." Il s'agit en fait d'une sorte de visière de casque de moto, avec un serre-tête. Paul adore cet engin et pourrait rouler des heures, assis dans son fauteuil confortable, à voir circuler tout ce monde. Les façades des immeubles défilent, magnifiques.

"C'est génial !"

"Je suis heureux que ça vous plaise."

"Où va-t-on ?"

"Au cœur."

"Au cœur ? C'est quoi le cœur ?"

"Je vous expliquerai quand nous y serons, Paul."

L'avenue défile encore, toujours magnifique. La route ondule doucement de bas en haut et les véhicules semblent comme des insectes sur le dos d'un serpent gigantesque. Parfois, la route pénètre dans la roche, comme une porte débouchant sur un nouvel espace. Paul en a plein les yeux, ne cessant de regarder et à droite et à gauche. Et puis Efus commence à ralentir, pour se rabattre sur la file de droite. Paul aperçoit alors une façade immense qui semble barrer la route. Le gigantisme croît à mesure qu'ils s'approchent. Ils pénètrent dans ce Colysée monumental. Efus suit la route qui tourne alors à droite et s'élève d'une vingtaine de mètres. Ils arrivent sur un étage couvert, aux larges voutes de pierre, hautes et amples. Paul a aperçu furtivement la vue dominante, au travers des baies de la façade extérieure, mais Efus se dirige vers l'intérieur, puis stationne le véhicule. Ils se débarrassent des écouteurs et des masques, rangés dans le coffre.

"Suivez-moi." Il ne serait pas venu à l'idée de Paul de faire autre chose. Ils franchissent le dernier rideau de piliers pour se retrouver à ciel ouvert, sur une large coursive.

"Attendez Efus."

Paul se dirige droit vers la balustrade, aimanté par cette vision surréaliste. Il se penche et domine un puits qui semble sans fond, en forme de cône ouvert sur le ciel. Le cratère offre un vertige de 200 ou 300 mètres, jusqu'à ces nuages lumineux, tout en bas, qui tapissent le fond aussi bien qu'une brume d'automne. Les parois ne sont que façades ouvragées et coursives, enchevêtrées de rampes et d'escaliers. Plus bas, ce ne sont que des murs de végétaux phosphorescents. La gueule ouverte de ce cratère est à une trentaine de mètres plus haut.

"Venez Paul, nous serons mieux là-haut pour admirer tout ça."

Les escaliers mécaniques les poussent vers le sommet, jusqu'au dernier niveau. Le plateau est un immense anneau elliptique, bordé sur toute la périphérie par des petits bâtiments ouverts de plain-pied et sans étage. Efus fait quelques pas et invite Paul à le suivre vers la balustrade.

"Voilà Paul ! Le cœur de notre cité. Le cœur et l'origine aussi. C'est ici que nos ancêtres ont choisi de s'implanter. Ce gouffre existe depuis la nuit des temps, nous l'avons ensuite élargi et approfondi, au fil des siècles. Pendant des milliers d'années, ce ne fut que la gueule béante du châtiment, où l'on y jetait nos criminels. Et puis nous y sommes descendus pour y faire des prisons, des lieux d'oubli, d'isolement et de pénitence. Vint ensuite le temps des mines et des forçats, qui demeure encore maintenant, sous cette brume que vous voyez tout en bas."

Paul écoute Efus et reste choqué par ces paroles. Cette magie est donc un voile sur la laideur, comme un masque sur une difformité. Des forçats dans les mines, des bagnes aveugles, des humiliations souterraines, des milliers de désespoirs étouffés sous la roche. Paul se refuse à tout commentaire.

"Est-ce l'exil que vous avez évoqué le premier jour ?"

"Non. Les hommes et les femmes qui y travaillent ne sont envoyés là que pour une courte période, suite à un délit mineur. C'est aujourd'hui très mécanisé, le travail reste difficile mais c'est davantage une épreuve psychologique qu'il s'agit d'infliger."

Paul lève la tête vers les trois colonnes qui prennent pied sur l'anneau, pour se perdre dans les nuages.

"Les quatre piliers, les valeurs fondatrices de notre existence. Le pilier à droite représente la roche, l'eau et le temps.

Le règne animal et le règne végétal pour les deux autres. Nous irons les voir de plus près tout à l'heure."

"Je ne vois pas le quatrième."

"Il se trouve sur le dernier sommet de l'ellipse. Regardez bien."

Paul scrutait la zone indiquée par Efus mais ne distinguait rien.

"Vous ne voyez rien n'est-ce pas ?"

"Rien du tout."

"Le quatrième pilier est l'air que nous respirons et l'esprit qui fait notre individualité. C'est à chacun de l'imaginer et de le façonner."

"Et la lumière n'est pas représentée ?"

"Si bien sûr. Avec le pilier végétal. Plantes et lumière sont indissociablement liées, c'est une évidence pour nous."

"C'est magnifique et très impressionnant !"

"Commençons par la plus belle." Et ils se dirigent vers le premier pilier.

"C'est l'œuvre naturelle. Une stalagmite et une stalactite qui se font face, qui se rapprochent inexorablement l'une de l'autre, qui s'attendent depuis des millions d'années, goutte après goutte. Et il faudra encore des milliers et des milliers d'années pour combler le dernier mètre qui les sépare."

"On a l'impression d'un être vivant, avec cette eau qui ruisselle."

Efus et Paul lèvent la tête vers ce sablier géologique, à compter les siècles hors du temps des hommes. Le regard se concentre sur les deux pointes, si proches, l'une nourrissant l'autre. Un couple minéral au destin inéluctable, uni par ce lien liquide et intime. Arrivés au pied de cette masse, Efus tend le bras et pose sa main sur la roche lisse et luisante. Paul le voit alors comme un pèlerin posant une main sur la statue d'un saint usé par le temps, et par tant de péchés chrétiens. Cette eau qui coule doucement sont les larmes de la Terre.

Puis ils se dirigent vers la colonne du règne animal. L'obélisque est circulaire et sculpté comme un marbre blanc. L'homme y tient la première place. Les représentations humaines sont les plus visibles, certaines semblent vouloir se détacher de la masse. La finesse des détails, l'équilibre et l'harmonie des corps, la souplesse des mouvements mis en relief par la lumière. Chaque sculpture est simple et parfaite, donnant libre court à l'émotion du spectateur.

A chaque genre animal correspond une couleur. Le blanc pur du marbre pour les hommes, le brun pour les animaux terrestres, le gris pour les animaux aquatiques. La colonne est un immense puzzle de sculptures imbriquées les unes dans les autres. Paul en fait le tour et remarque une statue singulière. Sur un socle gravé d'inscriptions, formant bas-relief, deux couples se font face, nus, les bras le long du corps. Un couple est taillé dans un marbre blanc, l'autre est d'un noir absolu. L'Autre a le front légèrement fuyant, il est plus massif et musculeux. Paul comprend qu'il s'agit de Neandertal. Le plus troublant dans cette scène, c'est la distance entre les deux couples, quelques centimètres seulement les séparent. Les centimètres symboliques d'une frontière, d'une proximité, d'un défi et surtout d'un miroir.

Paul s'attarde évidemment sur cette œuvre d'art majeure du pilier. Efus ne fait aucun commentaire et préfère laisser Paul à ses réflexions.

"Ils sont très troublants ces quatre-là."

"On continue la visite ?"

Le troisième pilier n'est pas moins impressionnant. La colonne végétale est une volute de lumière et de couleurs. A la fois sculpture et peinture, un jardin sauvage et docile. La vie intense et conquérante. La force et la vitalité composées de milles fragilités.

"Vos jardiniers sont de véritables artistes !"

"C'est le spectateur qui fait l'artiste. C'est l'œuvre partagée qui fait l'œuvre d'art."

"Oui enfin, le mérite revient surtout au créateur de l'œuvre quand même."

"C'est l'architecte qui parle ?"

"Non non. Vous savez, l'architecture est comme l'écriture. Quelquefois, naît une œuvre littéraire, mais le plus souvent, il en sort des rapports, des communiqués, bref, des objets utilitaires. Moi, je faisais plutôt dans l'utilitaire."

Un couple s'approche et s'arrête à côté de Paul et d'Efus.

"Voulez-vous prendre un verre ? Nous serons plus confortables pour continuer cette conversation." Efus pose une main sur l'épaule de Paul et l'invite à s'éloigner. Ils s'installent à une terrasse peu fréquentée, à proximité de la base du quatrième pilier. La transparence de cette colonne imaginaire permet d'offrir un panorama de l'ensemble. Efus commande d'autorité deux boissons. Paul doit veiller sans cesse à ne pas se faire entendre par un quidam. Ils reprennent ainsi leur conversation sur le ton de la confidence. Les boissons sont servies, une sorte d'infusion glacée.

"C'est un peu alcoolisé, non ?"

"En effet. Vous n'aimez pas ?"

"Au contraire. C'est encore une découverte réjouissante."

Dès lors, la journée se passe autour d'une table basse, de consommations variées et de conversations animées. Efus n'a pas la spontanéité de Naâ. Certes, il est érudit et à l'écoute, mais le ton est trop neutre et impersonnel au goût de Paul. Trop de sagesse conduit à un peu d'ennui. Sur le chemin du retour, Paul a cette idée en tête : cette belle journée, il faut qu'il la fasse avec Naâ.

Efus est déjà parti quand Paul arrive dans la cour pour le petit déjeuner. Il n'a laissé aucun programme pour la journée, ni de consigne. Paul sait qu'il ne peut que rester dans la propriété, comme dans un cloître. La journée va être vide, dans une maison vide. La journée va être longue. Paul tourne en rond, déambule dans la maison, de la cuisine au salon, du salon à la chambre. Il allume l'écran, fait défiler les programmes. Puis éteint, mange un morceau, puis rallume et éteint à nouveau. Les heures s'écoulent péniblement. Finalement, il s'étend sur son lit, les mains derrière la tête et regarde le plafond. Les idées noires l'envahissent douce-ment, l'imprègnent comme de l'encre sur du buvard. Il s'enfonce lentement. Il revoit ses parents, sa sœur, sa nièce, ses amis, ses oncles, ses tantes. Il réalise qu'aux yeux du monde, il a disparu. Terminé, on ne le reverra plus. Il est mille pieds sous terre, dans un cercueil de pierre. Prisonnier dans une chambre avec balcon, cloué sur un lit. Il étend les bras en croix. Crucifié et la gueule ouverte comme un poisson à l'agonie. Ce monde est un bocal rempli d'air immobile. Ma vie ! Où est ma vie ? Ma vie est restée là-haut. Chez moi, dans ma cuisine, ma voiture, dans l'herbe du jardin. Les larmes arrivent pour finir de le noyer. Il s'est perdu dans ce trou et ne reviendra pas. Qui viendra me chercher au fond de ce trou ?

C'est à ce moment qu'il repense à ses affaires. Il faut qu'il récupère son sac à dos. Plus il y pense et plus ça l'obsède. C'est une nécessité, c'est vital. D'un coup, tout l'univers se réduit à ce sac à dos. Il faut impérativement qu'Efus lui redonne ses affaires.

Paul n'est pas bavard ce soir-là. Il reste enfermé dans sa coquille et n'en sort que pour les réponses nécessaires aux questions et pour en poser quelques-unes. Il ne pense qu'à une chose, qu'il tourne et retourne dans sa tête comme une boule de mie de pain entre les doigts :

"Efus, il faut que je récupère mes affaires."

C'est sorti sans réfléchir, brutalement.

"Quelles affaires ?"

"Ne faites pas l'imbécile. Vous savez très bien de quoi je parle. Toutes mes affaires, mes vêtements, mon sac à dos. Tout."

"Ecoutez Paul, je ne sais pas si c'est le ..."

"Arrêtez ! Arrêtez s'il vous plait. Je ne sais pas ce que vous avez derrière la tête à mon sujet, si je vais pourrir dans cette chambre ou pas, mais moi, je veux mes affaires. Point."

"Si vous le prenez comme ça, alors écoutez-moi bien : la réponse est non. C'est clair, c'est net, c'est non."

Paul ne bronche pas et ne laisse rien paraître. Le masque. Il se lève et se dirige vers la maison.

"Vous avez une toute petite chance de vous en sortir, Paul. Un chance infime mais réelle. Si vous n'avez ni patience ni sagesse, alors vous n'avez aucune chance. Et vous pourrirez dans cette chambre ou une autre."

Paul a ralenti le pas en entendant ces paroles derrière son dos. Puis il file dans sa chambre sans se retourner. Ni bonsoir ni merci. Sale journée.

Au matin, la chambre attend le réveil de son locataire, dans la lumière tranquille diffusée par le store. Une bonne nuit de sommeil et voilà Paul reposé, léger. La veille, malgré le mauvais bouillon qui lui chauffait le cerveau, il s'est endormi comme une masse, comme s'il avait mis la tête dans le sable. Hier, il a vomi ses idées noires et ce matin, oui, il sent tout de suite qu'il a repris le dessus.

La douche est bonne, délicieuse même. Il s'applique à se raser, le crâne, la barbe, les mains, les aisselles, les jambes. Il s'enduit entièrement avec les lotions, lentement, profondément. Etre lisse et bleu, se fondre comme le caméléon. Reste encore le pubis et cette région intime qu'il préserve intacte. Il n'est pas encore prêt à se transformer jusque-là. Il n'y a pas de raison de céder sur le terrain de l'intimité. Il se regarde dans le miroir, nu, satisfait. S'habille et se prépare son plateau du petit déjeuner, qui prend la tournure d'une habitude.

"Bonjour Efus."

"Bonjour."

"Je m'excuse pour hier soir. Vous savez, j'ai passé la journée à tourner en rond, à ruminer, et voilà, je me suis emporté. Je suis désolé."

"J'espère que vous êtes dans de meilleures dispositions aujourd'hui, car vous allez encore devoir passer la journée tout seul."

"Ni vous ni Naâ ne passerez me voir ?"

"Je crains que non."

"Et les jours prochains ?"

"Demain, je pense me libérer pour vous emmener en visite."

"Très bien ... Savez-vous pourquoi Naâ ne vient plus ?"

"Elle a beaucoup de travail et préfère peut-être consacrer son temps libre à autre chose."

"Je vois."

"Je suis déjà un peu en retard. Je vous laisse. Tâchez de passer une bonne journée."

"Merci. A ce soir."

Paul va lutter toute la journée contre l'ennui. Les programmes à l'écran sont apparemment tous destinés aux enfants : émissions éducatives très scolaires qui passent en boucle, avec des jeux par intermittence. Il choisit de revoir les meilleurs passages du documentaire historique qu'il a vu les jours précédents. Regarder des images en attendant. Attendre, ne pas s'apitoyer sur son sort, ne pas penser. Ce soir, il sera calme et ne laissera rien paraître de sa morosité auprès d'Efus, juste une légère indifférence. Cette nouvelle journée d'ennui est peut-être la punition pour son emportement de la veille et il ne se risque donc pas à commettre la même erreur.

La neige recouvre tout et tout n'est que blancheur aveuglante. Le ciel est blanc, le silence est absolu et le vent est ailleurs. C'est beau mais la vie est absente, étouffée. Sauf cet oiseau, venu de nulle part, posé sur la neige, vif, fragile et apeuré lorsqu'il sent la menace de la fille qui s'approche. Paul a cette image en tête quand soudain :

"Bonjour !" (en français)

"Bonjour."

Naâ sourit, elle est posée dans la cour, comme l'oiseau dans la neige. Et voilà que le cœur de Paul s'envole.

"Efus n'a pas pu se libérer finalement. C'est moi qui serai votre guide pour la journée."

"Eh bien je suis prêt. Je vous suis."

Ils dégringolent les escaliers d'un pas vif, côte à côte, comme s'il n'y avait pas de temps à perdre.

"Où m'emmenez-vous ?"

"Visiter une mièlerie."

"Ce qui explique votre costume d'abeille."

Naâ est habillée avec une combinaison jaune, très près du corps.

"Vous me trouvez ridicule ?"

"Non pas du tout. Au contraire, ça vous va très bien."

Paul ne pouvait pas dire "Ça vous fait des fesses ravissantes!", mais il ne se privait pas de le penser.

"On y va en voiture ?"

"Oui, et ça s'appelle un kad."

La lumière du ciel artificiel est comme chaque jour, et Paul trouve qu'il fait beau. Ils s'installent dans un kad bi-place et les voilà partis. Dieu qu'il en faut peu pour être heureux. Paul respire cet air de liberté, avec une fille qui lui plait. Une journée à deux, une journée avec elle. Ce petit bouton d'or aux grands yeux, aux fesses charmantes et aux seins comme il faut. Paul est assis comme dans son salon, à regarder la nuque de Naâ, le sourire aux lèvres. Il se voit avec cette fleur entre les doigts, s'amusant à en faire tomber les pétales, un à un. Une obsession de garçon.

La route défile ainsi et les minutes avec. Naâ slalome sur ce ruban lisse, que Paul reconnaît par endroit. Ils aboutissent au cœur. Mais cette fois, Naâ reste sur une des files centrales et ils s'engouffrent dans cette gueule béante. Il fait sombre là-dedans, presque nuit, les véhicules se suivent presque à touche-touche, dans un bourdonnement d'insecte. Paul se souvient des trains fantômes de son enfance. Puis la route quitte l'anneau central. Ils rejoignent assez rapidement les limites de la ville, et ce ne sont plus que quelques grappes de bâtiments qui s'accrochent à la route comme à un cordon ombilical. Naâ gare finalement le kad au pied d'une petite bâtisse très ordinaire.

"Suivez-moi et pas un mot s'il vous plaît."

Paul obéit, bien que l'endroit soit parfaitement désert. Le hall est silencieux, hormis leurs pas qui résonnent. Naâ se dirige sans hésitation vers une porte, et en entrant, Paul reconnaît tout de suite des sanitaires.

"Excusez-moi, j'ai oublié de faire ça avant que nous partions."

"Mais euh, il n'y a aucun problème, je vous en prie."

Naâ prend dans sa poche un petit sachet, qu'elle déchire pour en sortir une sorte de rustine en plastique souple, élastique.

"Levez la tête." Paul s'exécute et regarde le plafond, pendant qu'elle lui applique la rustine sur la peau du cou.

"Voilà, maintenant vous avez une bonne raison d'être muet. Si quelqu'un vous adresse la parole, vous ne répondez pas et montrez simplement du doigt ce pansement."

"Merci docteur", répond-il en imitant un petit début de cancer de la gorge.

Lorsque l'ascenseur s'ouvre, Paul a la sensation de rentrer dans le trou d'une serrure. Les deux plateaux circulaires et lumineux au sol et au plafond sont reliés par une barre métallique centrale. Durant la descente, Paul regarde Naâ se tenir à cette tige comme dans le métro, il l'imagine aussi au milieu d'une piste de strip-tease. Arrivés en bas, l'homme qui les accueille ressemble à un jeune garçon :

"Salut !"

"Salut ! Nous venons pour une visite."

"OK - suivez-moi."

Il éteint l'écran planqué derrière le comptoir et les conduit dans un couloir. Regardant Naâ des pieds à la tête, il s'exclame :

"Super ta combi ! C'est une goozi ?"

"Oui, c'est la dernière collection."

"Elle te va extra !"

"Merci !"

Resté un peu en retrait, Paul ressent tout de suite une petite antipathie envers le garçon, freluquet à la démarche sautillante. Il reprocherait presque à Naâ de répondre à cet enthousiasme idiot. Et cette familiarité de ton le choque un peu, limite vulgaire. Mais c'est vrai que Naâ est extra dans cette combinaison. Marchant derrière elle, Paul profite de sa silhouette aux ondulations épatantes, jusqu'à ce qu'ils arrivent dans un vaste vestiaire. Les vêtements accrochés aux murs sont faits d'une seule pièce, habillant les pieds jusqu'à la tête. Leurs visières noires contrastent sur l'étoffe blanche. Paul a la sensation d'être cerné de fantômes suspendus à des crochets de boucher.

Le jeune homme décroche deux exemplaires et les donne à chacun. Pendant qu'il s'affaire autour de Naâ, en distribuant les compliments avec une excitation constante, Paul s'escrime avec sa combinaison, trop petite pour sa taille. Voyant Paul emberlificoté et déjà un peu énervé, il lui lance :

"Oh là là, quel empoté !"

Paul foudroie du regard le nabot et Naâ intervient :

"Nous nous débrouillerons tout seul, merci."

Il se tourne vers elle :

"Tu te souviens comment ça fonctionne ?"

"Oui, ça ira, merci."

"Très bien. Mais au moindre problème, n'hésite pas à m'appeler !"

"Promis. A tout à l'heure."

"Bonne visite !"

Et le jeune homme quitte le vestiaire, en laissant un sourire moqueur à l'attention de Paul, qui murmure : "Quel petit con !"

Naâ éclate de rire en le voyant saucissonné dans son vêtement et elle le complimente :

"Quelle élégance ! Vous les Français, un rien vous habille!"

"Bon, allez basta, j'enlève ce truc avant de tout déchirer."

Naâ reprend les choses en main, depuis le début, et habille Paul, redevenu un enfant de cinq ans.

Elle lui explique le fonctionnement des écrans à l'intérieur du casque, lui indique la jauge d'oxygène et règle le système d'interphonie entre leurs deux appareils.

"On va sur la Lune ?" plaisante-t-il.

"Où ça ?"

"Sur la Lune ! Ah, il faudra que je vous raconte la Lune un jour."

Elle le regarde, incrédule et souriante.

"Allons-y, et restez auprès de moi."

Ils parcourent encore un couloir et aboutissent dans un sas.

"Fermez votre casque."

Paul s'exécute et découvre deux petits écrans au-dessus de sa visière. L'un indique sa position sur un plan, et sur l'autre, Paul se voit en compagnie de Naâ dans le sas.

"Ça va ? Tout fonctionne ?"

"Au poil !"

Voilà bien une expression incompréhensible pour Naâ. Elle ouvre la porte et prend Paul par le bras avec autorité. Dès le seuil franchi, la porte se referme derrière eux. Ils s'engagent dans une allée centrale, éclairée d'un côté par une lumière intense provenant d'une série de couloirs. Ces couloirs étroits et profonds se succèdent à perte de vue, comme les rayonnages d'une immense bibliothèque. De l'autre côté de l'allée, ce sont des couloirs de mêmes dimensions, mais beaucoup plus sombres en comparaison, dont les parois sont couvertes de végétation, des tapis de fleurs phosphorescentes. Malgré le casque, Paul perçoit nettement un bourdonnement incroyable. Un bruit constitué d'une seule note, continue et qui ne faiblit jamais. Les insectes traversent l'allée comme des avions minuscules, à toutes les altitudes et à toute vitesse. Les deux visiteurs sont de parfaits intrus au milieu de ce va-et-vient étourdissant.

"Voilà notre mièlerie ! C'est étonnant n'est-ce pas ?"

"Incroyable !"

"C'est ici que tout notre sucre est produit ! Il y a des quantités d'espèces d'insectes et de fleurs, ce qui permet des dizaines de variétés de miel. Venez voir !"

Ils pénètrent au hasard dans un couloir et ralentissent le pas, coincés entre les hauts murs couleur d'ambre, comme dans une mine d'or. La lumière est presque aveuglante. Des milliers d'insectes tourbillonnent, pénètrent dans les parois pour en ressortir quelques instants après. Paul examine de plus près les alvéoles, dans lesquelles s'activent frénétiquement les fragiles créatures, comme autant de bons petits salariés rangés dans des buildings. Du bout de l'index, il touche cette dentelle étincelante pour en sentir la texture. Erreur. La riposte est immédiate. Les insectes s'agglutinent d'abord sur le doigt, puis la main, puis le bras, pour recouvrir presque totalement le corps. Paul est pris de panique et gesticule vainement pour se débarrasser de cette lèpre grouillante.

"Arrêtez de remuer comme ça Paul ! Calmez-vous ! Vous ne risquez rien."

La visière est couverte de petits corps noirs, qui s'excitent à vouloir briser la paroi mince et transparente. Le spectacle est à quelques centimètres seulement devant les yeux effarés de Paul.

"Saloperie de bestioles ! Elles vont me bouffer !"

"Faites demi-tour et dirigez-vous avec les écrans."

Mais Paul s'obstine à vouloir nettoyer sa visière. Naâ s'énerve :

"Paul ! Arrêtez de faire n'importe quoi ! Vous les excitez ! Faites demi-tour et dirigez-vous en regardant les écrans !"

Il regarde alors sous la visière et se voit sur l'écran, couvert d'insectes, Naâ à ses côtés. Il pivote et rebrousse chemin lentement. Il reste concentré sur l'image miniature, jusqu'à retrouver l'allée centrale. Naâ lui dit sèchement :

"Suivez-moi. Nous sortons."

Paul ne répond pas et garde les yeux rivés sur l'écran. Une autre caméra a pris le relais et il regarde sa silhouette sombre et massive. Il suit Naâ d'un pas lourd, comme un aveugle, comme un chien. Une fois réfugiés dans le sas, une douche puissante chasse les insectes qui s'enfuient sous les grilles métalliques du plancher. La visite a été de courte durée, ils sortent, ôtent enfin leurs casques et laissent une trace humide dans le couloir menant au vestiaire. Le silence est pesant.

"Bravo et merci pour le spectacle !", le garçon de l'accueil jubile.

"Nous sommes vraiment désolés pour cette pagaille. Excuse mon ami, c'est la première fois qu'il vient ici."

"Ce n'est pas à toi de t'excuser. Il a perdu sa langue ?"

Paul lui jette un bref regard et montre du doigt le pansement à son cou.

"Ouais... en tout cas, vous avez mis un beau bordel ! Si tout le monde était comme vous, nous serions obligés d'interdire les visites. Et à cause de vous, je risque de me prendre une corvée..."

Paul est exaspéré par cette logorrhée. Il doit encaisser cette litanie de reproches, petite revanche d'un petit grouillot de service. Débarrassé de sa combinaison, il quitte la pièce sans même attendre Naâ. Une fois dehors, il rejoint le kad et s'y assoit pour se calmer. Il est d'une humeur de chien, vexé d'avoir été réprimandé et infantilisé de la sorte. Quel gâchis ! Une belle journée s'annonçait au bras de Naâ, et voilà qu'une ridicule contrariété s'installe sans crier gare. Paul attend Naâ et s'impatiente. L'endroit est aussi désert qu'en arrivant, tout est immobile comme sur une photographie, sauf un véhicule qui ne fait que glisser en silence sur la route toute proche. Tandis qu'il l'imagine en train de bavarder, à tu et à toi, avec cet insupportable dandy, la voilà qui sort du bâtiment, magnifique dans sa combinaison jaune. Elle s'installe aux commandes du véhicule et enfile son casque. Sans un regard vers Paul, elle lui demande :

"Où voulez-vous aller ?"

"Euh ... je ne sais pas ..."

Naâ est brève et tranchante, visiblement contrariée elle aussi :

"Au bord de l'eau, ça vous dit ?"

"Oui, très bien."

Paul se sent comme un boulet au pied de Naâ. Un touriste qu'il faut trimballer. Avant qu'elle ne démarre, il lâche quelques mots :

"Ne gâchons pas notre journée, s'il vous plaît."

Naâ se radoucit :

"Vous avez raison. Ce petit incident n'est pas si grave, après tout."

"Merci tout de même pour la visite, brève certes, mais intense !"

"Allez, en route vers un endroit tranquille maintenant."

Le trajet pour rejoindre le bord de l'eau se fait au rythme d'une balade. Paul se laisse bercer par cette promenade, malgré le paysage assez monotone en périphérie de la ville. Jusqu'au moment où un panorama s'offre à eux. Ils dominent une étendue d'eau, grande comme une mer intérieure, dont on ne distingue pas l'horizon troublé par la brume. La route n'en finit pas de descendre sur les derniers kilomètres, plongeant vers un port, rendu miniature par la distance. Une digue impressionnante, en arc de cercle, protège le port, comme deux bras maternels. Les murs de la digue se prolongent sur les terres pour former des remparts. Le plan d'eau dessiné par la digue irrigue le village par des canaux tortueux, pénétrant comme des racines. Sous le charme de ce tableau saisissant, Paul se souvient de certains passages du cours d'histoire qu'il a visionné quelques jours plus tôt. Il s'agit du deuxième lieu historique le plus ancien, après le cœur.

Ils suivent ainsi la route qui serpente et meurt finalement au pied des remparts. En passant le porche des épaisses fortifications, Paul retrouve un cadre qui lui semble familier, avec ces ruelles serrées entre les bâtiments au caractère médiéval. Les boutiquiers ont investi les lieux, étalant leur artisanat agréable et superflu. L'alimentaire y tient une bonne place, avec des odeurs empiétant parfois largement sur la rue. Paul est curieux de tout et interroge

Naâ chaque fois dans un murmure, et Naâ répond de bonne grâce à cette candide ignorance. Le hasard de la promenade les amène le long d'un canal, qui restera leur guide pour rejoindre le port.

"Je vous offre un gombo ?"

"C'est quoi ? Du pâté d'abeille ?"

Elle rit.

"Presque, puisque c'est un petit repas."

Il se penche à son oreille :

"En français, on dirait une collation ou un casse-croûte ou un en-cas."

"Merci professeur. Mais vous n'avez pas répondu à ma question."

"Mais allons-y. Je vous suis."

Naâ choisit une terrasse peu fréquentée, comme l'avait fait Efus quelques jours auparavant.

"Vous me commandez la même chose que vous, d'accord?"

"Mais je ne comptais pas faire autrement."

Paul sourit à cette réplique, se cale confortablement dans son fauteuil et regarde l'eau calme. Pas un souffle de vent ne vient rider ce miroir. De rares embarcations traversent lentement le port, libérant quelques vaguelettes qui s'amusent à rebondir contre la digue. Ils restent un long moment silencieux, à profiter de la quiétude de l'endroit. Paul regarde l'eau calme et la brume au loin. Vivre ici, maintenant, demain. Et demain encore. Il reprend un rouleau de cette nourriture indigène, une saveur légèrement sucrée et mêlée d'amertume. Il se projette dans l'avenir, il veut déchirer cette brume.

"Pensez-vous que je pourrais trouver un travail ? Dans votre Département par exemple."

Naâ est prise au dépourvu :

"Je ne sais pas. Pourquoi pas ? Mais ce n'est pas moi qui décide vous savez."

"Je m'en doute. Mais croyez-vous que ce soit possible ?"

"Eh bien, je m'excuse mais je ne vois pas très bien ce que vous pourriez faire."

"Vous apporter mes connaissances, vous aider à mieux comprendre notre civilisation. Participer à vos études sociolo-giques et anthropologiques."

"En avez-vous parlé à Efus ?"

"Pas encore. Je voulais d'abord voir votre réaction sur le sujet. Et j'avoue que j'espérais un peu plus d'enthousiasme."

"Mais... je... je ne veux pas vous donner de faux espoirs. Cependant, si Efus me demande mon avis, j'encouragerai votre demande, Paul."

Paul la remercie sobrement, sans grande conviction.

"Et pourquoi songez-vous à travailler ? Pourquoi maintenant ? N'est-ce pas un peu prématuré ?"

Paul réfléchit à la réponse.

"Savez-vous ce qu'est un chien, Naâ ?"

"Oui, j'en ai vu dans vos émissions animalières et dans vos films."

"Comprenez-moi, je ne parle pas du mammifère mais de son statut. Le chien est l'animal domestique par excellence. Voué à son maître, obéissant, c'est une compagnie facile et agréable. Certains en font même leur poupée fétiche, pour cajoler ou pour cogner, c'est selon. Bien sûr, il faut le nourrir et le sortir de temps en temps."

Paul marque une pause.

"Je ne veux pas être un chien, Naâ. Pas même le vôtre. Tourner en rond dans une maison et attendre qu'on m'emmène pour la promenade, c'est une perspective qui me... jamais je ne pourrai supporter ça."

Naâ reste silencieuse.

"J'ai besoin d'un avenir d'homme, d'une vie d'homme. J'ai besoin de liberté. Aujourd'hui, on me tient au bout d'une laisse et je risque de péter les plombs Naâ."

"Péter les plombs ?"

"S'abandonner à ses pulsions... avec la raison qui s'est noyée dans le cerveau."

"Calmez-vous Paul. Ne soyez pas si pessimiste."

"Je ne suis pas pessimiste mais lucide et inquiet. Ne me sermonnez pas s'il vous plait. J'ai l'impression d'entendre un toubib ou un curé. N'imitez pas Efus, par pitié. Soyez vous-même Naâ. C'est le plus grand réconfort que vous pourrez m'offrir."

En disant cela, Paul pose sa main sur celle de Naâ. Ce contact de la peau contre la peau ne dure qu'une seconde. Naâ retire sa main vivement, comme un tressaillement provoqué par une brûlure. Ce geste renvoie Paul au bout du monde.

"Je suis désolée... je...", Naâ est émue, troublée par cet homme qu'elle découvre tourmenté. Elle ne détache pas son regard du sien, ce qui vaut bien le contact des mains.

"Rentrons s'il vous plaît."

"Paul, je... n'aime pas vous voir comme ça. Faites-moi plaisir, faites-moi un sourire."

Paul sourit, un peu tristement mais sincèrement.

"Vous devez me trouver bien ingrat."

"Non. Je suis un peu surprise par votre réaction."

"Excusez-moi. J'ai assez pleuré sur mon sort. Allez, partons, et emmenez-moi dans votre kad."

La pièce est vaste et largement ouverte sur la rue, qu'elle domine du deuxième étage. Il y a peu de circulation à cette heure matinale et Naâ est la première arrivée au bureau. Elle s'installe à son poste comme chaque matin et allume plusieurs appareils, parmi tant d'autres qui sommeillent encore en attendant leur maître. Un écran attrape une émission terrestre, des ondes qui flottent dans l'espace. Il s'agit d'un jeu télévisé, avec animateur souriant et content de lui. Comme trop souvent, le présentateur croit comprendre qu'il s'agit d'un "je" télévisé. Les candidats sont un peu tendus par l'enjeu : gagner de l'argent. Naâ zappe, jusqu'à trouver un journal d'information ou un documentaire.

La chronique économique qui jaillit des écouteurs, ne s'accroche à aucun neurone. Elle repense à sa journée d'hier et à Paul.

"Salut !"

Naâ sursaute.

"Salut. Tu m'as fait peur, je ne t'ai pas entendue arriver."

"Alors ! Raconte !"

Tana est une collègue et une bonne copine aussi, très curieuse de Paul, l'homme mystère. Naâ lui décrit les principaux évènements de la journée, mais le ton est trop neutre pour Tana, friande de détails.

"Et il a fait un commentaire sur ta combi ?"

Naâ sourit et lève les yeux au ciel.

"Non. Enfin oui... il a dit que j'avais mis mon costume d'abeille."

"Et tu crois que pour eux c'est un compliment ?"

"Je ne sais pas. Sans doute, si j'en crois les quelques regards que j'ai croisés !"

"Il te reluquait en douce ? C'est bien tous les mêmes !"

"Il ne va pas bien, tu sais. Il se sent très seul."

"Il a besoin d'une compagnie féminine !"

"Peut-être pas. Il a dit qu'il était célibataire."

"Toi aussi tu es célibataire. Et il me semble que ça ne t'empêche pas de rêver d'un homme !"

Naâ ne répond pas.

"T'en pinces pour lui ?"

"T'es bête ! Non, je m'inquiète pour lui. Je te rappelle que je suis chargée d'une mission d'accompagnement et d'observation. Seulement ... c'est très différent du travail sur écran."

La conversation est interrompue par le bippeur de Naâ. Efus la prie de bien vouloir le rejoindre dans son bureau et elle sait qu'elle ne doit pas le faire attendre.

"Bonjour Naâ. Asseyez-vous, je vous en prie."

Efus referme la porte. Ce geste inhabituel met Naâ mal à l'aise.

"J'aimerais avoir votre analyse sur la journée d'hier."

Naâ se remémore la conclusion du rapport qu'elle a établi la veille au soir et conclut :

"Certains évènements ont révélé chez Paul de vives réactions. Son comportement traduit à mon avis une fragilité psychologique et émotive."

"Je l'ai croisé hier soir, après qu'il vous ait quittée. Il n'a pratiquement pas dit un mot. Je dois vous avouer que je suis assez inquiet à son sujet."

"Il réclame sa liberté. Il ne voit aucun avenir acceptable, dans les conditions actuelles. Il m'a interrogée sur la possibilité de travailler au sein du Département. Pensez-vous que l'on puisse lui permettre ce genre d'activité ?"

"Je ne sais pas. Il faut que j'y réfléchisse."

"Efus, la situation me semble critique. Je crains qu'il commette un acte irraisonné."

"Je vais interroger l'Ordre, sur la possibilité d'une confrontation. Je vous remercie Naâ."

Naâ se lève, soulagée qu'aucun reproche ne lui ait été fait.

"Une dernière chose. Lorsqu'il vous a touché la main, sur le port, je pense que vous avez été un peu trop... réceptive. La caméra a certainement mal restitué votre état d'esprit, n'est-ce pas ?"

"En effet."

"Tant mieux. Et à propos de votre tenue vestimentaire, je vous demande d'oublier cette combinaison. Je désapprouve ce choix, qui apporte une confusion et une ambiguïté inutile à votre fonction."

"Très bien."

L'entretien est terminé et Naâ retourne à son poste de travail. Elle s'assoit face à l'écran, met les écouteurs et retient ses larmes. Elle ne doit pas pleurer, pas dans ce bureau, pas devant cet écran qui a nourri tant de fantasmes. Elle doit garder la confiance d'Efus, pour rester celle qui accompagne l'homme venu d'ailleurs. Il ne faut pas laisser tous ces rêves intimes couler le long de ses joues, pour les voir s'écraser contre le sol, et finir par s'évaporer. Naâ repense à sa première rencontre avec Paul encore endormi dans la chambre, à la douceur étrange de ses cheveux, à ses yeux inconnus pleins de promesses. Elle pense à cet homme providentiel, tant espéré, tant attendu et tellement improbable. Un homme déraciné qui se morfond aujourd'hui entre quatre murs.

La matinée du lendemain est une souffrance, inutile et irraisonnée. Naâ guette l'arrivée d'Efus. Son retard l'a d'abord rendue impatiente, pour finir par la laisser en proie à l'inquiétude et à une angoisse incontrôlée. Dès son arrivée, Naâ vient à sa rencontre :

"Il est arrivé quelque chose ?"

La fébrilité de Naâ est évidente.

"A quel propos ?"

"De Paul bien sûr !"

"Il s'est levé tard ce matin, tout simplement. Ne dramatisez pas la situation Naâ."

"J'étais seulement inquiète, rien de plus. Comment va-t-il?"

"Son état me paraît stationnaire."

"Pensez-vous qu'une distraction lui serait salutaire ?"

"Sans doute. Et à quoi songez-vous ?"

"Je peux l'emmener à l'anneau. Ce soir par exemple ?"

Efus hésite un instant.

"Entendu. Occupez-vous de la cabine ce matin, dans ce cas."

Naâ acquiesce avec un sourire, sans parvenir à remercier Efus. Il y a quelques jours seulement, cette demande aurait été une simple initiative professionnelle. Aujourd'hui, elle sent confusément qu'il s'agit d'une faveur personnelle quémandée auprès d'Efus.

Naâ consacre sa matinée à l'organisation de la soirée, les formalités et les détails matériels pour assurer la surveillance continue de Paul. Le reste de la journée n'est que du remplissage inutile, comme on feuillette des revues insipides pour s'occuper les mains, à parcourir des articles qui n'intéressent que ceux qui les écrivent. Naâ tue le temps ainsi devant son écran, en attendant le soir.

Efus est penché sur son écran lorsque Naâ franchit la grille.

"Je ne vous attendais pas si tôt !"

"Je sais, je suis un peu en avance."

Efus a inspecté rapidement du regard la tenue de Naâ, vêtue d'une simple tunique. Il s'agit d'être neutre, sans plaire ni déplaire. Naâ se sent jugée comme un bouquet de fleur ou un objet de vitrine.

"Il est dans sa chambre."

L'ambiance n'est pas franchement chaleureuse et Naâ ignore s'il s'agit d'une hostilité dirigée contre elle ou bien d'une contrariété provoquée par Paul. Elle reste un instant piquée là, à attendre encore quelques mots d'Efus, qui replonge vers son écran.

"Vous pouvez le rejoindre, il vous attend."

Naâ traverse le salon et se retrouve face à la porte de la chambre.

"Paul ?... je peux entrer ?"

Après un instant de silence, Paul ouvre la porte, il est torse nu.

"Bonjour. Entrez, je vous en prie."

Naâ est troublée par cette intimité dévoilée.

"Je vous dérange peut être."

"Vous ne me dérangez jamais Naâ. Je me reposais en vous attendant."

Elle entre dans la pièce, ne pouvant éviter la proximité passagère de son corps.

"Comment allez-vous ?"

"Très bien. Aussi épanoui qu'un poisson rouge."

"Un poisson rouge ?"

"Les poissons rouges vivent dans un bocal et tournent en rond en se tapant le nez contre la vitre. Les plus chanceux ont un peu de gravier et un décor en plastique qui leur tient compagnie."

"Vous n'allez pas bien, n'est-ce pas ?"

"Pas très fort, en effet. C'est difficile de s'habituer à l'ennui. Et puis Efus ne m'apporte aucun réconfort. Sa façon de me prendre pour un petit garçon, ça m'emmerde. Je ne peux plus entendre ses sermons de maître d'école, son ton professoral et sa sagesse pleine de vide. Il n'y a plus guère de dialogue entre nous et je crois qu'il en est extrêmement contrarié. Il sent bien mon irritabilité et a conscience de son impuissance. On en est arrivé à une cohabitation polie et stérile. Et pour finir, je crois bien qu'il est devenu jaloux. Jaloux de vous, Naâ."

"Ne dites pas ça, Paul ! Pourquoi voulez-vous qu'il soit jaloux de moi ?"

"Efus est intelligent et il n'est pas aveugle. Sans doute espérait-il des conversations passionnantes avec moi. Des échanges scientifiques et philosophiques, des confrontations, que sais-je encore ? Mais il doit se rendre à l'évidence, je ne suis pas à la hauteur de ses ambitions. Je ne suis qu'un homme ordinaire, qui préfère votre compagnie à la sienne. Moi-même je me surprends à ne pas être davantage enthousiaste. Quelle aventure tout de même ! Quelle découverte vertigineuse ! Et quelle déception pour Efus !"

Paul saisit sa tunique restée sur le lit.

"Au fond, sans doute a-t-il raison. Je suis certainement sous le choc et je ne réalise pas ce qui m'arrive. Avec le temps, on finit probablement par tout accepter."

Paul enfile sa tunique.

"Voilà, je suis prêt à vous suivre."

"Allons-y. J'espère que le spectacle de ce soir va vous distraire."

Dans la cour, Efus est toujours devant son écran.

"Bonsoir Efus. A demain."

Efus ne prend pas la peine de lever la tête :

"A demain."

En refermant la grille derrière lui, Paul a franchement la sensation de s'évader de sa cellule. "Naâ sort le chien en promenade", cette réflexion lui traverse l'esprit mais n'a aucune prise sur son humeur. Humeur vagabonde qu'il imagine semblable à celle d'un amnésique qui ne connaît que le présent. Paul et Naâ marchent à l'unisson, à la cadence des marches des escaliers, pour quelques heures de liberté.

"Vous n'avez pas remis votre combi Goozi ?"

Naâ sourit, comprenant que cette question est teintée d'un léger regret.

"Non en effet."

"Allons-nous d'abord dîner avant le spectacle ?"

"Nous mangerons pendant le spectacle."

"On ne pourra pas beaucoup discuter alors ?"

"Mais si, vous verrez."

Naâ s'arrête brusquement.

"Décidément, j'oublie à chaque fois. Arrêtez-vous un instant Paul."

Elle sort de sa poche le même pansement que la dernière fois. Paul comprend et se tient une marche plus bas que Naâ, montrant son cou. Elle lui applique cet artifice avec le même soin et Paul y prend le même plaisir silencieux. Après cette courte pause, ils reprennent leur marche en escalier à pas cadencé.

"Il y a des sourds muets dans votre société ?"

"Je ne sais pas. Je n'en connais pas."

"Vous devez bien savoir s'il y a des handicapés, des aveugles, des sourds ?"

"A vrai dire, on en parle pas. Je crois que notre médecine est capable de remédier à ces déficiences."

"Et les maladies ? Les épidémies ? Vous connaissez ?"

La conversation se poursuit et s'achève lorsqu'ils s'installent dans le kad. Au terme d'une demi heure de route, ils se retrouvent englués dans un embouteillage. La sourdine des moteurs électriques est couverte par le cocktail des conversations, avec quelques engueulades qui émergent de l'ambiance générale plutôt calme.

"Ne me dites pas qu'ils vont tous au spectacle !"

"Bien sûr que oui !"

"Mais on ne va jamais y arriver !"

"Ne vous inquiétez pas. C'est toujours comme ça ! Dans une demi-heure, nous serons installés. Et puis parlez moins fort ou bien taisez-vous !"

"OK, je ne dis plus rien. N'empêche que c'est un sacré bordel !"

Ils avancent à pas de fourmi, au coude à coude, comme s'ils étaient tous attachés les uns aux autres. Paul regarde ses voisins, imperturbables. Ils sont nombreux à porter des écouteurs, qui les soustraient visiblement à la promiscuité ambiante. Les autres discutent ou rêvassent et tout ce petit monde glisse lentement vers les parkings en sous-sol. Habituellement, Paul est plutôt mal à l'aise dans les foules. Là, curieusement, il y trouve un certain bien-être. Il est un citoyen lambda, quidam parmi les quidams, baignant dans l'indifférence générale.

Arrivés dans l'immense hall, la foule est toujours présente mais sans être oppressante. Paul émerge un peu du gabarit moyen qui se situe à 1,70 m environ, hommes et femmes confondus. Son 1,82 m lui permet de dominer tous ces crânes bleutés asexués. La tenue dominante est la tunique et pantalon, avec une déclinaison de formes et de couleurs assez variées. Quelques-uns portent des combinaisons, un peu ridicules pour les hommes et souvent très à propos pour les femmes. Paul ne peut s'empêcher de laisser traîner son regard sur quelques jolies pépettes très bien ajustées. Ce qui n'échappe pas à Naâ.

Ils déambulent ainsi côte à côte, dans ce hall elliptique qui rappelle l'anneau parcouru avec Efus, quelques jours plus tôt. Et puis Naâ bifurque vers le centre, sort deux tickets de sa poche pour passer les portillons, façon métro, emprunte un escalator qui dessert une coursive, bordée par les cabines des spectateurs. Ils entrent dans l'une d'entre elles et les tickets servent une dernière fois à déverrouiller les coques des fauteuils. Paul est obligé d'élever la voix :

"Ça ressemble beaucoup à un stade !"

"Oui, vous appelez ça un vélodrome je crois. Sauf que le nôtre est bien plus grand."

"Crâneuse !"

La piste rappelle en effet un vélodrome, à ceci près qu'elle est métallique et qu'un tour fait presque 800 mètres ! Autre particularité, un plan d'eau est au centre de la piste, dessinant ainsi le cœur du stade comme un immense nénuphar. Les tribunes des spectateurs ne sont pas en gradin mais à l'aplomb les unes des autres, sur une vingtaine de mètres de hauteur. Et il règne un brouhaha effrayant à l'intérieur de ce chaudron, rivalisant avec une cour d'école maternelle.

"Mais on ne s'entend pas là-dedans !"

"Mettez le casque !"

"Encore un casque !"

"Allez, mettez-le et gardez vos écouteurs."

Ainsi coiffé, Paul se trouve presque totalement isolé du bruit.

"Allô, Naâ ? Vous me recevez ?"

"Xiz moud nâm !"

Paul tourne la tête vers Naâ, les yeux écarquillés :

"On a un petit problème de traduction, je crois !"

"Pas du tout, ça veut dire que je vous reçois parfaitement."

"Bien sûr, j'avais compris ! Eh bien, nous attendons maintenant les héros de cette soirée, dont l'entrée en piste est imminente. Le public a répondu présent et l'ambiance commence à monter,

86

toujours dans un esprit bon enfant, je vous rassure ! J'ai à côté de moi une spécialiste de la discipline, que j'ai le plaisir d'accueillir, et qui va nous faire profiter de ses commentaires avisés. Bonsoir Naâ !"

Cette fois, c'est Naâ qui tourne la tête vers Paul, les yeux écarquillés :

"Euh ... bonsoir."

"Merci d'être avec nous ! Pouvez-vous nous présenter rapidement le spectacle qui nous attend, s'il vous plaît."

Naâ rit.

"Bien sûr Paul. Comme vous le savez, il s'agit de la dernière phase éliminatoire avant la grande finale, qui aura lieu à la fin de l'année. Les douze concurrents représentent huit districts et les affrontements s'annoncent très prometteurs. Nous retrouvons ce soir des figures bien connues de tous, mais aussi quelques talents émergents. Je pense notamment à Heyléon dont on dit le plus grand bien, et qui pourrait fort bien se retrouver en duel face au champion en titre, Heylric."

"Pouvez-vous nous rappeler rapidement le principe des éliminatoires ?"

"C'est fort simple. Le tirage au sort fait s'affronter deux concurrents, pour dix tours de piste. Les six vainqueurs s'opposent à nouveau par duel, et ainsi de suite jusqu'aux deux derniers, qui sont qualifiés pour la grande finale. Le vainqueur gagne une prime."

"Les voilà qui arrivent !"

Les douze protagonistes descendent du plafond, debout sur des galettes suspendues à des câbles. La clameur de la foule les accueille, tandis qu'ils se posent doucement sur l'immense nénuphar. Leurs combinaisons ressemblent à des armures, arborant les couleurs de leur district. La présentation de chacun est l'occasion d'un gros plan diffusé sur écran géant. Les visages sont masqués par leurs casques, lointains cousins des heaumes de chevaliers. Le tournoi peut commencer. Les deux premiers franchissent le plan d'eau, toujours debout sur leur disque métallique, comme des marionnettes au bout d'une ficelle. Ils sont déposés côte à côte sur la piste et décrochent les câbles qui remontent se perdre dans le plafond. Chacun prend alors la position d'une araignée sur le disque. Naâ reprend le commentaire :

"Le départ est maintenant imminent. Une des clés de la performance est de pouvoir prendre appui avec les pieds et les mains, sur ce petit bourrelet périphérique. Attention au départ ... c'est parti !"

Les deux engins démarrent comme des balles et volent à quelques centimètres du sol métallique. Les deux pilotes inclinent légèrement l'assiette vers l'avant et se frottent rudement. Parfois, le choc entre les deux véhicules les fait toucher le sol et provoque des étincelles. Ils restent au coude à coude à une vitesse incroyable, chacun essayant de déstabiliser l'autre. Au troisième tour, le pied d'un deux pilotes lâche prise, l'autre en profite et se rabat violemment contre lui. Le malheureux est éjecté de l'engin. Paul exulte :

"Formidable ! Quelle manœuvre ! Mais c'est incroyable, il est tombé et il continue de voler sans toucher le sol ! Il va s'écraser contre le muret supérieur ! Ouah, génial ! Il rebondit à toute vitesse vers le plan d'eau ! Attention au plongeon... et bien non, avec la vitesse, il fait des ricochets... il ralentit... et voilà, c'est terminé !"

Le perdant est debout, avec de l'eau jusqu'à mi-cuisse, tandis que le gagnant fait un tour d'honneur, sous les acclamations de la foule.

"C'est ahurissant ces engins !"

"Ce sont des suspenseurs électromagnétiques !"

Les duels se succèdent ainsi avec chacun leurs péripéties. La plus frappante reste la perte de connaissance d'un jeune concurrent, après un choc violent contre le muret, repêché avec un aimant comme un morceau de ferraille, bon pour la casse. La qualité du spectacle est donc au rendez-vous, contrairement à celle du repas qui leur est servi. L'intensité dramatique qui émane de la piste se retrouve malheureusement un peu dans l'assiette.

"Nous arrivons maintenant au terme de cette compétition, avec cet ultime combat que tout le monde attend : le champion Heylric face au challenger Heyléon. Quel est votre pronostic Naâ?"

"Heylric bien sûr !"

"Vous ne croyez pas aux chances du jeune prodige ?"

L'affrontement va durer cinq tours et c'est Heyléon qui prend le bouillon. Gloire au vainqueur et honneur au perdant ! Leurs visages apparaissent maintenant en gros plan sur les écrans géants.

Heyléon a un petit gabarit de jockey et une attitude un peu lunaire.

"On dirait un oiseau !"

Heylric est musculeux et sans nuance, surtout dans le regard.

"On dirait un sanglier ! Et vous avez vu cette dentition ! Comme si elle avait poussé en vrac !"

Naâ rit, en lui reprochant cette moquerie un peu facile. Les champions repartent comme ils étaient venus, en s'envolant vers le plafond et Naâ se lève, donnant ainsi le signe du départ.

"Peut-on attendre cinq minutes ? Je n'ai pas envie de retrouver la cohue."

Naâ se rassoit. Ils regardent le stade se vider lentement.

"Au fond, votre société n'est pas différente de la nôtre."

"Vous trouvez ?"

"Emmener un invité au spectacle, c'est tout à fait le genre de chose que l'on fait. Tout comme les visites de musée ou les balades dans une vieille ville. Vous devez le savoir, non ?"

"Pas vraiment."

Les tribunes sont maintenant désertes, en imposant leur silence. Paul regarde Naâ, qui lui renvoie un sourire.

"On y va ?"

"Vous me ramener directement chez Efus, c'est ça ?"

"Oui, c'est ça."

Paul aurait aimé prolonger cette soirée, quelque part avec Naâ. Mais il ne proteste pas et se résigne à rentrer au bercail.

Arrivés devant la grille, chez Efus :

"Merci pour cette soirée. Le spectacle a été formidable."

"Nous pourrions aller voir la grande finale à la fin de l'année. Ça vous plairait ?"

"Bien sûr. Et je suis partant pour toutes vos suggestions. Si vous avez d'autres idées, n'hésitez surtout pas !"

"Entendu, je vais y réfléchir."

"Bon, eh bien ... bonsoir."

"Bonsoir."

"Quand est-ce que je vous revois ?"

"Je ne sais pas. Bientôt certainement."

Naâ sait bien que Paul va se morfondre dès qu'il aura franchi cette grille. Et Paul fait l'effort de ne pas trop en demander à Naâ. Il redoute tellement de devenir un poids mort, un boulet qu'il faudrait qu'elle traîne.

Paul ne répond rien. Il tend le bras et pose sa main sur la joue de Naâ, osant une caresse fragile. Naâ ne refuse pas ce geste et penche sa tête vers la main de Paul, imperceptiblement.

"A bientôt donc."

"Dormez bien, Paul."

Paul s'endort naturellement avec le visage de Naâ, qui est resté au creux de sa main. Il a le sentiment qu'il ne pourra plus jamais s'en défaire, que ce petit moment de quelques secondes pourrait devenir la plus grande nostalgie de sa vie.

A quelques distances de lui, Naâ est également seule dans son lit. Elle s'est abandonnée à cette main masculine et ne sait qu'une chose, elle s'abandonnerait bien à nouveau à cette tendresse-là.

"J'ai des choses à vous dire Paul."

"Je vous écoute."

Paul a la dégaine d'un adolescent attardé. Lymphatique, nonchalant, mou, indifférent et un peu négligé. Une dégaine qui est à la fois le reflet de son état d'esprit un peu à l'abandon et aussi, peut-être, la manifestation d'un certain goût pour la provocation. Efus ronge son frein, à la fois excédé et désolé d'assister à ce gâchis.

"La situation n'est pas brillante, vous en conviendrez. Votre présence ici devient presque absurde, à force d'inutilité. J'ai réussi à convaincre l'Ordre de vous rencontrer, aujourd'hui. Je vous demande de soigner votre présentation. Cette négligence vous fait du tort."

"Et en quoi consiste cette rencontre avec l'Ordre ?"

"Vous le découvrirez le moment venu. Sachez seulement qu'il s'agit de votre avenir parmi nous."

"S'agit-il d'entendre une décision irrévocable ? Ou bien le dialogue est-il possible ?"

"Vous aurez droit à la parole, naturellement."

"Très bien. Je vous remercie Efus."

"Allez donc vous laver et vous raser. Nous partons dans moins d'une heure."

Pendant cette heure, Paul est tenaillé par une boule à l'estomac. Ce mot "Ordre" sonne comme un tribunal. Il s'imagine un procès, un jugement et un verdict. Les derniers instants d'attente dans le couloir sont interminables. Et puis enfin, la porte s'ouvre. Efus demande à Paul de rentrer le premier. La salle est dépouillée de tout artifice. Quatre murs, une table ronde et des sièges autour. L'ambiance rappelle la chambre d'hôpital, avec la même sobriété et le même éclairage. Ils sont sept autour de la table, trois hommes et quatre femmes. Tous regardent Paul. Efus lui indique un siège et s'assoit lui-même à sa gauche, sur le dernier siège vacant. Aucun protocole, aucune fioriture, tous sont assis autour d'une même table, sans distinction entre eux. Paul ne sait pas trop quoi faire de ses mains et son regard balaie les visages, sans oser s'attarder sur l'un d'eux, jusqu'à ce qu'un homme prenne la parole.

"Bonjour Paul. Nous sommes heureux de vous rencontrer enfin. Chacun d'entre nous, ici, connaît parfaitement votre situation. Et sous l'impulsion d'Efus, nous avons jugé nécessaire d'orienter l'évolution de votre avenir."

Une femme :

"Vous avez manifesté l'envie de travailler. C'est tout à votre honneur et nous avons décidé de vous donner satisfaction. Les modalités précises restent encore à définir mais nous pouvons d'ores et déjà vous annoncer que vous pourrez intégrer l'équipe d'Efus au Département des Ecoutes."

"Je vous en remercie."

Paul a jeté un bref regard à Efus, qui ne bronche pas.

Un homme, qui semble être le plus âgé :

"Soyons clair. Il s'agira d'un vrai travail, avec un programme, des horaires et non d'une occupation selon votre bon vouloir."

Paul acquiesce comme un élève bien sage, l'homme poursuit son intervention :

"Ne vous méprenez pas : votre clandestinité demeure une priorité."

Une autre femme :

"Vous vous plaignez de votre situation de captivité et vous avez revendiqué votre liberté. Pouvez-vous en dire davantage sur cette liberté qui vous tient tant à cœur ?"

"Il s'agit simplement de la liberté de mouvement, d'aller et venir à sa guise et d'entreprendre ce qui nous plait."

"Et vous croyez que cette liberté est raisonnable ?"

"Elle ne l'est pas moins qu'une clandestinité à perpétuité."

L'homme qui a ouvert les débats reprend la parole :

"Il ne peut être question de perpétuité. Qu'on le veuille ou non, tôt ou tard, la révélation de votre existence et de votre origine se fera au grand jour. La question n'est pas tellement de savoir quand, mais comment."

"Votre présence est pour nous une opportunité, pour que cette révélation se fasse en douceur. Mais il faut du temps et vous devez être patient."

Le plus vieux intervient :

"Tout ceci n'est aujourd'hui qu'une hypothèse. Ne considérez pas qu'il s'agit d'une promesse."

Paul le regarde :

"S'il ne s'agit pas d'une promesse, laissez-moi en faire un espoir."

Il rétorque :

"Dans ce cas, cela n'engage que vous."

Paul s'adresse cette fois à l'assemblée :

"Expliquez-moi une chose, à laquelle je réfléchis sans trouver de réponse. Les portes que j'ai franchies pour venir jusqu'ici sont votre œuvre, n'est-ce pas ? Ce passage est-il donc inconnu de tous ?"

"Ce que vous appelez un passage n'est rien d'autre qu'une faille qui conduit à une poche de gaz. Les portes nous isolent de ce danger. Etes-vous satisfait de cette réponse ?"

Paul médite un instant cet art de la désinformation et reprend :

"Et ne craignez-vous pas que votre civilisation soit découverte par la nôtre ?"

Le plus vieux répond avant les autres :

"Bien sûr que ce sujet nous préoccupe, mais ce débat n'est pas à l'ordre du jour."

Une femme reprend l'initiative :

"Nous ne cherchons pas à vous nuire, bien au contraire, et j'espère que vous en avez conscience, Paul. Nous mettons tout en œuvre pour permettre votre intégration parmi nous. Peut-être est-ce naïf de croire que c'est possible. Cependant, il nous faut commencer par explorer cette solution. Si tout cela devait aboutir à un échec, alors d'autres solutions devront être étudiées. Nous avons évoqué le travail que nous allons vous offrir et je voudrais ajouter une dernière chose. Outre Efus et Naâ, il est temps que d'autres personnes entre dans votre univers quotidien. Nous pouvons donc vous annoncer qu'à partir d'aujourd'hui, vous allez rencontrer de nouveaux visages. Cette perspective vous réjouit-elle ?"

"Je vous remercie de la confiance que vous m'accordez et j'espère que je ne vous décevrez pas."

Ainsi va-t-il côtoyer d'autres personnes. Comment sera-t-il perçu ? Comme une bête curieuse ou comme un homme parmi d'autres hommes ?

Plus tard, Paul et Efus se retrouvent réunis dans la cour, autour de la table comme tous les soirs.

"Je vous dois des remerciements, Efus. J'imagine que sans vous, ma situation serait sans doute beaucoup moins confortable. Si j'ai bien compris, ce sont les sept représentants de l'Ordre qui décident de mon avenir ?"

"En effet, l'Ordre représente le Pouvoir. Ses membres sont reconnus pour leurs compétences, spécifiques et complémentaires. Et ils exercent le Pouvoir en prenant des décisions sur le fonctionnement de la société."

"Il s'agit du Gouvernement en quelque sorte."

"Pas tout à fait. La fonction essentielle de l'Ordre est de réfléchir aux Lois, à leur élaboration et à leur pertinence. Mais nous intervenons aussi, parfois, dans leur mode d'application."

"Nous ?"

"Oui, j'ai le privilège et l'honneur de faire partie de l'Ordre."

Cette révélation déstabilise Paul. Il prend soudainement conscience d'être à la table d'une personnalité éminente de la société, d'être en tête à tête avec un homme de Pouvoir. Et curieusement, Paul n'en éprouve aucun sentiment d'infériorité, qui pourrait l'inhiber encore davantage. Il a plutôt la sensation qu'un verrou vient de sauter.

"Vous avez cru bon taire votre prestigieuse fonction, Efus. Peut-être est-ce par égard envers moi, mais je le ressens malgré tout comme une manipulation."

"Vous vous trompez et vous nous surestimez. Contrairement à ce que vous semblez penser, nous n'avons pas d'idée précise sur votre avenir."

"J'ai un peu de mal à vous croire, mais après tout, peu importe. Alors comme ça, vous êtes membre de l'Ordre..." Paul ne sait par quelle question commencer. "... et depuis quand ?"

"Depuis bientôt trois ans. Nous avons un mandat de quatre ans, qui peut être renouvelé."

"Et vous êtes élu par l'Ordre ?"

"Oui. Mais les candidats sont préalablement élus par leur Corporation. Il y a donc huit corporations principales : la Justice, l'Education, la Santé, les Ressources organiques et inertes, l'Industrie, la Recherche, l'Urbanisme et la Sûreté."

"Ça me fait penser à nos Ministères. Et vous êtes issu de quelle corporation ?"

"La Recherche."

"Dans quelle domaine ?"

"L'exploration."

"Oui bien sûr. Et il y a une corporation uniquement pour cela ?"

"Non, c'est une petite branche de l'arbre. La Recherche couvre tous les domaines."

"Mais quel est votre rôle exactement ?"

"Nous avons principalement deux choses à arbitrer : le contexte législatif et le budget. Pour la Recherche par exemple, il s'agit de répartir le budget pour chaque secteur, en fonction des demandes et des besoins. Et de statuer sur les adaptations des Lois, qui peuvent concerner la Sécurité, l'Ethique, l'Organisation."

"J'imagine que vous devez être très courtisé ..."

Efus sourit.

"En effet. Et ils sont nombreux ceux qui défendent leur projet ou leur budget, et c'est bien normal. C'est un peu la preuve de leur implication et de leur motivation."

Paul n'est guère convaincu par ce genre de propos, aux relents de langue de bois. Il fait face à Efus avec une moue dubitative.

"Mouais... Sans vouloir vous froisser, j'ai du mal à croire qu'il n'y ait pas de luttes d'influences, avec ses réseaux d'opinion qui s'opposent, ses clans et ses manœuvres. Ma culture me pollue sans doute; mais pour moi, le Pouvoir, c'est panier de crabes et compagnie."

"Me considérez-vous comme un de ces crabes ?"

94

"Ce n'est qu'une expression caricaturale. Mais reconnaissez que pour se hisser au sommet de la pyramide, ou pour fréquenter les élites, il faut une bonne dose de combativité et de séduction. Et la sincérité et l'honnêteté n'y sont pas nécessairement les premières vertus."

"Il y a du vrai dans ce que vous dites Paul. Mais n'allez pas croire que nos décisions se prennent à la légère et en catimini. Toutes les demandes qui nous parviennent, quelles qu'elles soient, sont préalablement débattues et approuvées par des comités, ce qui légitime en quelque sorte la cause collective. Ensuite, le rapporteur de cette demande est obligatoirement confronté à un contradicteur, un opposant si vous préférez ce terme. Notre Loi est ainsi faite. Nous écoutons le pour et le contre, les arguments de chacun, nous débattons au sein de l'Ordre, nous faisons parfois appel à des experts pour nous assister, et nous prenons notre décision par un vote. Très souvent, le travail réalisé par les comités et les collectifs ne nécessite guère d'amendement de notre part."

"Et la représentation populaire dans tout ça ?"

Efus hausse les sourcils, interrogatif.

"La voix du peuple ! Comment se fait-elle entendre ?"

"Je croyais vous l'avoir dit et je m'aperçois que j'ai oublié l'essentiel. Tout homme et toute femme est en droit de proposer une Loi. Aucune Loi ne doit nuire à une catégorie de population. Toute Loi doit profiter à la collectivité, ou à une partie significative d'une catégorie de population. Ce sont là des principes de base et il y en a beaucoup d'autres naturellement. Notre société est en perpétuelle évolution, par petites touches minuscules et innombrables. Tout un chacun peut être l'initiateur d'une Loi participant à une évolution ou à une modification. Pour remédier à un dysfonctionnement récurrent ou pour promouvoir un projet. Des milliers de Lois existent et forment un peu une immense toile d'araignée. Certaines ont une portée universelle, elles sont au cœur de la toile. D'autres ne concernent parfois qu'une catégorie de personnes très ciblées et sont sur la périphérie de la toile, presque en marge."

Efus prend un instant de réflexion avant de poursuivre.

"Chaque Loi doit être débattue sur la place publique. Je vous fais grâce des modalités de débat et d'approbation, qui peuvent varier selon la classification du projet de Loi. Entendre la voix du peuple comme vous dites, est non seulement une obligation dans l'élaboration d'une Loi, mais c'est beaucoup plus que cela

: c'est le processus fondateur et stabilisateur de notre société ! C'est le cerveau et le sang ! Et il nous a fallu des décennies pour éduquer ce cerveau et canaliser ce sang. Pour édicter les règles d'expression, pour apprendre à écouter et enfin, pour arbitrer et décider.

Les imbéciles pensent que la société idéale est celle qui ne nécessite aucune réforme, alors que c'est exactement l'inverse ! La société idéale est celle qui peut accepter toutes les réformes ! Elle doit vivre et évoluer ! Nous avons connu des périodes d'effervescence formidable, des bouillonnements d'idées nouvelles, des projets scientifiques et sociaux totalement novateurs !

Et puis une période d'accalmie a suivi, vécue comme une démobilisation, une sieste généralisée. Nous avons réalisé qu'une partie croissante de la population se désintéressait de l'intérêt public. Pas tellement par individualisme mais plutôt par paresse. Le confort peut induire l'oisiveté, le repli sur soi et l'exclusion. Nous avons craint alors pour l'équilibre de la société que nous avions bâtie, pierre par pierre. Nous avions besoin d'un nouveau projet mobilisateur, pour réveiller ce cerveau endormi."
Paul a bien du mal à enregistrer ce flot de paroles.

"Et ... quel est ce projet ?"

"Vous. Ce projet, c'est vous Paul !"

Le soir s'annonce avec les reflets rosés du ciel artificiel. Une couleur peut-être inspirée des couchers de soleil qu'ils ont pu visionner. Les paroles d'Efus ont été comme un vent glacial. Rien ne bouge dans la cour, les deux hommes se font face, immobiles. Efus reste silencieux comme une statue.

"Je ne comprends pas... Vous me dites que vous n'avez aucun projet d'avenir à mon sujet, et maintenant, je suis le projet de toute votre société. Comment voulez-vous que je vous fasse confiance ? Vous vous foutez de moi Efus !"

"Et pourtant, ce n'est que la simple vérité et il n'y a aucune contradiction vous savez. Nous avons découvert l'existence de votre civilisation il y a trente ans environ. Le secret absolu a duré presque dix ans. Parallèlement, notre société s'enlisait dans le confort et la facilité. Comme si l'autosatisfaction agissait comme une anesthésie, insidieuse et contagieuse. L'Ordre n'échappait pas à cette illusion de réussite, s'interdisant presque inconsciemment toute initiative. Et puis quelques intellectuels ont sonné l'alerte, dénonçant la paresse générale. Ils ont revendiqué la nécessité d'un projet collectif, qui puisse réveiller les consciences. L'Ordre a alors révélé à ce comité d'intellectuels la découverte faite dix ans plus tôt. A l'issue de longs débats, ils ont convenu d'en informer la population, selon une stratégie à long terme. Je me souviens encore de la formidable nouvelle : "la réception récente de certaines ondes radio laisse penser qu'une autre forme de civilisation s'est développée parallèlement à la nôtre. L'Ordre invite l'ensemble de la population à réfléchir et à répondre à cette question : faut-il poursuivre et développer les investigations en direction de cet autre univers ?" Cette question devint le centre de toutes les conversations et de toutes les controverses, entre les exaltés, les sceptiques, les pacifistes et les va-t-en guerre. Cette première étape aboutît finalement à la création du Département des Ecoutes et ce fut l'occasion d'un renouvellement des membres de l'Ordre. Depuis ce jour, nous égrenons les résultats de nos recherches auprès de la population. Personne n'échappe à la fascination de votre nature, la variété incroyable de la faune et de la flore, l'incroyable existence des climats et du ciel infini. Toutes ces images excitent notre imaginaire, et certains y voient la promesse d'un paradis. C'est pourquoi nous prenons soin d'exposer les noirceurs de votre univers. 6 milliards d'individus emportés par des conflits, chaque communauté luttant pour ses propres intérêts. Des armes partout, les ravages de la misère, des tensions qui ne semblent jamais s'apaiser. Quel serait notre sort au milieu de cette folie ?"

Paul sourit et balance doucement la tête dans un mouvement de négation.

"A vous entendre, nous ne sommes que des enragés sanguinaires ! La vérité, c'est que l'immense majorité des gens n'aspire qu'à vivre tranquillement. Navré de vous le dire, mais votre discours sent la propagande. Le gentil peuple souterrain face à la barbarie, c'est exagéré vous ne croyez pas ?"

"Je ne crois pas, non. Imaginez un instant que nous soyons découverts et perçus comme une menace. A tort ou à raison, cela n'a aucune importance. Nous ne ferions pas long feu dans notre terrier ! Rien de plus facile que de nous gazer comme des taupes."

"Pourquoi voulez-vous que vous soyez perçu comme une menace, alors même qu'il est si facile de vous maintenir confiné sous terre ?"

"Ce fut précisément la deuxième grande question posée. Il est vite apparu évident que nous ne pourrions pas lutter en cas d'affrontement, et notre meilleure arme est donc celle de la dissuasion. Il s'agit de convaincre vos principales puissances, que nous ne représentons aucune menace pour quiconque. Et non seulement nous devons être perçus parfaitement inoffensifs, mais nous devons également faire valoir notre appartenance à l'Humanité. Nous sommes un joyau enfoui d'une valeur inestimable et c'est le devoir universel que de nous préserver !"

"Et donc ?"

"Nous n'avons pas fini de répondre à cette question. Comment savoir si nous sommes une menace ? Pour cela, il nous faut connaître votre civilisation, vos motivations de Pouvoir et ses leviers, vos aspirations, vos enjeux économiques et stratégiques, vos rapports de force. Prenons un seul exemple : qu'adviendrait-il si nous révélons notre technologie énergétique ? Notre capacité à stocker l'électricité à grande échelle ? Nous devenons subitement une menace pour tous ceux qui vivent du pétrole. Et ce raisonnement vaut pour tous les domaines, de la génétique à l'énergie. Nous sommes donc tout près d'arriver à cette conclusion : notre technologie ne doit pas être divulguée, quel que soit sa nature. En revanche, notre Histoire, notre Culture et nous-mêmes en tant que simples vivants, ce sont là des sujets à priori inoffensifs qui peuvent être partagés."

"Et nous, nous pourrions vous vendre des coussins. J'ai mal aux fesses sur ce banc en pierre. Rentrons s'il vous plaît."

Paul se lève et laisse Efus quelque peu pantois. Ils s'installent dans l'ambiance moelleuse du salon, Paul s'allonge, le corps à l'abandon et le nez vers le plafond.

"Auriez-vous une boisson à me proposer ? Quelque chose qui monte un peu à la tête vous voyez ?"

Efus s'éclipse un instant et revient avec un plateau, 2 verres et un grand flacon. La boisson est anodine, comme de l'eau avec une très légère coloration turquoise. Paul lève son verre et invite Efus à porter un toast.

"C'est un petit rituel de convivialité. Buvons à notre avenir commun !"

Ils trinquent, en libérant une note cristalline. Paul goûte d'abord une petite gorgée. C'est fortement alcoolisé, avec une légère acidité de pomme verte et une fraîcheur mentholée qui vous emporte les narines.

"Ouah ! Il faudra penser à partager ça aussi, ce sera à coup sûr un succès. C'est extra !"

"Disons que cela fait partie de notre patrimoine culturel, comme votre vin français."

"Revenons à notre conversation. A vous entendre, vous semblez être préparés à cette rencontre et à la façon de la gérer, n'est-ce pas ?"

"Dans les grands principes, en effet."

Paul boit à nouveau une gorgée.

"Et si je comprends bien, il vous reste une autre grande question à régler, c'est le comment de cette rencontre. Et c'est là le sujet qui me concerne de près."

"Tout à fait. Nous ignorons encore quel usage sera fait de votre personne ; en revanche, nous savons que vous êtes une occasion unique. Par votre biais, nous pourrions sans doute garder une certaine maîtrise des opérations. Reste à savoir si vous êtes un vecteur contrôlable."

"Vous pouvez employer le mot pion, je ne vous en voudrais pas. Après tout, je préfère avoir une place sur l'échiquier. Quoiqu'en réalité, je ne pense pas qu'il y ait les blancs d'un côté et les noirs de l'autre. A ce propos, vous connaissez les échecs ?"

"Non. Et je ne comprends rien à votre métaphore."

"Les échecs sont un jeu de stratégie, mais peu importe. Vous, Efus, me feriez-vous confiance pour jouer ce rôle de médiateur ?"

C'est à Efus cette fois de goûter à l'alcool.

"Je pense que je pourrais prendre ce risque."

Paul rétorque d'abord par un soupir, pour calmer son irritation.

"C'est très encourageant... Dites-moi, est-ce votre fonction qui vous oblige à tant de retenue ou bien est-ce dans votre nature ?"

"De quelle retenue parlez-vous ? Je ne fais qu'exprimer ce que je pense."

Paul repose son verre et fait face à Efus.

"Pour vous parler franchement, j'ai toujours la sensation que vous êtes sur la réserve, sans véritable engagement à mon égard. Comme si vous craignez ma proximité, vous vous plaisez à maintenir une distance entre nous, comme un noble avec un roturier."

Efus ne réagit pas à cette critique pourtant brutale. Il se contente de remplir les verres à nouveau.

"Avez-vous déjà été trahi, Paul ?"

Paul fixe un instant le visage d'Efus.

"Expliquez-moi car je ne vois pas le rapport avec moi."

"Avant vous, j'ai dirigé d'autres projets. L'un d'eux a conduit... des personnes que j'estimais, à leur perte."

Le masque d'Efus se brouille et laisse apparaître un autre homme. Paul détourne les yeux et imagine un drame qui poursuit encore cet homme, un échec qui ne le lâche pas.

"Et l'un d'eux vous a trahi n'est-ce pas ?"

"Non. Chacun est resté fidèle à soi-même et à ses engagements."

Paul ouvre les mains en signe d'incompréhension. Il attend la suite.

"Vous ne comprenez pas, Paul. L'échec est une trahison. La trahison des espoirs."

Le silence s'installe naturellement, leur regard posé sur la table. Comme si Efus venait d'y étaler un peu de lui-même.

"Je crois comprendre cela. Les espoirs déçus conduisent naturellement à la désillusion et nous mettons alors une retenue dans chaque chose. Si c'est cela la cause de votre distance à mon égard ; peut-être n'avez-vous pas tort."

Efus fronce des sourcils qu'il n'a pas :

"Que voulez-vous dire ?"

"Je ne suis pas sûr d'être digne de confiance vous savez. Si je devais revenir un jour d'où je viens, et bien je ne suis pas sûr de délivrer le message que vous imaginez. Il est possible que je ne dise rien du tout. Que vous, Efus, Naâ et votre monde ne restent qu'un voyage personnel, un souvenir, un rêve même. Un pigeon de ferme égaré qui retourne sur la place du village. Et pas le noble pigeon voyageur porteur du grand message."

"Vous me reprochez ma retenue, et moi, je vous reproche votre renoncement. Vous semblez vous complaire dans un rôle de victime, d'homme incompris qui n'aurait pas droit au bonheur. Et cette attitude désabusée est tout autant exaspérante."

Paul lève son verre :

"A chacun ses désillusions et buvons à nos exaspérations réciproques ! Peut-être s'en trouveront-elles ainsi diluées !"

L'alcool est un vice qui a aussi quelques vertus. On lâche un peu de lest et on se sent plus léger. Efus accepte cette consolation universelle :

"Cela ne vous ennuie pas de m'accompagner à la cuisine ?" Efus se lève en posant cette question qui est en réalité une invitation. Paul lui emboîte le pas et ils poursuivent la conversation tout en préparant de quoi manger.

"Vous les plongez dans cette décoction et vous les remplissez ensuite avec cette préparation."

Paul saisit les espèces de légumes semi-cuits et évidés, les trempe dans un bocal qui contient un liquide fortement épicé, puis les garnit avec une sorte de rillette. De son côté, Efus prépare un plat qui sera passé à la vapeur. Chacun s'affaire sans éprouver le besoin de parler, et Paul replonge doucement dans des souvenirs du passé.

"Ça me fait penser quand j'étais môme. On passait une partie de nos vacances chez nos grands-parents et de temps en temps, ma grand-mère nous demandait d'aller cueillir des haricots dans le potager. On se retrouvait ensuite dans la cuisine, moi et ma sœur, à les éplucher sur du papier journal. La porte-fenêtre était ouverte sur le jardin, avec la chienne allongée sur le seuil, moitié dehors et moitié à l'intérieur. On allait donner les épluchures aux lapins, au fond du jardin ... il faisait beau."

Les petits bonheurs du temps passé en culottes courtes ou petites robes d'été, peuvent revenir en mémoire comme des petits coups de poignards.

"Est-ce que vous éprouvez aussi quelquefois la nostalgie du passé ?"

Efus se contente d'acquiescer d'un mouvement de tête, en ajoutant :

"Et je voudrais que mes souvenirs s'effacent."

A chaque évocation de sa vie personnelle, Efus plombe la conversation. Paul se retrouve face à un mur, une tour sans porte ni fenêtre. Dieu qu'il doit faire sombre là-dedans !

Paul termine les toasts et les dispose sur un plateau.

"Emportez-les au salon. Je vous rejoins."

Ils se retrouvent quelques instants plus tard, là où ils ont commencé la soirée. Paul freine sa gourmandise pour ne pas engloutir les entrées.

"C'est vraiment délicieux !", et hop, un de plus dans le cornet.

Efus sourit à cet appétit presque enfantin.

"Etes-vous prêt à commencer votre travail dès demain, ou voulez-vous attendre plus tard ?"

"Vous parlez sérieusement ? Je ne pensais pas que vous étiez déjà prêt à m'accueillir ! Pour moi, le plus tôt sera le mieux !"

"L'équipe connaît votre existence vous savez. Nous commencerons simplement par faire les présentations, qui fait quoi, comment nous fonctionnons."

"Et vous avez déjà une idée du travail que vous allez me confier ?"

"Bien sûr."

Paul attend la suite, mais Efus se contente de grignoter et de siroter.

"Vous ne voulez rien me dire maintenant ?"

"Nous verrons cela demain !"

Paul a beau se raisonner et se persuader que cette première journée de présentation n'a guère d'enjeu, il reste avec cette boule d'angoisse qui lui tient compagnie au creux du ventre. Il soupçonne Efus de l'avoir deviné et de s'en amuser, lui faisant remarquer son attitude un peu guindée et moins nonchalante qu'à l'habitude. Paul est parfaitement rasé, joliment bleuté et ne manque pas de prestance dans sa tenue, dont l'élégance est marquée par la sobriété.

Ainsi, lorsqu'ils pénètrent dans la grande salle de travail, Paul attire naturellement tous les regards, une dizaine de paires d'yeux. Il cherche rapidement Naâ, sagement installée près d'une large baie donnant sur la rue.

"Bonjour à tous ! Je vous demande de marquer une pause dans vos activités afin que je puisse vous présenter notre nouveau collaborateur !"

Efus annonce cela avec davantage d'enthousiasme qu'autorité. Paul a la sensation de débarquer dans une association, genre club privé, plutôt que dans un service stratégique.

"Je vous présente Paul Borovic... et vous savez tous naturellement qui il est."

"Bonjour."

En disant ce mot, Paul se demande soudain s'ils sont tous équipés d'un traducteur.

Efus commence à faire le tour de chacun, en se dirigeant vers le poste de travail le plus proche. Tout le monde reste les yeux rivés sur Paul, mal à l'aise et ne sachant pas très bien comment se tenir, sauf un sourire constant en forme de politesse. Efus présente ainsi chaque collaborateur, mais Paul ne parvient pas à se concentrer et ne retient pas la moitié de ce qui est dit. Il ressent les regards de chacun comme sur une icône. Paul est beau et fascinant, c'est la réalité magnifique pour tous ces chercheurs, un spécimen exemplaire et providentiel après tant d'années d'exploration. Paul se raccroche par instant aux yeux de Naâ, qui seule, semble le voir comme un homme.

Et puis ils arrivent au bureau de Tana.

"Voici Tana. Elle fait partie d'une petite équipe qui étudie les phénomènes sociologiques. Et plus particulièrement les rapports hommes/femmes, leurs relations entre individus et également en tant que groupes sociaux."

"Salut !"

Paul est immédiatement saisi par son regard direct et flamboyant. Tana est sans détours, chaleureuse et provoquante avec bienveillance.

"Je suis aussi une amie de Naâ !"

"Ah ?"

Paul sent bien qu'il est un peu court dans sa répartie et compense avec un sourire.

"Nous pourrons déjeuner ensemble ce midi, si vous voulez. Avec Naâ bien sûr !"

"Avec plaisir."

Efus modère l'invitation :

"Nous verrons cela un peu plus tard. Venez Paul, que je vous présente le reste de l'équipe."

Alors qu'ils s'éloignent, Tana lance dans leur dos "A plus tard !". Visiblement, Tana n'est pas impressionnable et l'intervention d'Efus fut d'une autorité plutôt timide. Paul pressent qu'Efus désapprouve autant qu'il apprécie cet enthousiasme spontané, cette attitude frondeuse et candide à la fois. Les présentations achevées, Efus prie Naâ de les rejoindre.

"Naâ va vous expliquer en quoi consiste vos premières journées de travail. Je dois vous laisser mais je vous retrouverai en fin de journée. Bon courage et bienvenu parmi nous Paul."

"Merci Efus."

Naâ conduit Paul à son nouveau poste de travail, qui se résume à un siège face à quelques écrans, réservés sur un plan de travail qui longe tout un côté de la pièce. Paul se laisse bercer par le monologue de Naâ, comme lorsqu'il écoutait inopinément la météo marine. Il s'abandonne au charme de cette voix musicale et son attention se trouble parfois par la présence physique toute proche de cette collègue qui devient seulement une fille à côté d'un garçon. Dans ces moments d'absence professionnelle, le vouvoiement lui semble parfaitement incongru.

De son côté, Naâ prend tout son temps pour donner les explications nécessaires au travail de Paul. Elle s'attarde parfois sur des détails qui ne le méritent pas, ralentissant de façon inconsciente le rythme de ses phrases, ponctuées par des silences plus longs que nature. Elle voudrait faire une bulle autour d'eux, au moins pour ce matin qui marque un terme à leur relation exclusive. Désormais, Paul va connaître d'autres visages, d'autres regards. Naâ sait qu'elle le perd un peu, et elle sait aussi que la sensation qu'elle éprouve s'annonce comme un déchirement.

"Voilà, c'est fini... N'hésitez pas à venir me voir si vous avez une question ou si vous rencontrez un problème."

"Merci. Je vais essayer de me débrouiller tout seul, au moins jusqu'à midi. On déjeune ensemble ? Tana a proposé de manger tous les trois, vous êtes d'accord ?"

"Oui bien sûr. Et d'ici là, bon courage."

Paul entame alors la lecture d'un rapport, le premier d'une longue série. Il est surpris de constater la présence systématique de textes en français et de la traduction dans leur langue. Deux textes qui se font face sur la même page, avec des notes et des renvois incompréhensibles. Son travail consiste en effet à prendre connaissance d'une sorte d'encyclopédie, décrivant et analysant le monde de la surface. Chaque thème est le fruit de plusieurs années de recherche et d'observation. Parallèlement à cette lecture, il doit noter ce qui lui semble erroné, compléter les lacunes, faire part de ses divergences et de ses critiques.

Il lui faut d'abord trouver la concentration nécessaire, oublier les regards de ses nouveaux collègues, qu'il sent peser sur lui. Passé ce flottement, Paul parvient à se plonger totalement dans sa lecture. Durant presque trois heures, il se laisse porter par la vision du monde cartographiée, illustrée et commentée. A l'évidence, c'est la violence de la nature et des hommes qui marque les esprits des observateurs. La violence physique est naturellement récurrente et étayée par d'innombrables exemples : nos journalistes déploient toute leur vitalité et leur talent pour nous informer des malheurs du monde. A croire que l'actualité n'est faite que d'accidents, de conflits armés ou politiques, de délits ou de soupçons de corruption, de conflits sociaux et de chômage menaçant, d'inquiétudes boursières ou de fléaux naturels. Et de conclure que le moral des ménages n'est pas au beau fixe.

Mais au-delà des faits multiples et variés, Paul relève une constante dans l'analyse de notre monde. Une constante qui porte davantage sur les conséquences que sur les faits eux-mêmes. Une constante bien plus violente encore que la violence intrinsèque de l'évènement, puisqu'elle a pour effet d'en démultiplier les ravages. Cette constante a un nom dans leur langue mais sans équivalent direct en français. Et si le Mal a une signification dans leur monde, alors ce mot pourrait bien être en tête de la liste des valeurs qui caractérise le Mal. L'iniquité, l'inégalité, la déloyauté : Paul comprend qu'il s'agit d'un mot de cette nature.

Les analyses sont quelquefois maladroites, incomplètes, quelquefois surprenantes de justesse et de profondeur, mais Paul a le sentiment global que la critique négative est systématique. Rien de bon ne semble émaner de nos sociétés et il ressort de ces rapports une caractéristique non exprimée formellement mais si grossièrement suggérée : les hommes de la surface ne reconnaissent que la loi du plus fort. Et malheur à ceux qui sont faibles.

Paul s'en trouve confusément contrarié et vexé.

"Quel élève studieux !"

"C'est que la leçon est intéressante et que je suis seul dans la classe."

"Et maintenant, l'heure est venue d'écouter son ventre. Allons déjeuner !"

Et les voici en trio, avec Tana au centre, énergique et conquérante. Paul et Naâ l'encadrent comme deux touristes se laissant mener par leur guide.

"Où allons-nous ?" interroge Paul.

"Chez moi." La réponse vient de Naâ. Après un instant de surprise, Paul voit cette destination comme un cadeau, une promesse. Et il a déjà hâte d'être arrivé.

"C'est loin ?"

"Non, c'est à quelques minutes à pied seulement. Naâ est une privilégiée !"

S'engage alors une petite partie de ping-pong entre Tana et Naâ :

"Une privilégiée, tu exagères. Je ne suis pas la seule dans ce cas tout de même !"

"Je te rappelle que la plupart des gens a presque une heure de trajet quotidien pour aller au boulot. Moi, par exemple ! Alors oui, tu es une privilégiée ma vieille !"

"Et moi, je te rappelle que c'est toi qui a insisté pour conserver ton logement, quand on t'en a proposé un autre plus proche !"

"Les quartiers chics, non merci ! c'est pas mon genre. Il me faut de l'animation à moi ! Et de toute façon, je ne me plains pas."

"Tu dis que je suis privilégiée alors que tu refuses d'habiter le quartier. Ton raisonnement ne tient pas debout !"

Aucune des deux ne veut lâcher le morceau, elles s'animent, se titillent, et Paul s'en amuse. En les écoutant d'une oreille distraite, il découvre ce quartier qui ressemble assez à celui d'Efus, en moins aéré. La rue principale irrigue des ruelles à la façon d'une plume d'oiseau. Naâ habite une de ces maisons basses, bordant une étroite sente piétonnière. Le tout respire la tranquillité, charme qui a pu séduire Naâ. Et à la fois, tout cela sent le propre, l'anonymat et la sécurité, ambiance qui a pu déplaire à Tana. Le déjeuner chez Naâ devient quotidien pendant le premier mois. Et le plaisir qu'ils ont à se retrouver ensemble est évident. Les conversations sont toujours animées et leurs caractères s'accordent comme des instruments. Chaque jour, ils jouent une nouvelle partition, selon l'humeur du moment. Et chaque jour, ils s'inventent une petite chanson du bonheur, futile et précieuse. Et Paul se sent vivant et léger comme un enfant, en cette compagnie délicieuse. Les jours se succèdent, le lendemain heureusement semblable à la veille. Les relations avec Efus trouvent leur équilibre, à la fois amicales et hiérarchiques. Ainsi, Paul évolue dans un univers encore restreint et protégé, se préparant jour après jour à de nouveaux horizons. Sa nouvelle vie prend forme, comme une jeune pousse prenant racine et promise à s'épanouir.

Son intégration dans le Département des Ecoutes est un succès. Il est presque devenu un collaborateur ordinaire, comme les autres. Tous viennent le voir pour des explications ou pour un avis. Tous sauf un. Un homme reste à l'écart, le saluant à peine. Et Paul est convaincu qu'il ne s'agit pas de timidité, que son comportement est délibéré. Paul ressent une hostilité mais il en ignore la cause. Cet homme s'appelle Sarkan.

Paul est une jeune pousse encore soumise aux bons soins du jardinier. Et c'est Efus bien sûr qui tient le rôle du botaniste, attentif aux progrès de cette bouture unique qu'il maintient sous cloche. Et Efus se félicite de la tournure des évènements. Le rapport qu'il soumet à l'Ordre ne comporte que des points positifs :

Paul progresse, Paul s'épanouie, Paul communique, Paul est accepté par ses collègues. C'est bien, c'est presque inespéré. Mais quelle doit être la prochaine étape maintenant ? Faut-il lui accorder davantage de liberté ?

Colfan, le chef du Département de la Sûreté, ne veut rien céder.

"Je reconnais le succès de votre entreprise, Efus. Mais je reste convaincu qu'elle a atteint ses limites. Quoique vous pensiez de ma fonction et de l'attitude - comment dire - prudente sinon défensive, qu'elle exige, sachez que je n'ai pas d'à priori hostile envers votre hôte."

"Paul. Il s'appelle Paul Borovic."

"C'est cela. Vous comprenez qu'à mon niveau, ce n'est pas l'individu qui me préoccupe. Cela reste votre affaire. Peu m'importe ses intentions et son état d'esprit. En revanche, ce qui m'incombe, c'est de gérer son potentiel de dangerosité envers notre société."

"Je vous entends. Reconnaissez toutefois que le travail que nous réalisons n'est aucunement en contradiction avec votre mission. Je crois même pouvoir affirmer que nous contribuons à - comment dire - neutraliser son pouvoir subversif ?"

"Permettez-moi d'en être seul juge, s'il vous plaît."

Les membres de l'Ordre assistent, sans intervenir, à cette confrontation entre Efus et Colfan. Ces deux-là sont les deux poids du balancier : l'un progressiste voire aventureux, l'autre conservateur voire sécuritaire. Ce genre de débat n'est pas nouveau, les voir s'accorder serait même inquiétant. Des deux opinions, il en ressort toujours un juste équilibre.

Colfan s'adresse maintenant à la communauté :

"Je voudrais poursuivre en vous exposant les points suivants. Il est acquis aujourd'hui que l'étranger est arrivé seul et qu'il n'a pas de contact avec l'extérieur. Nos investigations ne laissent aucun doute là-dessus."

Personne dans l'assistance n'ose émettre la moindre objection sur le sujet.

"Désormais, nous pouvons nous concentrer exclusivement sur la surveillance permanente du sujet et travailler sur les hypothèses d'avenir. A cet égard, je vois trois scénarii possibles :

Un : le sujet demeure, peu ou prou, dans la situation actuelle.

Dans ce cas, je doute que son anonymat puisse être préservé. Dans tous les cas, et je vous demande de bien enregistrer ce propos : je ne peux être garant de cet anonymat pour une durée indéterminée. Cela étant dit, et par voie de conséquence, son identité sera vraisemblablement révélée au peuple. Nul ne saurait dire ici sous quelle forme, ni à quelle échéance, mais la probabilité est grande. Cette probabilité est telle qu'il s'agit à mon avis d'une certitude. Là encore, nul ici ne saurait prédire les conséquences sur notre société. En tant que chef du Département de la Sûreté et membre de l'Ordre, je vous le dis : ce scénario n'est pas contrôlable et n'est donc pas acceptable.

Deux : le sujet demeure, peu ou prou, dans la situation actuelle mais pour une durée déterminée.

Dans ce cas, la surveillance du sujet peut être assurée pour garantir son anonymat. Reste à délibérer sur cette durée, afin que le Département des Ecoutes puisse mener à terme son projet, dans des conditions compatibles avec les impératifs du Département de la Sûreté. Ce scénario est déjà - comment dire - une concession faite par mon Département.

Trois :"

"Excusez-moi - pardon de vous interrompre Colfan. Que devient Paul au terme de cette durée ?"

Colfan se tourne vers Efus, feignant la surprise :

"L'exil bien sûr. Qu'imaginiez-vous d'autre ?"

"Rien. Je vous remercie pour cette précision."

"Je reprends :

Trois : le sujet est renvoyé dans son monde."

Cette hypothèse est une hérésie bien sûr, mais je me devais de la mentionner."

Colfan se rassoit et Efus rit presque trop fort :

"Vous êtes incorrigible Colfan ! Nous avons vécu 30 000 ans en croyant être seuls au monde, et il y a 10 ans, nous découvrons que nous sommes enterrés sous le VRAI monde. Et vous, vous voulez l'ignorer. Continuer comme si de rien n'était. Nous avons la chance d'avoir aujourd'hui parmi nous, un de ces hommes.

Mais non, il faut l'envoyer en exil, plutôt que d'essayer de le rallier à notre cause ! Mais vous êtes aveugle !"

Efus s'emporte et s'adresse aux autres :

"Notre chef de la Sûreté est aveugle !"

Se tournant à nouveau vers Colfan :

"Vous savez bien Colfan, que le préalable à l'affrontement est l'évaluation des forces de chacun. Nous en savons déjà beaucoup sur eux, grâce à nos Ecoutes. Et nous pouvons en connaître bien davantage grâce à Paul, j'en suis convaincu. Faites appel à votre imagination Colfan. Imaginez une stratégie de défense, moi, je me charge de faire de Paul notre ambassadeur. Voilà la quatrième option que je propose."

Le plus âgé des membres de l'Ordre intervient :

"Merci pour vos interventions et je propose d'en rester là pour aujourd'hui. Colfan, vous voudrez bien approfondir votre deuxième scénario s'il vous plaît, en proposant une durée précise. Efus, votre quatrième option mérite des précisions. Merci de préparer un développement complet pour notre prochaine séance.

Chers collègues, à chacun de réfléchir sur cette situation car il nous faudra prendre bientôt une décision sur le sort de notre - comment dire - (il sourit) notre invité."

En sortant de la salle, Volna, chef du Département de la Justice, retient Efus par le bras pour le conduire un peu à l'écart. Et sur le ton de la confidence :

"Je vous ai toujours soutenu Efus, vous le savez, mais cette fois, je crains que votre projet soit trop aventureux. La question de l'ambassadeur notamment. C'est un sujet qui va me mettre dans l'embarras. Pourquoi ne m'avoir rien dit ? Douteriez-vous de ma loyauté pour recueillir une confidence ?"

Efus a de l'estime pour cette femme, rigoureuse, parfois intransigeante, mais dotée d'une ouverture d'esprit remarquable. Leur amitié tient à ce trait de caractère commun : l'acceptation de la nouveauté. Une nécessité pour le chef d'un service du Département de la Recherche, une qualité moins évidente pour le chef du Département de la Justice. Et pourtant, toute nouvelle Loi (et Dieu sait si elles sont abondantes dans cette société-là) doit s'accorder avec les valeurs de Justice et d'Equité. Et c'est Volna qui tranche en dernier ressort sur ce point. L'évolution des Lois face à l'évolution des besoins et des projets de ses concitoyens reflète ainsi la capacité d'écoute de ceux qui en ont la charge. Et Efus et Volna s'accordent sur ce principe : le jugement de la nouveauté exige l'absence de préjugés.

Efus est embarrassé et accepte le reproche de Volna :

"Pardonnez-moi, je ne veux pas vous mettre dans l'embarras. Je sais qu'il faudra légiférer sur le statut d'ambassadeur et je sais qu'il vous faudra en définir les contours."

"Vous ne comprenez pas. Il ne s'agit pas de légiférer sur une fonction nouvelle. Cela, je sais le faire. Nos Lois sont faites et s'appliquent à nos concitoyens. Efus, Paul n'est pas un citoyen de notre société. Je ne peux pas légiférer en la matière : la Justice et l'Equité nécessitent une équivalence, une référence. Paul est un cas unique ! Quelles sont les valeurs de Justice et d'Equité qui s'appliquent à son cas ? Quels sont ses droits ? Quels sont ses devoirs ?"

Efus est décontenancé et Volna constate qu'il n'a pas réfléchi à cette question.

"Efus, je vois que vous venez de comprendre : le préalable à un quelconque avenir de Paul parmi nous est de lui accorder le statut de citoyenneté, avec tous les droits et devoirs qui en découlent !"

Le lendemain, Efus et Paul marchent mollement sur l'anneau. C'est devenu leur promenade du dimanche en quelque sorte. Paul ne se lasse pas de cet endroit et les colonnes sont devenues des symboles presque familiers, pour lui aussi. Au centre de l'anneau, le gouffre est la seule oreille étrangère capable d'entendre leur conversation.

"Je me sens presque l'un des vôtres ici."

Efus marque un temps d'hésitation avant de répondre :

"J'ai beaucoup d'estime pour vous Paul. Au commencement, votre attitude m'a beaucoup contrarié. Ce renoncement ... cet enfermement sur vous-même. Et puis tout a changé depuis le jour où vous avez été intégré à notre équipe. Je vous félicite. Vraiment. Et je vous en suis très reconnaissant."

"Je vous dois tout. Je le sais maintenant."

Paul fait quelques pas, les mains dans les poches. Il s'arrête au pied de la colonne végétale, la scrute un moment vers le ciel puis s'adresse à nouveau à Efus :

"J'ai du mal à cerner la personnalité de Sarkan. Je ne suis pas l'aise avec lui."

Efus ne répond pas.

"Je ressens comme... une hostilité de sa part. Je me trompe?"

"Sarkan est quelqu'un qui communique peu."

La réponse est loin de satisfaire Paul, qui ne veut pas en rester là :

"J'ai eu l'occasion de lire certains de ses rapports, bien qu'il ne m'ait jamais sollicité d'une façon ou d'une autre. Ses analyses sont beaucoup moins enthousiastes que les autres. A vrai dire, elles sont constamment négatives. J'ai l'impression qu'il voit le mal partout."

"Sarkan est de nature méfiante. C'est vrai qu'il a cette tendance à voir le noir dans le gris. Mais les critiques qu'il émet sont parfois très clairvoyantes et sa vision de votre société, toute personnelle qu'elle soit, ne mérite pas qu'elle soit écartée, sous prétexte qu'elle se rapproche d'une caricature."

"Est-ce pour cette raison que vous l'avez intégré à l'équipe ? Pour cette vision complémentaire ?"

"Je ne suis pas le seul décideur en la matière."

Efus n'en dira pas davantage mais son propos est suffisamment éloquent pour comprendre que la présence de Sarkan lui est imposée.

La promenade se poursuit, silencieuse. Efus s'attarde à la balustrade, au bord du gouffre, tandis que Paul admire seul, à quelques mètres de lui, la statue des couples : l'éclat de la blancheur de l'un face à la noirceur de l'autre.

"Notre projet, c'est vous Paul !"

Paul se remémore cette phrase d'Efus et ne comprend toujours pas ce qu'elle implique. Un grand destin sans doute mais quel est-il précisément ? Les cauchemars involontaires des premières nuits ont laissé la place à la réflexion et aux interrogations sans réponses. Le soir, après le quotidien, lorsqu'il se réfugie dans sa chambre, il reste longtemps sur son balcon à regarder la ville. Il pense à Naâ, chez elle, non loin d'ici, à portée de regard. Que fait-elle maintenant ? Pense-t-elle à lui comme il pense à elle ? Doit-il faire encore un pas vers elle, doit-il se livrer davantage ? Attend-elle cela de lui ?

Efus a un grand projet à travers Paul : révéler à chaque monde l'existence de l'autre, les faire cohabiter peut-être. Paul va-t-il y perdre sa liberté? Ne sera-t-il pas le jouet des ambitions d'Efus? Doit-il faire confiance à Efus ? Et pourquoi ce mystère autour de Sarkan? Qui est-il vraiment ? Quel rôle joue-t-il?

Paul regarde la ville et ces questions le fatiguent. C'est alors qu'il aperçoit un homme sur une terrasse, ou peut-être s'agit-il d'une femme ? A cette distance, la confusion est possible. Il ou elle, ne fait rien d'autre que regarder le paysage semble-t-il. Paul se concentre sur cet individu et constate qu'il s'agit d'un homme, comme lui. Sa carrure d'épaule et son torse sont masculins. Il regarde sa ville depuis son balcon, il pourrait fumer une cigarette mais ses mains sont simplement appuyées sur le muret. Il vient d'apercevoir Paul maintenant et ils se regardent de loin, sans distinguer vraiment leurs visages. Paul ose un signe de tête comme un salut timide. L'autre ne répond pas mais ne détourne pas le regard. C'est le premier contact avec un parfait inconnu. Un contact interdit. C'est peut-être la première véritable expérience personnelle de Paul en ce monde, car elle est sans témoin. Paul sourit et regarde la cité troglodyte, la roche tendre façonnée par l'homme, les plantes dociles et douces comme du velours, le ciel bas et protecteur, qui absorbe l'écho de la rumeur. Paul s'imprègne de tout cela, avant que cela devienne un souvenir ou bien un songe.

Ce jour-là, Naâ n'est pas au bureau. Elle s'est proposée pour garder l'enfant en bas âge d'une amie. Ce genre de chose est déjà arrivé mais cette fois, la garde a lieu chez elle, alors qu'habituellement, c'est elle qui se déplace. Paul et Tana décident donc d'aller déjeuner chez Naâ, comme presque tous les jours.

"Il dort à côté alors essayez de ne pas faire trop de bruit s'il vous plait."

Paul, feignant la surprise :

"Tu vouvoies Tana maintenant ?"

Tana, presque en chuchotant :

"Ah ah, très drôle."

Paul n'a toutefois pas tort quand il sous-entend que Tana est la plus bruyante. Le repas est presque silencieux, la conversation est parfaitement calme. Tana en rajoute en parlant tout bas, dans un murmure parfois inaudible, ce qui fait marrer Paul et Naâ. Alors qu'ils sirotent une boisson digestive, tous trois alignés sur un banc, dans la petite cour privée, un petit gémissement se fait entendre.

"Merde, il s'est réveillé."

"Eh bien, tu vas pouvoir nous le montrer, ce petit trésor !"

"Je peux peut-être le laisser un peu mariner, il pourrait se rendormir."

Le gémissement prend de l'ampleur. Tana ne chuchote plus cette fois :

"A mon avis, c'est mal barré. Crois-en mon expérience."

Naâ soupire, puis, à l'adresse de Paul :

"Tu veux voir un petit enfant des profondeurs ?"

"Pourquoi pas."

Quelques instants plus tard, Naâ revient avec l'enfant au creux des bras. Et Paul est foudroyé, le cœur transpercé. Il pensait voir un bambin de 2 ans et c'est un bébé de 6 mois. Une toute petite chose avec des yeux qui regardent, des mains qui touchent et des fesses qui puent. Un diamant brut sorti de terre. Et Naâ le tient au creux des bras, le visage éclairé. Plus radieuse, plus désirable que jamais. Belle comme jamais. A ce moment, il s'imagine raccompagnant Naâ jusqu'à la chambre, recouchant l'enfant dans le lit, un baiser déposé sur son front. Puis, d'autres baisers sur d'autres lèvres, le cou, le ventre, les vêtements de Naâ qui disparaissent, et enfin... à l'heure chaude de la sieste.

Paul reste là, à regarder Naâ, incapable de faire autre chose. Vaincu, bouleversé et muet. Elle n'est plus cette personne du troisième sexe.

Naâ relève la tête et lui adresse un sourire ...

"Alors, comment tu le trouves cet enfant ? Il est beau n'est-ce pas ?"

De retour au bureau, Paul ne parvient pas à se défaire de cette vision persistante, la perfection du portrait de Naâ s'impose à lui avec entêtement. Devant son écran, il cherche en vain un sujet qui pourrait l'accrocher, un dérivatif pour penser à autre chose. Et tout l'après-midi, il ne fait que papillonner, pour se sentir à la fin épuisé. Il n'a aucune envie de finir cette journée seul dans sa chambre. N'écoutant que son humeur et sans vraiment réfléchir, il se lève et va trouver Tana :

"J'ai envie de sortir ce soir. Tu m'emmènes quelque part après le boulot ?"

"Qu'est-ce qui te fait croire que j'en ai envie ?"

"Allez, sois sympa Tana. Pour me faire plaisir."

"Tu me fais du charme maintenant ? ... intéressant."

Paul sourit à cette provocation.

"Je t'offre le dîner si tu veux !"

"Un dîner en amoureux ? Alors c'est oui tout de suite."

Il y a des gens comme ça, avec qui on se sent tout de suite à l'aise. En voyant Tana la première fois, Paul sut qu'elle pourrait être une amie. Avec sa personnalité affirmée et aimant jouer de ses charmes, Tana est toujours d'une agréable compagnie. Les voilà donc partis, bras dessus bras dessous, pour une soirée bavarde et gourmande. Tana choisit de l'emmener dans l'un de ses bouibouis préférés, une espèce de grotte toute rouge, où les peaux deviennent mauves sous l'éclairage écarlate. Les carmins et vermillons chauffent l'atmosphère comme dans un four. Une musique métallique s'étire au rythme d'un cœur qui bat, couvrant les conversations. L'ambiance est animée sans être excitée, fluide sans être agitée. En s'installant au côté de Tana, Paul sent que la soirée est déjà prometteuse. Cette taverne est comme une machine, qui associe les couleurs et les sons pour déclencher une étrange excitation.

Tana lui propose de goûter toute une variété de petites choses, à manger et à boire, et Paul va engloutir tout ce qui arrive sur la table. Il s'alimente comme on enfourne dans une chaudière. Sa faim semble insatiable et son corps en réclame toujours plus.

Tana le regarde jusqu'au moment où l'animal semble repu ; le champ est libre maintenant pour d'autres envies.

En l'invitant à finir la soirée chez elle, Tana est manifestement disposée à s'offrir en dessert. Arrivés chez elle et à peine franchi le seuil, Paul pose la main sur le creux de sa hanche. Tana ne s'écarte pas, Paul se fait plus pressant et se penche vers son cou pour un premier baiser. Tana en rit mais ne peut éviter par réflexe un mouvement de recul :

"Qu'est-ce que tu fais ? Allez, viens."

Paul ne sera pas le meneur de jeu mais peu lui importe. Tana s'éloigne vers la chambre et commence à faire tomber ses vêtements, pulpeuse et faite pour l'amour. Il la rejoint et se déshabille de la même façon, sans fioriture ni cérémonie. Tana est déjà étendue sur le lit, impatiente, impudique, désirable et le regarde alors qu'il ôte son ultime vêtement. Paul est nu maintenant et son désir est évident. Mais son enthousiasme va vite retomber.

"Attends ! Paul ! Qu'est-ce que c'est que ça ? Tu n'es pas rasé ?"

Paul se fige et regarde son pubis : "Où est le problème ?"

"Mais c'est dégoûtant !"

Paul reste sans argument et regarde Tana, incrédule. Elle replie les jambes par réflexe, les serre entre ses bras, sans plus de regard vers lui.

"Tu devrais le savoir pourtant ! C'est vraiment dégoûtant tous ces... poils."

Paul en est réduit à un mouvement de va-et-vient, ses yeux dirigés tantôt sur Tana, tantôt sur sa toison.

"Je peux me raser maintenant si tu veux."

"C'est trop tard, je n'ai plus envie. Rhabille-toi s'il te plaît... c'est trop dégoutant."

Ces quelques mots ont touché le point sensible, comme l'index qui touche l'œil de l'escargot. L'antenne se replie d'abord lentement, puis l'autre, et pour finir, c'est tout le corps qui rentre dans la coquille. La spontanéité de Tana fut séduisante, elle est maintenant ravageuse. Dommage qu'elle mette la même conviction dans ses dégoûts que dans ses plaisirs. Le charme de la soirée n'est plus qu'un souvenir et Paul sent sa carapace le revêtir à nouveau. Il regarde Tana comme à travers une vitrine, il perçoit encore les phrases, sans doute des reproches qu'elle ne peut s'empêcher de garder pour elle, mais il n'écoute plus. Elle a gardé la même position, les bras autour de ses jambes repliées, la tête penchée sur ses genoux. Peut-être est-elle en colère contre elle-même autant que contre Paul ? Peut-être se reproche-t-elle cette réaction stupide, incontrôlée ? Paul délaisse le spectacle de cette femme frustrée. Il se sent comme un jouet, d'abord désiré puis jeté négligemment sur le parquet, à cause d'un détail qui ne va pas. Paul se rhabille sans un mot, sans même un regard vers Tana. Il est froid comme le marbre. Tana s'est levée pour se rhabiller elle aussi.

"Je te raccompagne."

Mais Paul ne l'entend plus, il se dirige machinalement vers la sortie.

"Paul, attends ! Qu'est-ce que tu fais ?"

Tana n'a pas le temps d'enfiler ses chaussons et le rattrape précipitamment, lui saisissant le bras.

"Ne sois pas idiot, tu sais bien qu'il faut que je te raccompagne."

Paul se retourne brusquement, se libérant de l'étreinte de Tana. Il lui prend le poignet, le serre fort, elle a mal, grimace. Il la regarde, indifférent, puis la pousse violemment en arrière. Elle bascule et tombe lourdement, il claque la porte derrière lui. Il est parti.

Rien qu'une petite touffe de poils, une pilosité mal placée. Paul en fait une pelote, qui fait des ricochets dans son crâne. Une petite pelote noire, dérisoire, qui ne fait que rebondir dans son crâne vide.

Paul est un objet de curiosité, une rareté venue de nulle part. Il s'est cru d'abord un animal un peu sauvage que l'on veut apprivoiser, et il s'est laissé faire. Alors est né l'espoir de devenir un homme parmi les autres, ce que l'on appelle l'intégration sans doute, cette ambition propre aux étrangers : n'être qu'un homme ordinaire. Paul est un étranger, simplement et irrémédiablement.

Non, il n'y a pas de remède contre cela. Il faut l'accepter, comme l'obésité ou la maigreur, une mauvaise dentition ou de l'asthme. C'est un fait, c'est comme ça, il faut vivre avec. Et avec le temps, on n'y pense plus.

Paul marche dans les rues. Il ne fait que des ricochets lui aussi. Tantôt à droite, tantôt à gauche. Il ne regarde rien ni personne. De toute façon, les rues sont désertes et il n'y a rien à voir et rien à redouter. Il se voudrait invisible comme un fantôme. Instinctivement, il s'engage dans les rues les plus étroites, au cœur de la nuit artificielle. Bientôt, il serpente dans les ruelles qui grimpent en escalier.

Il fuit.

Son allure n'est pourtant pas celle d'un fugitif. Il marche d'un bon pas mais sans précipitation ni inquiétude. Il suit le chemin avec certitude, comme un promeneur sûr de sa destination. Il marche, la ville ne voit que son dos qui s'éloigne, comme une araignée qui quitterait la toile. Il grimpe vers les hauteurs pour y trouver peut-être un nid de tranquillité, jusqu'au moment où le chemin se cogne contre la falaise et se sépare en deux, comme un ruisseau contournant l'obstacle. Paul poursuit sa route vers la droite, sans hésitation et sans raison. Le sentier épouse le relief, comme si la ville s'était résignée à s'arrêter là, fatiguée de lutter contre la roche. La végétation est anarchique, libre et heureuse de sa fantaisie. Paul reconnaît certaines espèces, rencontrées dans l'obscurité de la grotte. Il ralentit le pas. Cet écrin semble l'accueillir comme un vieil ami et il se croit un instant sur le chemin du retour. Mais le sentier refuse de s'éloigner de la ville, il reste attaché par des fils invisibles et se contente de faire une ceinture étroite comme un bout de ficelle. Paul marche accompagné par le silence, et bientôt rattrapé par la fatigue. Elle le suivait comme une ombre, attendant le moment propice pour l'envelopper sans qu'il ne proteste. Il s'assoit enfin, profitant de la vue sur la ville qui s'étend devant lui. Il est fatigué, seul face à la ville, quand deux silhouettes attirent son regard.

Dans une rue en contrebas, une femme marche, tenant un panier d'une main et de l'autre, elle tient la main d'un enfant. Le sien probablement. Le panier doit être lourd car elle se penche pour faire contrepoids et il entrave un peu ses pas. Leurs vêtements sont simples, ils sont ceux du quotidien et Paul devine des corps maigres. Qu'a-t-elle dans son panier ? Rentre-t-elle d'une journée de travail ?

Paul les regarde monter la rue, elle lâche la main de l'enfant pour porter le panier de l'autre côté et se soulager un peu. Le gamin fait le tour et l'agrippe à nouveau, il lève la tête, lui dit sans doute quelque chose, alors elle baisse la tête vers lui pour lui répondre. Ils semblent pauvres et durs au mal.

Paul pense à ces africains de l'Est, légers et discrets, ceux qui courent plus vite et plus longtemps. Ceux qui semblent pouvoir endurer sans dire un mot, ceux qui sont résignés au peu de dons que leur donne leur Terre.

La femme et l'enfant vont rejoindre l'endroit où ils dorment chaque jour, quelque part à la périphérie de la ville. Paul devine leur pauvreté mais ne retient que la simplicité de leur vie. Pourquoi ne s'est-il pas rasé ? Pourquoi est-il attaché à ces vestiges dérisoires ? Pourquoi ne s'abandonne-t-il pas ? Qu'a-t-il à craindre ? Qu'a-t-il à perdre ? Cette simple question est sans réponse : qu'a-t-il peur de perdre ?

La femme et l'enfant disparaissent au coin de la rue et Paul se lève pour reprendre sa route. Le chemin borde la falaise pour n'être qu'un chemin de ronde et Paul sait qu'il ne s'échappera pas. Il s'écarte enfin du sentier et s'allonge dans la mousse. Il est étendu sur ce matelas parfumé, au curieux mélange de noisette et de menthe, et ce tapis lui caresse le visage comme du velours. Il tourne le dos au ciel blafard et cotonneux, et il finit par s'endormir.

Les pleines chaleurs de juillet écrasent tout. Il n'y a guère que les insectes pour trouver le courage de travailler dans les fleurs et les arbustes, qui bordent le potager en bourdonnant de plaisir. Un gamin traverse comme une flèche l'allée qui mène au poulailler. Il s'arrête devant la porte et l'ouvre avec précaution pour ne pas la faire grincer. C'est raté et il grimace quand le bruit métallique déchire le silence. Il rentre dans la cabane et referme la porte avec la même précaution inutile. C'est la fournaise et le gamin sue instantanément à grosses gouttes, comme un légume cuit à la vapeur. Il n'y a plus de poule dans ce poulailler, seulement quelques anciens perchoirs où sèchent maintenant des oignons secs et immobiles. Le sol en terre garde la mémoire des fientes desséchées. Ça sent le granulé pour lapin à croire qu'on a le nez dans un plein sac. Le gamin connait l'endroit comme sa poche et se faufile derrière des planches adossées au mur. Il replace derrière lui un râteau et un balai en paille. C'est fait, il est caché, il n'y a plus qu'à attendre.

Les secondes s'égrènent au compte-goutte, l'enfant est accroupi comme une statue ruisselante de sueur. Il guette le silence jusqu'au moment où le bruit métallique de la porte lui coupe la respiration. Il est tétanisé. Les pas s'approchent et s'arrêtent devant les planches. D'un geste, l'individu les écarte et elles tombent comme un château de cartes. Le gamin est toujours recroquevillé contre le mur, à découvert. L'homme éclate de rire, un rire sonore qui secoue son immense carcasse. Il semble toucher le plafond, il est tout bleu, ses yeux sont d'un noir profond, à ne pas distinguer la pupille. Il est nu. C'est Efus.

Il se penche, soulève l'enfant comme une plume et sort tranquillement avec le gamin sous le bras. Dehors, Tana et Naâ sont là, trop grandes elles aussi, les yeux noirs et sans reflets, bleues et nues et parfaitement imberbes. Elles rient en voyant ce petit Paul, inerte et vaincu, sous le bras d'Efus. Tana s'approche et rase la tête du gamin comme elle plumerait un poulet. L'enfant n'est qu'un sanglot silencieux, le visage tourné vers le sol où atterrissent ses larmes et ses beaux cheveux. Nâa a le visage déformé par une grimace de dégoût.

Paul se réveille mais son esprit est encore imprégné des fantaisies du sommeil. Il lui suffit alors d'ouvrir les yeux pour se rassurer, mais ce mauvais rêve ne fait qu'annoncer un autre cauchemar, bien plus douloureux celui-là parce que simplement réel. Paul est revenu à la case départ, allongé sur un lit entre quatre murs. Efus est là, assis dans l'alcôve à le regarder tranquillement, après avoir attendu patiemment son réveil.

"Bonjour Paul."

Et c'est le début d'un long monologue, sans musique ni fantaisie, ennuyeux comme une haie de thuyas. D'abord pour expliquer comment ils l'ont trouvé endormi aux limites de la ville, comment il a suffi de prolonger ce sommeil par un anesthésiant pour le transporter jusqu'ici, tranquillement, comme un animal échappé que l'on ramène dans sa cage. Paul n'écoute que d'une oreille. Ensuite, Efus enchaine avec son refrain préféré, celui de l'intérêt commun, de la nécessité d'obéissance et de confiance réciproque. Etre patient et garder l'espérance, comme le religieux qui peut tout endurer, qui cultive sa foi en attendant le paradis improbable. Paul n'écoute plus. Il regarde Efus poliment, comme une télé dont on a coupé le son. Et puis le monologue s'interrompt. Efus en a-t-il terminé ? Ou bien s'est-il aperçu que Paul n'écoute rien ? Paul est pris au dépourvu, comme l'écolier qu'il a été. Le maître s'est arrêté brutalement et se plante près de lui :

"Qu'est-ce que je viens de dire ?"

Dans ces cas-là, mieux vaut garder le silence plutôt que dire n'importe quoi.

"Ben euh ... qu'ils font du riz à cause du climat ..."

"Et vous, vous faites de la bouillie parce que vous ne vous nettoyez pas assez les oreilles !"

La classe étouffe un fou rire et la leçon reprend son cours.

Efus regarde Paul. Attend-il une réponse, une réaction ? Paul reste de marbre.

"Votre fugue est un évènement bien malheureux ... mais on peut se féliciter qu'il n'y ait pas eu de conséquences fâcheuses ... toutefois, cela nous incite à prendre quelques précautions... au moins pour quelques temps."

Paul pense "vas-y, crache le morceau, arrête de tourner autour du pot".

"Nous avons décidé, et je pense personnellement que c'est une sage décision, de restreindre votre liberté momentanément ... vous allez donc résider quelques temps ici."

Efus attend en vain la réaction de Paul. Ni reproches ni protestations, pas le moindre signe d'une révolte.

"Vous ne dites rien ?"

Paul lâche dans un soupir :

"J'ai bien compris ce que vous avez dit mais je n'ai aucune envie d'en discuter. Laissez-moi Efus. Laissez-moi tranquille s'il vous plait."

Et il se tourne de côté, dos à Efus.

Entre ces quatre murs sans fenêtre, le temps n'est qu'une longue modulation de lumière. Il n'y a pas plus de journée que de nuit ; il n'y a que la veille et le sommeil. Paul se surprit lui-même à accepter sa résignation. Il pensait sombrer dans les profondeurs et se voit flotter tel une bouée sur des eaux calmes. C'est son corps qui le fait flotter, comme on fait la planche à regarder les nuages passer dans le ciel. Ainsi, durant des jours et des jours, il fait la planche sur son lit à scruter des nuages invisibles. Il déambule au pays des songes, y croise d'anciens visages et en découvre un nouveau, inconnu jusque-là.

Bercé par le hasard de cette errance, Paul se retrouve soudain nez-à-nez avec Dieu. Non pas Dieu le père tout puissant, créateur du ciel et de l'univers. Non, il s'agit plutôt d'un voisin de palier, un visage familier que l'on croise au quotidien et avec qui on échange quelques mots. Un Dieu parfaitement ordinaire en somme, comme vous et moi. Paul s'invente des conversations, allant parfois jusqu'aux confidences. Dieu a une oreille attentive et n'est pas contrariant. Il écoute, il acquiesce, il compatit, toujours disponible, et n'est pas du genre commère, ce n'est pas lui qui ira colporter vos petits secrets. Dieu est muet comme une tombe.

En s'évadant de la sorte par le plafond, Paul ne se cogne pas aux murs. Voilà la solution qui permet de tout endurer ! Oublier les murs et ne vivre qu'entre ciel et terre ! Cette bonne terre où l'on voit germer le blé et qui fait le lit des ruisseaux, qui se laisse creuser et cultiver à force d'abondance. A l'évidence, la terre est faite pour le corps et le ciel pour l'esprit. Le ciel antique, inaccessible, à jamais mystérieux à force d'être infini. Ah pauvres murs inutiles et dérisoires ! Petite géométrie d'une vie étriquée ! Ambition minuscule des esprits étroits ! Des temples, des habitations et des écoles comme des cages, des hôpitaux et des hospices, des murs et encore des murs autour des prisons et des cimetières !

Paul rythme ses journées sur cette musique à deux temps. Un temps pour le corps, un temps pour l'esprit. Il commence donc sa journée par une séance d'étirements ; il n'y a pas si longtemps, il aurait trouvé cet exercice parfaitement inutile et ennuyeux. Désormais, il se plie à cette gymnastique avec le plus grand sérieux, éprouvant sa souplesse avec application. Pour ce faire, il choisit de garder sa tunique parce que cela évoque bien la gymnastique chinoise. Le début de journée commence ainsi au pays du soleil levant.

Après cela, il marche tranquillement et compte sept cents pas. C'est une vieille habitude idiote qui lui reste de son enfance. Depuis le portail de la maison jusqu'à la grille de l'école, le petit élève qu'il était comptait les pas. Il y en avait environ sept cents, que ce soit dans la brume de l'automne ou la douceur du printemps. Evidemment, quand il croisait cette piplette de Christophe, c'était foutu, il ne pouvait plus compter. Paul tourne ainsi tous les matins en faisant sa petite récitation ; et plutôt que de tourner en rond, comme un fou en devenir, il forme des huit qui sont aussi le symbole de l'infini mathématique. Ecrire l'infini avec ses pieds est le prélude idéal à l'exercice de l'esprit. Le lit devient alors un carré d'herbe tendre, où l'on imagine un feuillage en ombre chinoise, une ombre qui danse au rythme du vent qui s'amuse dans les branches. Paul s'allonge dans ce jardin imaginaire et commence par une séance de nettoyage. Il évacue tous les germes d'idées désagréables comme il arracherait des mauvaises herbes. En vérité, il n'arrache rien, il se contente de refouler ses frustrations comme on planque la poussière sous les meubles. Mais peu lui importe dès lors qu'il baigne dans cette illusion de légèreté et d'ouverture d'esprit. Paul pratique l'enchainement d'idées, avec une certaine virtuosité. Une première pensée lui vient à l'esprit, avec le souvenir d'une image, puis il vagabonde dans une immense idéothèque, une idée en appelant une autre, une vision en appelant une autre. La clé de la réussite de cette errance est l'absence de jugement : le voyage est réussi à la condition de rester spectateur.

C'est ainsi qu'un matin, Paul visite une prison sud-américaine, surchauffée et surpeuplée. Les femmes sont à l'écart des hommes et les enfants sont parmi les femmes. De geôle en geôle, les visages portent des regards de fatalité et d'injustice. La cour est fermée par de hauts murs percés de trous sans fenêtres. Les trous des murs sont barrés d'acier comme des grilles de caniveau, où pend du linge usé. Dans le rectangle de la cour en terre battue, la poussière s'envole et s'évade vers le ciel. Les hommes eux, s'accumulent dans un triangle d'ombre, ils discutent, fument et s'ennuient. Paul traverse le soleil de la cour et se dirige vers une porte. Derrière cette bouche de fraicheur règne le silence et la pénombre. C'est une petite chapelle où l'on y rencontre Dieu. Les bancs alignés face à l'autel supportent quelques silhouettes avachies.

Paul s'installe au côté d'un homme sans âge à la peau grise et contemple alors le christ en croix. Il a le visage pétrifié dans le bois, porte le masque de la souffrance et semble pourtant apaisé dans un profond sommeil. Tout est immobile sauf la poussière qui traverse un rai de lumière. Dieu est là, sans aucun doute, et Paul se rend à cette évidence.

"Ainsi vous existez !"

"Pourquoi cette soudaine certitude ?"

"...je ne sais pas... sans doute est-ce parce que je n'avais rien ressenti jusqu'à présent."

"Et pourquoi m'appelles-tu Dieu ?"

"Nous sommes dans une église, c'est un peu votre maison parait-il."

"Tu ne sembles guère troublé par la révélation de ma présence."

"Si vous savez lire dans le cœur des hommes, alors vous savez que je réprouve la religion. Et vous en êtes le symbole suprême. Vous existez : ainsi soit-il ! Et après ? En sommes-nous plus heureux ?"

"Continue, je t'écoute."

"Je vais vous le dire tout net : si vous êtes la source d'inspiration des religieux et s'ils sont vos bras comme ils le proclament, alors vous êtes le pire bourreau des hommes que cette Terre ait porté."

"Paul, mon cher Paul, tu n'imagines pas à quel point tu as raison. J'ai vu les charniers et les massacres commis en mon nom. J'ai vu des femmes brûlées vives et tant d'hommes brisés par mille coups, écorchés, éventrés, empalés. Sans jugement ni procès. En mon nom ! Tu réprouves la religion dis-tu ? Moi, je la porte comme un démon depuis des siècles ! Si je suis la lumière, elle est mon ombre."

"Comment est-ce possible d'entendre pareil blasphème de votre bouche, dans ce lieu !"

"Allons Paul, il n'y a nul blasphème, c'est la parole de Dieu!"

"J'en doute. Que vous le vouliez ou non, vous ne pouvez renier de la sorte la religion et tous les saints qu'elle a enfantés. Ce sont vos enfants !"

"Tu te trompes. Je ne suis le père d'aucun homme et ce n'est pas la religion qui engendre les saints, c'est la foi. C'est la foi en soi et dans le don de soi, la foi dans l'autre et dans la vérité de l'amour. La religion consacre les saints et en fait des icônes, comme l'industrie fabrique des stars. Le malheur est né de cette confusion dramatique : la foi en moi et la religion. Crois en moi Paul ! Mais je t'en prie, ne proclame pas ma gloire !"

"Rassurez-vous, je ne compte faire ni l'un ni l'autre. De vous à moi, je préfère croire en Naâ et proclamer sa gloire. A propos, savez-vous si elle a quelque sentiment à mon égard ?"

"Je n'interfère pas dans les affaires des hommes, qu'elles soient matérielles ou sentimentales. Et je trouve ta demande pitoyable. Des prières égoïstes de la sorte, j'en ai plein mes tiroirs !"

"Je comptais un peu sur votre sympathie à mon égard ... tant pis. Permettez-moi alors de vous adresser une seule prière."

"Je suis curieux de t'entendre."

"Il existe un monde souterrain qui, manifestement, ignore votre existence. Nulle trace de religion et aucun signe de croyance en vous. De grâce, restez à l'écart ! Ne vous manifestez pas ! Laissez-les en paix !"

"Jamais je ne suis allé à la rencontre des hommes. Ce sont eux qui viennent à moi."

"Eh bien, faites qu'ils ne vous voient pas, qu'ils restent aveugles à votre lumière. Voilà, c'est ma prière ; et maintenant, je vais devoir vous quitter. Merci de m'avoir écouté. Je serais heureux de vous revoir. Vous savez comme je suis disponible et votre compagnie me serait d'un certain secours je crois."

"Va en paix, puisque tu sais désormais me trouver."

La chapelle s'évanouit comme un château de sable emporté par la mer. Le plafond de la chambre redevient un plafond.
Paul regarde sa montre. Efus ne va plus tarder maintenant. Depuis le début, il fait sa petite visite quotidienne en fin de matinée. Cela ressemble davantage à une obligation professionnelle qu'à une visite de courtoisie, pour prendre des nouvelles comme on prendrait la tension ou tâter le pouls ou ajuster une médication. Paul ne peut s'empêcher de penser qu'Efus fait semblant. Il déroule son discours d'encouragement et de soutien comme le font si bien

certains chefs de service auprès des patients. Sitôt quitté la chambre, ils ont déjà oublié votre nom. Mais Paul ne lui en veut pas, il fait son travail, voilà tout. D'ailleurs, jamais Efus ne s'est véritablement livré personnellement dans leur relation. Pourquoi en serait-il autrement aujourd'hui ? Leurs conversations se perdent parfois en chemin, ils arrivent alors à l'orée de l'intimité comme à la lisière d'une forêt, et chaque fois, Efus rebrousse chemin par une pirouette. Paul ne sait rien d'Efus, rien d'autre que son statut social et quelques idées générales. Le plus désolant, c'est que le constat est le même pour Tana et Naâ. Que sait-il de leur passé ? De leurs blessures et de leurs désirs ? De leurs projets d'avenir ? On se côtoie, parfois pendant des années, et que sait-on des uns et des autres ? Paul est persuadé qu'au bout de vingt ans de conversations quotidiennes, il n'en saura pas davantage sur Efus qu'au premier jour. Alors, à quoi bon ces rencontres répétées à l'infini et qui n'aboutissent à rien ?

La porte s'ouvre. Efus est d'une ponctualité presque ridicule, mais peut-être est-ce par égard pour Paul. Peut-être imagine-t-il que sa visite est attendue.

"Bonjour Paul. "

"Bonjour."

Efus s'installe dans l'alcôve comme un curé dans un confessionnal.

"Comment vont Naâ et Tana ?"

"Elles vont bien. Elles vous adressent leurs amitiés."

"Pourquoi ne viennent-elles pas me rendre visite ?"

"Tana a une part de responsabilité dans l'incident que vous savez. Nous considérons qu'elle a commis une faute professionnelle. Une faute qui mérite une sanction. Les contacts personnels entre vous et Tana ne sont plus autorisés désormais. Tana est écartée de l'équipe qui vous concerne. Je le regrette naturellement, mais c'est malheureusement nécessaire."

"Et comment a-t-elle réagi ? Assez violemment j'imagine?"

"Non. Tana a bien compris la situation. Elle s'est soumise à cette évidence avec intelligence."

En vérité, Tana avait protesté avec force, fidèle à son caractère et à son impétuosité. Selon elle, réputée spécialiste des relations hommes / femmes, cette expérience n'était pas un échec puisqu'il y avait un résultat. Les mécanismes de la séduction avaient plutôt bien fonctionné et la réaction de Paul face au rejet était riche d'enseignements. Non, décidément, il fallait être aveugle pour croire à une faute professionnelle. Elle eut beau faire valoir ses arguments, son énergie fut bien inutile, impuissante face à la détermination d'Efus. Il se doutait qu'à un moment ou à un autre, un incident surviendrait. Il ignorait quelle en serait la nature mais il le guettait, il l'attendait. Cet incident serait-il suffisamment significatif pour étayer sa théorie ? La fugue de Paul fut une bénédiction, il n'en espérait pas tant. Son rapport auprès de ses homologues de l'Ordre fut lapidaire, et évidemment confidentiel :

"Aux Membres de l'Ordre,

Vous avez pris connaissance du rapport établi par ma collègue, concernant la fuite du sujet. L'objectivité des faits relatés ne nécessite aucun commentaire complémentaire.

L'analyse du Département a été facilitée par l'éloquence des faits :

- Le contrôle du sujet a été opérationnel tant que la communication et le dialogue étaient effectifs.

- L'acte brutal de rejet, motivé par le constat d'une simple différence physique, a révélé une réaction de nature violente.

- L'intégration du sujet étranger au sein de notre société est une source de risques. Cette intégration ne peut être que partielle et sous contrôle.

Cette expérience confirme donc les prévisions du Département à plus grande échelle :

- Notre sécurité est directement liée à notre capacité à communiquer, à comprendre et à anticiper les réactions de l'entité à laquelle nous sommes confrontés.

- Le rejet, le repli sur soi et l'ignorance induisent des comportements violents, des affrontements où chacun ne cultive que sa propre force.

- La fusion des populations et des cultures n'est pas contrôlable au niveau de l'individu. Le métissage est une forme d'anarchie.

J'ose croire que personne ne contestera désormais la nécessité de poursuivre la mission dévolue au Département que je dirige, et je vous adresse solennellement la recommandation suivante :

Le sujet doit rester sous contrôle, en limitant ses champs de liberté et en préservant le contact avec quelques membres désignés du personnel du Département des Ecoutes."

Efus cultive l'art du compromis, en usant de la rhétorique de l'immobilisme. Restons observateur, restons vigilant. Ni acceptation, ni refus. Il n'y a là aucun chemin aventureux. Voyez, un pas en avant pour vous et un pas en arrière pour vous autres. Dansons. Dansons de ce pas, sur notre territoire comme sur une île. Cette danse est l'héritage de la sagesse. Elle est la farandole, nous sommes les perles, notre ville est l'écrin. Ne brisons pas cette harmonie, n'invitons pas celui qui ne sait pas danser comme nous, celui qui danse autrement. Mettons-le sur une piste, un peu à l'écart, et regardons sa danse. Efus s'enferme donc dans cette stratégie où il resterait le seul maître à bord : éloigner Colfan en gardant Paul sous son contrôle, rassurer Volna en affirmant la singularité de Paul et l'impossibilité de citoyenneté. Efus profite encore de l'indécision de l'Ordre pour imposer sa stratégie. Laissons le temps faire son œuvre : il apaise les peurs, il domestique l'inconnu. Rien ne nous presse en notre monde, dormez tranquille. L'incident est clos, maîtrisé, et riche d'enseignement. Le Département des Ecoutes est fiable, compétent et garant des intérêts de notre cité éternelle. Amen.

Par un vote, l'Ordre conforte Efus dans sa mission et assoit son autorité. Désormais, l'avenir de Paul est entre ses mains et personne ne songe à lui contester cette légitimité.

Les jours défilent, Paul dessine des huit à l'infini, il marche, il s'étire en gymnastique. La chambre semble vieillir avec lui. Le plafond n'est plus un plafond, c'est l'écran de ses rêves. Encore un rêve parmi tant d'autres, comme une fleur d'une couleur et d'une forme particulière. Il y en a tout le long du chemin, Paul les cueille et en fait des bouquets.

Le paysage est plat, ce ne sont que des champs qui passent l'hiver, gardant la mémoire des roues des tracteurs. Les ornières sont boueuses, pleines d'eau, la terre n'en peut plus d'éponger les pluies. Quelques arbres isolés sont restés en bordure, comme des vestiges. La route traverse d'un trait cette campagne, et au bord de cette route il y a une voiture. Elle penche vers le fossé, retenue par une main invisible qui l'empêche de tomber. On distingue une silhouette sur la banquette arrière, derrière la buée des vitres. C'est Paul, de grosses larmes d'enfant sur son visage, il a douze ans. Il s'est endormi avec le ronronnement du moteur, comme souvent après le repas du dimanche chez ses grands-parents. D'habitude, il se réveille une fois arrivé au pied de leur immeuble ; mais cette fois, lorsqu'il ouvre les yeux, la voiture est vide et plantée au milieu de nulle part. Le cœur s'arrête de battre un court instant, tout est suspendu avant que l'angoisse prenne la place : elle s'installe dans l'habitacle, s'assoit sur les sièges vides et ruisselle sur les vitres. Paul essuie la buée avec sa manche et scrute le paysage, dans toutes les directions. Il n'y a que l'horizon. Il se sent seul et abandonné, comme ces grands arbres isolés au milieu de l'hiver. Papa, Maman, où êtes-vous ? Papa ? Maman ? Un sac de bonbons est resté sur le siège avant, des bonbons à la violette. Machinalement il en prend un et regarde à nouveau par la vitre. Il aperçoit deux croix plantées dans la boue, de l'autre côté de la route. Il suce son bonbon à la violette et de grosses larmes coulent sur ses joues d'enfant.

"Père, pourquoi m'as-tu abandonné ?"

Voilà bien la plus belle phrase des Evangiles. L'homme est sur la croix, la couronne d'épines lui perce les chairs et le sang coule, jusqu'à l'aveugler. Les clous en fer lui ont brisé les os. Le poids du corps tire sur ses mains et pèse sur ses pieds. Il n'en peut plus de souffrir de la sorte. Le bourdonnement des insectes lui fait exploser les tympans, ils sont déjà là comme sur une charogne. Cet homme se croyait amour et espérance, il n'est plus que souffrance et abandon. Cependant, il n'est pas le plus à plaindre. Ceux qui l'ont aimé, ses amis et ses fidèles, sont au pied de la croix, avec lui. Mais il ne les voit pas, il ne les voit plus, il ne voit que son Père et ne s'adresse qu'à lui. Ingratitude ou peut-être simplement humain.

"Jésus n'était qu'un homme, n'est-ce pas ?"

"Je n'ai rien inventé, Paul."

"Allons, vous ne me ferez pas croire en la Vierge Marie, la multiplication des pains et tout le chapelet de miracles. C'est de la science-fiction !"

"Le bonheur est une fiction, les sentiments relèvent de l'imaginaire ; et pourtant le bonheur engendre le bien-être qui est bien réel. Les sentiments font naître des émotions que tu ressens chaque jour. Ne crois-tu pas au bonheur Paul ? Ne crois-tu pas au miracle des sentiments ?"

"Aucun rapport avec les miracles. L'histoire ne serait pas moins belle si Jésus était le fils de Marie et Joseph, un couple ordinaire."

"Jésus est le fruit de l'amour et Dieu est amour. Il est mon fils. Enfanté dans la douleur, couché sur un lit de paille, il est nu et son cri a réveillé une étoile. Regarde bien le monde qui t'entoure Paul, et laisse-toi bercer par le miracle de l'innocence."

"Le monde qui m'entoure? Mais regardez-le! Quatre murs!"

"Est-ce bien là le monde qui t'entoure ? N'y a-t-il rien au-delà de ces quatre murs ?"

"Je suis cloîtré ! Voilà ma réalité !"

"Cette épreuve ne dure qu'un temps. Apprend à l'accepter."

"Ah ! Je reconnais bien là votre goût pour l'acceptation des épreuves. Votre fatalisme ! Votre misérabilisme ! Chacun doit porter sa croix n'est-ce pas ?"

"Chacun porte sa croix en effet. C'est dans la nature de l'homme. Dès le premier cri de la naissance."

"En voilà un message d'espoir ! Quel réconfort ! Cela fait du bien de bavarder avec vous. Merci mon Dieu. Et pour ceux qui souffrent, ceux qui n'ont plus aucun recours, que proposez-vous ? Ne seriez-vous pas complice des ravages de l'alcoolisme ?"

"Tu me fais de la peine, Paul."

Les coups frappés à la porte ramènent Paul à la réalité. Il reste encore quelques secondes le visage offert à la pluie de la douche puis se laisse caresser par le vent chaud du séchoir. Il lève les bras et tourne sur lui-même, comme une danseuse de boite à musique. Il enfile sa tunique, renouvelée chaque jour, blanche, propre, immaculée. Il se croit ainsi sorti du désert, un homme des sables, un homme bleu. En ouvrant la porte de la salle d'eau, il adresse un sourire au garde et le salue en levant le bras "Avé César !". Dès le premier jour, quand Efus lui a présenté Okan, Paul l'a vu comme un légionnaire romain, son Ponce Pilate à lui. Petit, trapu, sa tunique sans manche offre des bras musclés. Il ne manque que le trousseau de grosses clés pour parfaire le tableau du geôlier. Sa tête est ronde comme un boulet de canon, avec une expression presque enfantine. Cette impression provient sans doute des oreilles qui n'ont pas voulu grandir, rondes et ourlées comme deux petits craquelins. Paul sort de la salle de bain et Okan le suit dans le couloir où leurs pas résonnent à peine, puis il se plante devant la porte de sa chambre, tourne la tête vers Okan. Il est fasciné par ce tour de passe-passe : le garde frôle le mur en formant des arabesques, comme s'il écrivait un mot magique dans un langage mystérieux. Okan est moitié légionnaire, moitié scribe ; ses doigts sont les clés du coffre. Paul retrouve sa chambre, vide et nue, et remplie dès qu'il y pénètre.

"A de-main O-kan" en détachant bien les syllabes.

Et Okan répond par un léger mouvement, de la tête ou de la main, cela dépend des jours ; une infime complicité qui est née au bout de plusieurs semaines. En effet, les premiers jours, le garde était le soldat parfait : neutre, mécanique, imperturbable comme les pierres du couloir. Il maintenait une distance physique constante entre lui et Paul, à croire qu'il le tenait éloigné au bout d'un bâton invisible. Et puis l'espace s'est resserré imperceptiblement, jusqu'à ce que, parfois, ils se frôlent. Désormais, Okan mène Paul à la douche comme on conduit la vache au champ. Et de retour à l'étable, avant de refermer la porte, plutôt que de lancer une botte de foin, il lui lance "A de-main Paul" en détachant bien les syllabes.

Paul achève le dernier repas de la journée.

La pâtisserie au miel est gorgée de sirop, dégoulinant sur les doigts. Elle est pleine de soleil couchant, pleine de douceur et d'Orient. Paul est penché sur son plateau, le regard bien au-delà des murs, sur une terrasse qui domine la ville blanche, maintenant écarlate sous le soleil rouge. Les toits dégringolent dans l'oasis profond, d'où la fraicheur remonte doucement à travers les ruelles. C'est l'heure où l'on ne craint plus la morsure du soleil, l'heure des chaises alignées dans les rues, quand les chiens vagabondent. Paul est arrivé là en une seule bouchée de pâtisserie. A la troisième, il entend derrière lui des pas qui approchent, il sent une présence dans son dos et tourne la tête à demi.

"Bonjour Paul."

Il n'a pas entendu la porte s'ouvrir et la silhouette le fait sursauter. C'est Naâ, inattendue et légère comme le souffle du vent. Il manque de s'étouffer avant de répondre :

"Bonsoir."

"Je vous dérange dans votre repas."

"Non pas du tout."

Il se lève et lui indique le lit :

"Asseyez-vous, je vous en prie."

Il aperçoit Okan dans l'encadrement de la porte restée ouverte, et se rassoit à la table.

"Je suis venue dès que j'ai pu. Les visites n'étaient pas autorisées, jusqu'à aujourd'hui."

"Sauf pour Efus j'imagine. Mais vous n'avez pas à vous excuser Naâ. Je suis heureux de vous revoir."

Elle lui adresse un sourire timide, ne sachant que répondre. Elle craignait le pire avant cette visite, elle redoutait de voir Paul amaigri, abattu. Elle s'était préparée à l'idée d'être rejetée, incapable d'apporter le moindre secours, le moindre réconfort. Ces quelques mots de bienvenue sont un soulagement. Elle le retrouve comme au premier jour, son regard franc et direct, son corps robuste et primitif. Dès le premier jour, elle a aimé ce regard posé sur elle, elle a vu qu'elle rayonnait dans ces yeux-là. Ah qu'il est bon d'être regardé de la sorte ! Paul est assis en face d'elle et elle succombe à nouveau à la sensation d'être un joyau pour cet homme venu de nulle part. Elle lui demande de ses nouvelles et ils entament une conversation ordinaire, en prenant le temps des retrouvailles. Chacun éprouve pourtant une gêne, une retenue, sans vouloir aborder ni même évoquer l'évènement qui les rassemble maintenant dans cette pièce. Paul ressent la honte d'une trahison envers Naâ, mais son orgueil lui interdit qu'il se justifie. Naâ souffre d'une déception mais elle refuse de s'abaisser à la jalousie, surtout envers sa meilleure amie. Paul ne lui appartient pas, ni même ses sentiments, et ses pulsions pas davantage. Aussi est-elle résolue à se contenter d'amitié et de tendresse parfois fugitive. Leur conversation est donc polie et leur complicité se noue dans les silences. Difficile de le percevoir pour celui qui écoute.

Elle sait qu'ils sont écoutés et qu'Okan ne les quitte pas des yeux. Elle renouvelle sa visite le lendemain, puis le jour suivant et encore et encore, jusqu'à la routine des visites quotidiennes à heure fixe. Paul raconte longuement les choses ordinaires de son passé, Naâ écoute comme une enfant, posant des questions, réclamant des explications. Okan reste en retrait dans son couloir, témoin de la complicité évidente entre ces deux-là, des regards échangés, des surprises partagées. Okan se sent devenir un intrus et voudrait parfois se soustraire à cette surveillance indécente et inutile. Certains jours, Naâ s'allonge sur le lit, ferme les yeux et se laisse emporter par les mots de Paul.

Quelque part dans la ville, dans un bâtiment anonyme, l'emploi du temps de celui qui réside dans la chambre d'isolement, est devenu immuable. Au lever du lit, il suffit d'effleurer une commande pour voir arriver le petit déjeuner par le monte-plat. S'ensuit une séance de gymnastique et de marche, un peu de rêverie et c'est l'heure de la visite d'Efus. Il est maintenant convenu qu'Efus rapporte les nouvelles de la France, qu'il s'applique à suivre au journal télévisé de la veille. La conversation prend alors la forme d'une revue de presse, où chacun commente les faits divers, les sujets politiques, économiques, sociaux ou culturels.

Des parallèles s'établissent entre les deux sociétés, liées le plus souvent à la nature humaine et à ses besoins primitifs. Ils mesurent aussi les divergences, comme des courbes qui partent d'un même point et suivent des évolutions différentes, selon les possibilités ou les restrictions offertes par l'environnement et les ressources.

Le sujet le plus difficile à comprendre pour Efus est aussi celui qui semble le passionner : les relations entre les Etats. Il ne comprend pas pourquoi l'humanité, au bout de plus de vingt siècles de civilisation, n'arrive toujours pas à trouver la paix. Paul a toutes les difficultés pour donner des explications, étant lui-même noyé devant tant de complexité. Il a choisi l'image du puzzle pour illustrer le monde. Un puzzle où chaque pièce représente un Etat, mais un puzzle qui ne s'assemble pas. Certes, quelques-unes y parviennent, se reconnaissant des valeurs communes et des intérêts communs, leurs contours s'harmonisent jusqu'à devenir partenaires et parfois solidaires. Paul ose l'exemple de l'Union Européenne. Il faut quelquefois un petit coup de cutter dans l'une ou l'autre pour arrondir un peu l'angle, rogner sur l'un et en donner à l'autre. Mais le plus souvent, l'assemblage est impossible. Par peur de perdre son identité, sa souveraineté ? Paul se contente de cette explication : chacun n'a que le seul but de préserver ses privilèges, son pouvoir et sa richesse. Et chacun est persuadé que le partage, tôt ou tard, nuit à son intérêt.

Quel serait la place du monde d'Efus dans ce puzzle, où les pièces changent de forme avec l'histoire, où les couleurs se mêlent dans une irisation incompréhensible ? Avec qui s'accorder ? Celle-là, petite et stable ? Ou cette autre, vaste et tentaculaire ? Leurs conversations amènent plus de questions que de réponses et peut-être est-ce là l'essentiel de leur relation : se poser les mêmes questions et proposer chacun sa réponse.

Les heures les plus dangereuses sont en milieu d'après-midi, après la deuxième séance d'exercices physiques. L'esprit n'a guère de courage pour poursuivre les songes et le corps est las des mouvements sans cesse répétés. Paul regretterai presque qu'il n'y ait pas de ménage à faire, voire même du repassage. Il ne peut tout de même pas rester là, les bras ballants, à attendre qu'Okan l'accompagne pour la douche, puis le diner et la visite de Naâ. Le moment est venu de la mise à l'épreuve contre l'ennui, le moment où il faut livrer bataille contre un ennemi impalpable, immatériel. Contre ses propres fantômes peut-être. Paul sent leur présence dans la pièce comme des odeurs qui suintent des murs. Le spleen, le découragement, l'apitoiement sur soi-même, la mélancolie, la nostalgie, le blues, l'angoisse, ils sont tout un cortège à traverser les murs, à flotter dans l'air en formant un cercle qui se resserre autour de lui. Ils sont toute une troupe de seigneurs vagabonds à renifler l'odeur de la solitude et à suivre sa trace. Ils la traquent, ils l'encerclent comme une meute, puis ils fondent sur leur proie pour s'en repaître. Oui, c'est bien l'heure du combat. Paul est un gladiateur dans l'arène face aux fauves.

"Vois, Dieu. Et invite quelques anges au spectacle. Demain je serai encore là, et demain encore."

Sa voix s'élève comme une incantation :

"On allait au bord de la mer,

Avec mon père, ma sœur, ma mère ..."

Paul chante. Il commence toujours par cette chanson, ressortie de son enfance, une chanson qui lui tient au corps et qu'il connait par cœur. Paul n'est pas un très bon chanteur mais il met tant d'application dans sa respiration, dans le rythme et les silences, à piquer certaines syllabes et à arrondir certaines autres. Il s'efforce de tenir les notes, parfois dans un soupir, parfois avec la force du ventre. Son répertoire est sans complexe. Il se balade en chansons faciles comme sur des sentiers qu'il connait bien et s'aventure aussi sur des territoires moins sûrs. Autour d'un totem avec un chant des indiens d'Amérique, au sommet d'un minaret avec un chant arabe, dans les caves enfumées du blues ou du rock, dans la chapelle d'un avé Maria. Cela ne va pas toujours de soi, il y a parfois de longs silences et Paul sent alors la lassitude porter l'estocade. Il se ressaisit et repart de plus belle, plus fort. Il faut tenir encore un peu, ne pas céder à l'abandon. N'est-il pas un peu fou de chanter de la sorte entre quatre murs ? N'a-t-il pas senti le fantôme de la folie le prendre à revers ? Pendant qu'il fait face à ses démons comme Ulysse, la folie se pose sur la nuque, le pique comme un moustique et lui injecte quelques obsessions. Voilà, le travail est accompli et le cerveau tourne en boucle désormais. La tête n'est qu'une horloge qui commande le corps. Tous les jours les mêmes gestes, les mêmes rituels, accomplis dans un ordre précis du lever au coucher. La vie de Paul était un roman et maintenant, le livre est bloqué sur une page, toujours la même, lue et relue sans cesse. Paul écrit la même page tous les jours sans en avoir conscience. Bientôt au mot près, à la virgule près, à l'encre de la folie.

"Folie ! Pure folie ! Entendez-moi bien, aucune concession ne doit être faite, qui mette en jeu notre sécurité !"

Ils sont une trentaine, rassemblés dans un petit amphithéâtre, une salle creusée dans la falaise qui domine la ville, un lieu historique qui surplombe le Cœur, la première et unique chambre du Conseil. Toutes les grandes figures qui ont fait leur civilisation se sont assises un jour sur ces bancs sculptés. Les membres de l'Ordre occupent le premier rang, face au pupitre qui accueille l'orateur. Aujourd'hui, l'orateur qui s'adresse à l'assemblée est Efus et son discours a enflammé l'auditoire.

Colfan est reconnu comme le chef de la sureté et son autorité en la matière n'est pas contestée, même si quelques-uns la jugent excessive. C'est lui qui s'est levé le premier pour réagir et prendre la parole, et personne ne songe à l'interrompre.

"Nous commençons à croire que l'irruption de cet étranger n'est qu'une aventure isolée. Et bien c'est précisément la période pendant laquelle il ne faut pas baisser la garde. La logique veut que notre vigilance s'estompe. Tout stratège sait cela. Notre surveillance doit être maintenue, croyez-moi. Nos portes doivent rester closes, le temps qu'il faudra. Il n'y a qu'à ce prix que nous serons maître de notre destin. Ce n'est pas moi qui l'affirme, c'est notre histoire, notre histoire à tous qui nous l'a enseigné !"

Colfan marque une pause et balaie la salle du regard avant de se rassoir.

"Colfan a raison. La prudence qu'il nous invite à suivre est la voix de la sagesse. L'esprit scientifique d'Efus le conduit à nous proposer des expériences et il n'y a aucun procès à faire là-dessus."

La femme se détourne de l'assemblée pour s'adresser directement à Efus :

"Renvoyer cet étranger dans son monde, et par le même chemin qui l'a mené jusqu'à nous : mais comment diable avez-vous pu penser un chose pareille Efus ? Vous a-t-il ensorcelé à ce point que vous lui fassiez une confiance aveugle ? Je regrette d'employer ce terme mais il s'agit bien d'aveuglement."

La femme prend soudain conscience de la dureté des mots employés à l'égard d'Efus. Elle lui adresse un regard comme une excuse, son amitié pour lui est restée muette. Quelques murmures parcourent les bancs, après ce coup de grâce.

"S'il vous plait, s'il vous plait !"

La voix qui s'élève est bien faible et nécessite quelques coups frappés sur la pierre pour se faire entendre, comme le recours à une canne pour se tenir debout. L'homme est petit et étroit, pas étonnant qu'il faille le silence pour entendre le son sortir d'un tel instrument miniature. Sa singularité physique est à l'image de son esprit également singulier : un esprit libre, indépendant, quelquefois fantaisiste au premier abord mais d'une constante intelligence.

"Certaines lumières peuvent éblouir, que ce soit l'excès de prudence engendré par la peur, ou l'excès de confiance qui trahit exactement la même peur. Gardons-nous des excès car dans tous les cas, leurs lumières nous aveuglent.

Une menace plane au-dessus de nos têtes, et ce n'est pas une image, et nous partageons tous la même peur. C'est une réaction normale, naturelle et désagréable. Mais c'est ainsi, nous avons peur de l'autre.

Deux attitudes nous sont proposées aujourd'hui : rester à l'abri, rester caché et continuer à vivre avec cette peur. Ou bien en finir dès maintenant, saisir l'occasion unique d'envoyer un messager, prendre le risque de mettre notre destin dans une bouteille jetée à la mer, parce que l'occasion ne se représentera peut-être pas.

Et c'est là-dessus que j'ai deux questions à poser : une décision aussi grave, qui met en jeu l'avenir tout entier de notre société, peut-elle être prise par les seuls membres du Conseil ? Et cette fois, il ne s'agit plus d'une simple expédition comme celle malheureusement décidée il y a cinq ans maintenant. Je ne rappelle pas l'issue tragique que vous avez tous en mémoire.

Ma deuxième question s'adresse à Efus : qu'est-ce qui vous fait croire que l'occasion doit être saisie maintenant ? Pourquoi ne pourrions-nous pas préserver cet homme en l'état et conserver cet atout pour l'avenir ?"

Tous les regards convergent sur Efus, à qui la parole vient d'être donnée. Il se lève à son tour.

"Merci Vilnus de me permettre d'ajouter quelques explications. Merci à vous. Il ne m'appartient pas de répondre à la première question ; toutefois, je tiens à vous dire ceci : le débat démocratique que suggère Vilnus autour de cette question "faut-il ou non renvoyer cet homme d'où il vient ?" est à mon avis, un véritable danger en soi. Car la seule proclamation de la présence de cet homme parmi nous, la seule révélation de ses origines, provoquerait des passions populaires que nous ne saurions contrôler. Et je ne crois pas, mon cher Vilnus, que cette mise en garde soit un aveuglement de plus de ma part.

Quant à la deuxième question, il m'est difficile d'y répondre en quelques mots. Sachez que le travail que nous effectuons, Naâ et moi, consiste à maintenir Paul dans son intégrité. C'est un travail de naturaliste, il faut conserver Paul intact. Cette stabilité correspond à un état d'équilibre psychique que nous nous efforçons de maintenir. Il y a l'aspect sociétal, le rapport aux autres, dont j'ai la charge. Et l'aspect émotionnel, de l'ordre de l'intimité, assumé par Naâ. Je vous ai dressé le bilan de la situation dans mes propos précédents et je peux vous affirmer que Paul est sain d'esprit. Je n'ai pas la prétention de croire que nos seules conversations quotidiennes suffiront à maintenir cet équilibre. Tôt ou tard, entre quatre murs, l'esprit bascule et dévie vers le repli sur soi, avec l'incapacité à écouter l'autre, avec la perte de raisonnement. Croyez-vous qu'alors Paul puisse encore jouer le rôle de médiateur? Pourrons-nous avoir recours à un homme enfermé sur lui-même? Son isolement actuel est une nécessité mais il accélère le processus de dégénérescence. Pouvons-nous encore attendre? Je l'ignore mais un jour, la question ne se posera plus.

Voilà pourquoi je suis venu devant vous aujourd'hui. Il est de mon devoir de vous informer et ma proposition n'est ni un aveuglement, ni un acte de folie. C'est une opportunité que je vous soumets."

Efus se rassoit sans illusion sur le vote à venir. Il sait que le Conseil n'est pas prêt à franchir le pas de l'autre côté de la frontière et que personne n'osera prendre la décision d'ouvrir les portes. Après quelques secondes de silence et de réflexion, les conversations reprennent comme le chant des oiseaux après l'orage.

"Chers membres du Conseil", la voix est puissante et claire et provoque à nouveau le silence.

"Si l'un d'entre vous désire prendre la parole, c'est maintenant."

Un ange passe, encombré d'un grand sablier.

"S'il vous plait ?"

Le Président du Conseil marque un temps d'hésitation.

"Vous êtes invitée en qualité de témoin et n'avez pas à intervenir dans les débats. Toutefois, si personne ne s'oppose à votre intervention, le règlement n'interdit pas votre prise de parole. Quelqu'un s'oppose-t-il à cette demande ?"

Aucune voix ne s'élève.

"Dans ce cas, nous vous écoutons, si vous pensez pouvoir éclairer davantage le Conseil."

"Je ..."

"Levez-vous s'il vous plait."

Naâ se lève, intimidée.

"Je souhaite simplement apporter mon témoignage."

"Poursuivez, nous vous écoutons."

"Et bien... avant de rencontrer... Paul, je ressentais la peur qu'a justement évoqué Vilnus. Et puis... les semaines de travail accompli m'ont appris qu'en réalité, ce n'est pas la peur de l'autre que j'éprouvais mais la peur de l'inconnu. Et je crois que ce n'est pas tant l'autre qu'il faut craindre, mais sa propre ignorance. Je crois que l'ignorance nous fragilise et la connaissance nous fortifie. Je crois que si nous nous fermons au monde... alors le monde nous enterrera."

"C'est tout ?"

"Oui."

Naâ se rassoit. Efus lui adresse un regard de reconnaissance, de bienveillance et de fierté.

"Chers membres du Conseil,

Si l'un d'entre vous désire prendre la parole, c'est maintenant."

L'ange repasse, avec le même sablier.

"Bien, dans ce cas, nous allons procéder au vote. Question posée : l'individu Paul doit-il être renvoyé à son monde d'origine?"

Le vote s'effectue à main levée. L'unanimité est faite, contre la proposition d'Efus. Ce résultat est le pire qu'il pouvait craindre : cela signifie que désormais, Efus ne pourra soumettre à nouveau ce projet, ni devant le Conseil, ni devant le peuple. Efus contemple l'amphithéâtre d'un regard vide, pas une seule main ne s'est portée à son secours. Le cadavre de son projet git au beau milieu de la salle.

"La réponse unanime est enregistrée : l'individu Paul ne doit pas être renvoyé à son monde d'origine. La séance est levée."

"Venez Naâ, je vous raccompagne chez vous. Nous n'avons plus rien à faire ici."

Durant le chemin du retour, chacun est dans ses pensées, plongé dans son propre échec. Chacun a conscience d'avoir précipité l'avenir de Paul dans une impasse, d'avoir ouvert les portes du cachot, ils l'ont poussé dans un puits d'oubli. Efus en est le premier responsable mais Naâ ressent tout autant cette culpabilité. Ils ont échoué, totalement, irrémédiablement.

"Entrez Efus. Venez diner avec moi."

Efus se contente d'un signe de tête et accepte volontiers. Il faut qu'ils soient attablés pour que la conversation renaisse.

"Je vous remercie pour votre soutien Naâ. Vous n'avez pas à regretter votre intervention et vous pouvez être fière d'avoir porté vos idées avec courage. Mais en agissant de la sorte, vous vous êtes compromise. J'ai été désavoué publiquement et je crains que vous ne soyez désormais associée à ce désaveu. J'ai conscience de cette injustice car c'est à moi seul d'assumer les conséquences. Je vous dois des excuses et je dois vous dire ceci : il est encore temps pour vous de conserver la confiance du Conseil. Vous êtes jeune, brillante, une belle carrière vous attend. Démissionnez Naâ, quittez mon service ! C'est la seule solution qui puisse vous sauver !"

"Vous rendez-vous compte de ce que vous dites ? Et Paul dans tout cela ! Nous avons encore la confiance du Conseil pour poursuivre notre mission auprès de lui. Nous avons un devoir envers lui. Qui s'en occupera si nous démissionnons ? Comment pouvez-vous l'oublier ?"

"Je ne l'oublie pas mais je n'ai guère d'illusions sur notre avenir."

"Je refuse d'abdiquer de la sorte."

"Faites le Naâ, démissionnez ! Ne me forcez pas à le faire moi-même !"

"Tout abandonner sur un coup de tête ! Mais que se passe-t-il Efus ? Je ne vous comprends pas. Quelque chose m'aurait-il échappé ?"

Efus se lève, il se dérobe, il déambule dans le salon. Naâ ne le quitte pas des yeux, attendant sa réponse.

"Si les choses doivent finir ainsi, vous me devez une explication Efus. Vous me devez au moins cela. Je ne vous lâcherai pas sans explication."

Efus continue sa marche silencieuse et s'immobilise devant la baie qui s'ouvre sur la ville. La cité est tranquille, chacun est à sa place, chacun s'active dans cette belle machine faite de pierre et d'électricité. Les Lois sont aux commandes et tout est en ordre.

"Vilnus a évoqué une expédition. Ce détail vous a peut-être échappé et pourtant, il s'agit de l'argument qui a tout fait basculé. Quelle perfidie !

Il y a environ cinq ans de cela, dans cette même salle, devant cette même assemblée, j'ai soumis le projet d'une expédition confidentielle. Nous connaissons parfaitement notre territoire, tout est cartographié dans le moindre détail, rien n'échappe à notre surveillance et nous maîtrisons la porte. Mais qu'en est-il de l'autre côté ? Que savons-nous du territoire des Autres ? Imaginez qu'il existe une seconde porte ? J'ai brandi cette menace du monde extérieur, j'ai montré sa violence, j'ai décrit son agressivité, sa force, sa multitude. Je leur ai fait peur et Vilnus a réveillé cette peur. Je les ai convaincus de la nécessité de s'assurer de l'existence ou non d'une deuxième porte et l'expédition a eu lieu.

Nous disposions d'archives, de récits anciens et de quelques cartes imprécises. Autant d'indices qui ont défini l'objectif : une rivière au fond d'une excavation mal localisée, un point de communication possible avec l'extérieur.

Ils étaient cinq à constituer l'équipe. Au vingt-deuxième jour de l'exploration, nous n'avons plus reçu de nouvelles. Aucun d'eux n'est revenu. Mon fils était l'un de ceux-là."

Efus est immobile et semble incapable de bouger. Figé devant la baie, il ne voit plus la ville, son regard se perd bien au-delà.

Naâ est assise sur un banc et regarde le paysage. Le port miniature semble éternel sous la lumière de coton. Elle se souvient de cette journée vécue avec Paul, de la découverte de ce panorama, de sa présence dans son dos sur le kad, des paroles qu'il faut chuchoter. Elle repense à leurs conversations en tête à tête, qui éternisaient le repas du soir. Elle se replonge dans la mer inconnue, elle s'enfonce dans la neige, elle s'assoit contre un arbre, elle s'allonge sur le sable, elle vit avec Paul, elle vit par lui, elle est pleine de lui comme la fleur est pleine de parfum.

Naâ est assise sur le banc et son regard se porte vers le lointain brouillard sans horizon. Cette mer n'est qu'un bassin d'eau douce, un miroir que l'on pose dans les crèches de Noël, où se reflètent des canards en plastique. La brume s'abat sur le plan d'eau à la façon d'un store baissé sur une fenêtre. Et quelque part au-delà de cette brume, il y a le monde des Autres. Et quelque part encore, peut-être, il y a une porte. Un trou. Un trou de serrure qui débouche sur le monde extérieur.

Ce monde extérieur l'obsède, par les images télévisées quotidiennes, par les récits de Paul. Ce monde l'attire presque malgré elle, il l'aspire. Les visions nourrissent les obsessions comme la pluie arrose la terre. Efus a planté une graine en évoquant l'existence d'une seconde porte et cette graine germe doucement dans l'esprit de Naâ. Une idée prend forme, un projet commence à naître : partir. Partir à la recherche de ce petit trou caché quelque part, partir avec Paul. Non pas fuir mais s'évader.

Assise sur le banc, Naâ devient une prisonnière qui prépare son évasion.

Les jours passent au goutte à goutte, sans laisser de trace dans l'océan du temps. Efus et Naâ entretiennent leurs visites auprès de Paul, établissent leurs compte-rendus sans noter d'évolution particulière. Paul est stationnaire, il semble détaché de son propre sort. Il est un coquillage sur un rocher. Naâ lui demande de lui raconter la lune et les étoiles. Efus voudrait marier la science avec le pouvoir.

"J'adore ce jardin."

"Vous y venez souvent ?"

"Régulièrement, oui. Pas vous ?"

"Je n'y pense pas. C'est un tort, c'est un très bel endroit."

Efus a accepté volontiers l'invitation de Naâ. Il la sait préoccupée, il espère qu'elle se confie, il est prêt à l'écouter. Naâ conduit la marche, les allées lui sont familières. Le parc est une succession de jardins et chacun offre sa personnalité et son ambiance. Certains sont luxuriants, foisonnants de couleurs et d'éclats, d'autres ont la beauté simple du désert. Ils sont tous composés des quatre éléments : le végétal, le minéral, l'eau et le parfum.

Naâ mène Efus à l'un des jardins les plus singuliers. Ils sont entourés par une roche blanche, couverte de sel, les plantes sont comme des algues, l'eau ruisselle de partout. Encore un peu et l'on se croirait sous la mer. L'eau a cette étrange musique où les notes et les rythmes sont aléatoires et pourtant toujours harmonieux. L'autre avantage est que cette musique protège les conversations. Ils s'assoient sur un cube de roche et de sel et restent un instant à s'imprégner du lieu.

"Parlez-moi de cette expédition."

"Que voulez-vous savoir ?"

"Est-ce qu'ils ont trouvé la seconde porte ?"

"Nous n'en savons rien."

"Dites-moi ce que vous savez Efus. S'il vous plait. Je ne pense qu'à cela depuis que vous m'en avez parlé."

"Je ne sais pas grand-chose. Les communications avec le monde des Autres sont impossibles. Toutes les ondes sont brouillées comme vous le savez. Le seul message que nous recevions de l'expédition était les coordonnées de leur position. Ils émettaient en continu et nous, nous recevions en pointillé une dizaine de signaux par jour."

Efus marque une pause. Il replonge dans le passé. Naâ ne doit pas le laisser s'enfermer dans ses souvenirs.

"Et vous avez suivi leur itinéraire jusqu'au bout ?"

"Oui."

"Et vous pensez qu'ils ont trouvé la rivière ? Cela concorde-t-il avec les indices dont vous disposiez ?"

"C'est probable. Nous avions déterminé à l'avance la zone qu'il fallait explorer. Ils ont mis douze jours à l'atteindre. Puis quatre jours encore à explorer cette zone. A partir du seizième jour, leur point de signalement est devenu stationnaire. Ils ont progressé très lentement pendant six jours, peut-être s'agissait-il de la rivière."

"Quelle est votre conviction là-dessus ?"

"Les indices concordent. Le signal indique qu'ils ont d'abord descendu avant de progresser lentement à l'horizontal, à une altitude stable. Ce pourrait être la rivière souterraine."

Naâ essaie de s'imaginer cette rivière, toute cette eau qui vient du monde extérieur.

"Comment se fait-il qu'une deuxième expédition n'ait pas été envoyée ?"

"L'une des causes possible de leur... échec, est qu'ils aient été découvert par les Autres. Le Conseil a refusé de prendre le risque de renouveler l'envoi d'un commando, ce fut le terme employé. Cette expédition violait le pacte de non intrusion, il était hors de question de commettre un nouvel affront."

Naâ ne doit pas aborder le sujet tabou du fils d'Efus. La moindre évocation de l'aventure humaine, et Efus se fermerait comme une huître.

"Pensez-vous qu'une personne seule pourrait retrouver cette rivière ?"

Efus tourne la tête pour dévisager Naâ. Il n'y voit que détermination et défi.

"N'y songez pas. Paul, puisqu'il s'agit de lui n'est-ce pas ? Paul serait incapable d'aller jusqu'au bout."

"Et pourquoi s'il vous plaît ? Il est bien arrivé tout seul jusqu'à nous."

146

"Le chemin qu'il a emprunté est une promenade de santé comparé aux difficultés de celui-là. Souvenez-vous de sa chute au premier abrupt qu'il lui a fallu franchir. Il n'a aucune expérience, aucune aptitude pour ce genre d'aventure. N'y songez pas Naâ."

"Très bien. Et s'il était accompagné par une personne plus expérimentée ?"

"Et à quel guide pensez-vous ?"

"A personne. C'est juste une idée lancée en l'air. Une simple question."

"Et bien laissez cette idée s'envoler."

"Pourquoi ne voulez-vous pas me répondre ?"

Efus regarde Naâ droit dans les yeux :

"Parce que j'ai dû y répondre il y a cinq ans. J'ai dû justifier les chances de réussite de cinq hommes. Cinq hommes entrainés, formés, préparés. Ils ont échoué et sont probablement tous morts. Abandonnés. Alors ne me demandez pas aujourd'hui ce que je pense d'une... simple idée lancée en l'air."

Habituellement, lorsqu'Efus montre les premiers signes d'exaspération et de colère contenue, personne n'essaie d'insister. Encore moins les membres de son service. Cette fois, Naâ défie Efus.

"Je ne lâcherai pas cette idée en l'air. Je ne baisserai pas les yeux. Pas là-dessus. Jamais."

Il arrive que le calme de l'adversaire soit plus impressionnant que le bruit et la fureur. Rien ne semble ébranler la confiance dans sa force. Il est là, face à vous, et vous comprenez tout de suite que vous ne pouvez rien contre lui. Efus est pris de court, déstabilisé, désarmé. Il se lève comme le roi quitte son trône. La reine a gagné.

"Je rentre" dit-il.

Naâ se lève à son tour et il ajoute : "Seul."

Naâ ne répond rien et regarde Efus quitter le jardin.

Partir pour ne plus revenir. Suivre un chemin vers autre chose, sans jamais aller au bout peut-être. Il y a les saumons qui remontent les rivières pour y mourir par mystère. Il y a les grandes migrations pour la survie. L'instinct, l'appel du grand large, rien ne semble s'opposer à cette force qui s'empare du corps tout entier. Il faut certes quitter ce que l'on connait, ce que l'on aime parfois, mais lorsque l'on sent que cette petite déchirure est amorcée, lorsque l'on se sent soudain un peu étranger à ce qui nous entoure, alors on sait qu'il faut partir. Le soulagement, le repos, la paix ne peuvent plus être ici. Naâ rêve d'un ailleurs et elle sait que cette plaie est ouverte dorénavant. Elle doit retirer cette épine qui s'est plantée Dieu sait par quel mystère. L'inconnu est comme le vide. A la fois il nous fait peur, comme un gouffre vers la mort. A la fois il nous attire, comme une promesse de paradis.

La surveillance d'Okan devient réellement fantaisiste. La cordialité n'interdit pas la rigueur, mais celle d'Okan à l'égard de Naâ lui fait tout oublier de son rôle de gardien. Il a le sourire du brave type, une boulangère dirait de ce client "sous la croute, il n'y a que de la mie". C'est vrai qu'il a une honnêteté naturelle qu'il croit partagée par tous. Il ne doute pas de la loyauté de Naâ et il arrive que la visite de la jeune femme se fasse avec la porte fermée. Il est vrai que dans ces conditions, nul ne peut s'échapper de la chambre, mais qu'en est-il des faits et gestes à l'intérieur ? Qui peut en témoigner ? Okan ne se pose pas cette question. Quel mal peuvent-ils bien faire ? Quel danger peut-on craindre d'une conversation ? Okan a les clés, Okan veille à sa façon. Après tout, depuis le temps, il sait bien à qui il a à faire, et ces deux-là, ils sont inoffensifs.

Cette visite là commence comme toutes les autres.

"Bonjour Okan !" une voix claire et douce avec un sourire d'ange.

"Bonjour Naâ. Il vous attend." une voix presque éteinte et un sourire timide.

Okan forme des arabesques comme s'il usait de magie et la porte s'ouvre. Naâ pénètre dans la chambre et se retourne vers Okan. Sans qu'il soit besoin d'échanger un mot, Okan ose un clin d'oeil et referme la porte.

"Okan me fait penser parfois à un surveillant de l'école d'archi, un pion comme on les appelait, qui devait contrôler les examens. Il distribuait les sujets, mettait le nez dans son bouquin et n'en sortait que pour ramasser les copies. C'était notre copain celui-là !"

"Parle-moi de tes études", Naâ est déjà allongée sur le lit, qu'elle s'est maintenant approprié. Paul ne se fait pas prier et se remémore les profs, les salles de classe, les copains, les copines, les bars, les soirées, les beuveries. Le cursus étudiant à la fois insouciant et laborieux, l'angoisse des examens, les révisions, les colles. L'heure dévolue à la visite arrive vite à son terme et Paul n'a pas cessé de parler.

Naâ se redresse enfin et son expression devient radicalement différente. Son regard est déterminé, grave et la voix est presque cassante :

"Viens !"

Paul va s'assoir au bord du lit.

"Allonge-toi à côté de moi." Elle tapote sur le matelas comme si elle appelait son chien.

"Bien maîtresse." Paul s'allonge, les mains croisées sur le ventre à l'image d'un sarcophage, immobile et sage.

"Et maintenant ? Dois-je poursuivre mon récit madame ?"

"Non. Maintenant tu te tais. Complètement."

Naâ se tourne sur le côté, contre Paul. Elle ne se blottit pas, elle le couvre, elle l'envahit. Elle pose sa tête sur sa poitrine, elle pose sa main sur son épaule, sa caresse remonte vers le cou, puis la joue et continue sur le visage avec délicatesse, du bout des doigts, les doigts d'une aveugle. Naâ a fermé les yeux et baisse les paupières de Paul comme on éteint la lumière du chevet. C'est alors que les corps se libèrent, les vêtements n'habillent plus. Les mots sont des respirations, les mains tâtonnent à plaisir, les lèvres effleurent puis s'emportent. Et tout se précipite sans pouvoir de retenue, l'instinct déploie ses ailes. Leur amour est presque silencieux. Okan ne soupçonne rien lorsqu'il ouvre la porte. Les corps nus ne font qu'un, le tableau est intime et délicat. La lumière est presque parfaite. Un peintre serait heureux de la pose mais Okan n'a pas les yeux du peintre. Il se détourne, s'échappe de cette vision. Puis il lance d'une voix trop forte, comme à quelqu'un à l'autre bout du couloir :

"Il est l'heure de partir maintenant. La visite est terminée."

Le sentiment de la trahison monte en lui. La colère aussi.

"M'avez-vous bien compris ? C'est un ordre !"

Il entend depuis le couloir qu'il s'est fait comprendre et devine que Naâ se rhabille. Quelques secondes après, Naâ apparait. Son regard est presque triste, c'est une supplique, une demande de pardon. Okan y est insensible.

"Partez Naâ. Vous m'avez beaucoup déçu."

Naâ regarde par-dessus son épaule et sourit en signe d'adieu. Okan referme la porte sans même s'intéresser à Paul.

Le rapport établi par Okan est sans ambiguïté. Le rapport sexuel entre Paul et Naâ est avéré, il serait vain de le contester. Okan n'a pas eu d'états d'âme pour transmettre son témoignage. Juste un regret, une amertume, vite oubliée par le sens du devoir. Lui n'a pas la faiblesse des autres. Lui est fiable et a le sens de l'honneur et de la citoyenneté.

"Cette fois l'affaire est grave, sans mesure avec les incidents précédents. Après la lecture du rapport que m'a remis Okan ce matin, vous comprenez pourquoi j'ai souhaité vous réunir dans l'urgence. Avant toute chose, il me faut une décision de l'Ordre sur les conditions de mise sous surveillance de Naâ et Paul."

Le Président : "Prenez les mesures habituelles Colfan. A moins que quelqu'un parmi vous ait une autre suggestion ?"

Personne n'émet le moindre commentaire, tous abasourdis par le récit qu'ils viennent d'entendre.

Le Président : "Colfan, vous féliciterez Okan pour sa promptitude et sa clairvoyance. L'acte commis hier soir est grave en effet et les auteurs doivent être jugés."

Kora : "Je rappelle que nous ne disposons pour l'instant que d'un témoignage. Nous ne connaitrons la vérité des faits qu'après l'enquête. Rien n'autorise à ma connaissance à déroger à la procédure."

Le Président : "Certes. Mais il est peu probable qu'Okan ait inventé cette histoire. Quelqu'un a-t-il une première réflexion à soumettre ? Volna peut-être ?"

Volna est appréciée pour sa connaissance des Lois. C'est elle le plus souvent qui oriente les débats préparatoires aux jugements.

"Président, chers collègues, je n'ai pas le souvenir qu'une Loi interdise les rapports sexuels entre deux personnes consentantes. Il faudra naturellement que l'enquête nous dise si l'un des deux a pu agir sous la contrainte, mais il sera difficile d'obtenir une preuve là-dessus."

Le Président :

"Cela signifie que nous aurions à juger un acte qui n'enfreint aucune Loi ?"

Volna : "C'est possible en effet. Cependant, je rappelle que les Lois ne s'appliquent qu'aux citoyens de notre société. Paul n'a pas ce statut et une procédure atypique se justifie dans ce cas."

Le Président : "Bien, cela peut nous aider en effet. Et concernant Naâ ?"

Volna : "Son acte va à l'encontre des consignes qu'elle a reçues dans le cadre de sa mission. Il s'agit à l'évidence d'une faute professionnelle grave. Dans ce cas, l'Ordre a la compétence pour rendre le jugement."

Le Président : "Très bien. Cette affaire peut donc être jugée sans sortir de notre cercle. Quelqu'un a-t-il la volonté de saisir le Conseil ? Personnellement, je pense que ce serait une erreur mais je dois vous poser la question."

Il est rare que le silence soit aussi pesant.

"J'imagine que tout cela doit être difficile pour vous Efus. Auriez-vous un début d'explication ?"

Efus est abattu.

"Quel gâchis. Après Tana, c'est maintenant Naâ qu'il faut écarter. Je n'ose imaginer la réaction de Paul... je crois que l'aventure s'arrête ici. L'expérience a échoué, il faut se rendre à cette évidence. J'en porte toute la responsabilité et je dois vous présenter ma démission."

Le Président : "Calmez-vous Efus. La situation est déjà suffisamment délicate, ne la compliquez pas s'il vous plait."

Efus : "La situation est limpide au contraire. L'avenir de Paul parmi nous est une impasse, vous le savez tous. Il n'y a que l'exil possible désormais, comme nous l'avions d'ailleurs envisagé dès le premier jour de son arrivée. Qui aurait la cruauté de le laisser pourrir entre quatre murs ?"

Colfan : "Efus et moi sommes souvent en confrontation mais cette fois, je partage totalement son analyse. L'exil de Paul est la seule issue possible."

Kora : "Je vois que le jugement est rendu avant les résultats de l'enquête. Beau travail messieurs ! Poursuivez avec Naâ maintenant !"

Le Président : "Aucun jugement n'est rendu et la procédure sera respectée. Je m'en porte garant. Nous sommes là pour débattre de la situation et faire part de nos réflexions. Il faut bien avouer que l'exil parait la moins mauvaise des solutions. Quant à Naâ, s'agissant d'une faute professionnelle, je vous propose le jugement prévu par la Loi : lui interdire l'exercice de sa profession et la réorienter dans des activités mineures et non stratégiques."

Colfan : "Je vous suivrais dans cette voix s'il s'agissait d'un cas ordinaire. Mais vous semblez oublier une chose : Naâ a commis un acte de trahison, elle a sabordé la mission de sa propre initiative. Et surtout, elle pourrait porter l'enfant de cet étranger."

Kora : "Parce que nous devons également faire le procès de cet enfant imaginaire ?"

Le Président : "Il ne s'agit pas de cela. Mais si Naâ devait enfanter, cet enfant serait ... je ne trouve même pas le terme."

Kora : "Un garçon ou une fille."

Certains baissent la tête pour masquer leur sourire.

Efus : "L'enfant sera un enfant, rien de plus et rien de moins. Vous connaissez la Loi : "s'il est viable, il doit vivre". Là n'est pas la question."

Kora à Efus : "Paul était-il informé des libertés et des interdits concernant les rapports sexuels ?"

Efus : "Pas à ma connaissance. Pas de façon explicite en tout cas."

Kora : "C'est regrettable !"

Volna : "Colfan n'a pas tort lorsqu'il évoque la trahison. Naâ connaissait les consignes et les interdits liés à sa mission. Elle les a transgressées volontairement, sans aucun signe d'alerte. Elle est peut-être porteuse de la paternité de Paul. Peut-on raisonnablement renouveler notre confiance en elle, pour tenir au secret tout ce qu'elle sait ?"

Le Président: "Préconisez-vous également l'exil pour Naâ?"

Volna : "Je pose la question. Simplement."

Le Président : "Bien, je vous suggère d'en rester là pour aujourd'hui. Colfan, combien de temps durera l'enquête selon vous?"

Colfan : "Deux jours maximum."

Le Président : "Je vous invite tous à bien réfléchir à tout cela. Nous nous revoyons donc dans deux jours pour le jugement, si personne ne sollicite une réunion d'ici là. Quelqu'un a-t-il quelque chose à ajouter ?"

Efus : "Je souhaite rencontrer Naâ au plus vite, pour l'informer de la situation. Et Paul ensuite naturellement, pour la même raison."

Le Président : "C'est légitime en effet. Voyez avec Colfan les modalités de tout cela. L'enquête devient prioritaire à partir de maintenant."

Efus : "Entendu."

Le Président : "Je vous remercie. La séance est levée."

En sortant de la salle, Efus se rapproche de Colfan :

"Cette enquête est une formalité, vous le savez bien. Pouvez-vous faire en sorte que je rencontre les enquêteurs dès maintenant et que nous remplissions les modalités le plus rapidement possible ?"

Colfan sourit et fait quelques pas en prenant Efus par le bras. Les autres membres ne leur prêtent pas attention, certains sont déjà repartis et trois autres poursuivent les débats avec agitation.

"De quelles modalités parlez-vous ? Il n'y a aucune procédure vous concernant, mon cher Efus. C'est encore une de ces phrases creuses que le Président aime tant. Voyez Paul et Naâ si cela vous chante, les enquêteurs feront leur travail de leur côté et obtiendront les résultats, avec ou sans votre intervention, soyez tranquille."

Efus est dubitatif et un peu mal à l'aise. De quels résultats parle-t-il ? Cette réponse le satisfait malgré tout et il prend le risque de faire confiance à Colfan.

"Très bien. Alors dans ce cas j'y vais tout de suite. Je vous remercie et à bientôt donc."

"A bientôt Efus."

Il faut qu'il rejoigne Naâ avant qu'elle parte déjeuner, il doit faire vite. La rue n'est pas plus encombrée qu'à l'habitude mais Efus se cogne aux passants, il slalome autour des gens comme un skieur, il s'impatiente derrière un couple qui ne s'écarte pas assez vite. Il n'y a pourtant pas de raison valable pour un tel empressement, si ce n'est sa propre impatience. Lorsqu'il pénètre dans le bâtiment, certaines personnes commencent à en sortir pour aller déjeuner. Efus poursuit sa remontée à travers le flot, en guettant le visage de Naâ. Dans la grande salle de travail, ils sont encore quelques-uns à leur poste, dont Naâ, assise sagement face à son écran. Il l'aperçoit et reprend une démarche plus nonchalante.

"Venez Naâ. Je vous emmène déjeuner."

Dans le couloir qui mène aux ascenseurs, Efus fait demi-tour.

"Allons dans mon bureau."

Naâ ne bronche pas. Elle s'attend au pire. Toute la nuit et toute la matinée, elle s'est préparée à la tempête, au déluge de reproches et de jugements. Elle sait qu'Efus la conduit au pilori. Ils entrent dans le bureau, Efus referme la porte.

"Asseyez-vous. Vous vous doutez que je ne vous invite pas par courtoisie. Je reviens à l'instant d'une réunion de l'Ordre et Colfan nous a fait part du rapport d'Okan. Avez-vous bien conscience de ce que vous avez fait Naâ ?"

"Vous avez réclamé ma démission, vous m'avez laissé entendre qu'il n'y a pas d'avenir pour Paul parmi nous et que notre mission prendrait fin prochainement. Je n'ai fait que précipiter les choses."

"Il ne s'agit pas de Paul mais de vous. Votre geste est injustifiable, personne ne vous le pardonnera. Savez-vous ce que vous encourez ?"

"Vous allez me le dire."

"Vous le savez bien. Et je crois même que vous espérez cette issue. Vous voulez partir en exil avec Paul n'est-ce pas ?"

Le mensonge est un art mais Naâ n'a jamais eu le goût de le pratiquer. Elle sait maintenant qu'elle n'a guère de talent pour la comédie et pour tromper les apparences. Elle ne peut dissimuler son émotion et elle est au bord des larmes.

"Aidez-moi Efus. S'il vous plait, aidez-moi. Je suis toute seule."

"Vous l'aimez à ce point-là ?"

"Non... je ne sais pas. Je ne pense qu'à ça. Je veux rester avec lui. Je veux partir avec lui. C'est plus fort que moi. Je n'en peux plus d'être ici. Je ne sais plus quoi faire, je suis perdue."

"Comment pourrais-je vous aider ? Que voulez-vous que je fasse ?"

"Donnez-moi l'itinéraire. Je sais que vous le connaissez, je sais que vous n'avez rien oublié de votre fils. Laissez-moi prendre le même chemin, laissez-moi suivre sa trace. Nous trouverons la rivière. Ce qu'a fait votre fils ne sera pas vain, faites cela pour sa mémoire."

Efus a les mains posées sur la table, les doigts croisés. Il écoute Naâ en contemplant ses mains. Elles sont inertes, inutiles, elles ont vieilli. Se souviennent-elles de la dernière étreinte, au moment des adieux avec son fils ? Se souviennent-elles des caresses sur sa joue d'enfant, quand il fallait consoler ? Que tout cela est loin !

"Vous donner l'itinéraire serait un acte de trahison. Ne m'entrainez pas dans cette spirale insensée ! Laissez-moi en paix !"

"Ce n'est pas en me tournant le dos que vous trouverez la paix. Bien au contraire. Ne m'abandonnez pas à mon sort ! Ne renoncez pas à vos espérances, à toutes ces années de travail ! Si vous ne m'aidez pas, alors vous trahirez la mémoire de votre fils, vous trahirez tout ce en quoi vous croyez : comprendre ce qui nous entoure et aller à sa rencontre. Vous serez toujours meurtri Efus, profondément, mais si vous n'accomplissez pas ce que vous dicte votre cœur, vous ne ferez qu'ajouter à votre peine. Et ce sera le pire des tourments ! Ne vous infligez pas ça Efus, vous ne le méritez pas !"

Ces paroles, Efus a l'impression de les avoir déjà entendues. Dans la bouche de son fils. La même conviction, le même emportement. Une déraison qui ressemble à la sagesse. Efus avait cédé aux arguments de son fils pour lancer l'expédition.

"Vous lui auriez plu. Il serait tombé amoureux de vous Naâ."

"Aidez-moi Efus."

"Je crois qu'il vous aurait séduit aussi. Dommage que vous ne l'ayez pas connu."

"Je vous en prie."

"Cette expédition lui tenait tellement à cœur ! Je n'ai pas su lui résister. J'ai cédé à sa détermination. Et je me pose encore cette question : ai-je eu raison ou tort ?"

"Il a vécu ce qu'il voulait vivre. Et il vous a aimé pour comprendre ça."

"Laissez-moi Naâ. J'ai besoin de temps pour réfléchir."

"Je sais que vous ne me laisserez pas tomber."

Naâ se lève, Efus l'interpelle une dernière fois :

"Des enquêteurs vont venir vous voir. Dites leur simplement la vérité des faits. Sans autre explication. Je ne pense pas qu'ils vont vous permettre de revoir Paul. Je me charge de tout lui expliquer."

"Merci Efus."

"Au revoir Naâ."

Efus est fatigué de ressasser toujours les mêmes souvenirs. Il n'a pas faim et de toute façon, l'idée de déjeuner seul est une horreur. A peine Naâ partie, il décide tout de suite d'aller voir Paul. Il ne veut pas penser, il ne faut pas qu'il pense. Il choisit de prendre le kad pour faire le trajet et se retrouve dans le flot de la circulation. Il suit le troupeau sans y penser et se perd à faire des tours et des détours, à tourner en rond, comme un wagon à la remorque d'un train miniature, au milieu d'un décor artificiel. Il finit tout de même par s'arrêter au pied du bâtiment. La façade est sans fioritures et passerait totalement inaperçue s'il n'y avait pas cet encadrement de porte ouvragé. Le portique est assez imposant et porte en son sommet le symbole du Département de la Sureté, de simples cercles concentriques, connus de tous. En s'annonçant à la porte, Efus a la désagréable sensation, inédite d'ailleurs, que les cercles le regardent, qu'ils sont un œil froid et fixe.

Dans l'ascenseur, le garde dessine des arabesques à la façon d'Okan. Impossible de savoir à quel niveau ils descendent, et lorsque la porte s'ouvre, c'est sur un couloir en cul-de-sac. L'heure de la visite est inhabituelle, ça se voit sur le visage d'Okan, surpris ou embarrassé, difficile à dire. Gêné en tout cas d'être dérangé en plein milieu de son repas. Il se lève par automatisme mais ne réagit pas davantage.

"Je sais, je suis en retard. Vous m'ouvrez s'il vous plait ?"

Okan semble troublé, presque réticent, mais il n'a aucune raison pour ne pas obéir à ce représentant de l'Ordre.

Efus rejoint l'alcôve, la porte se referme derrière lui, pour un ènième tête-à-tête avec Paul, tranquillement installé sur son lit, les mains derrière la tête. Efus n'a pas réfléchi à son entrée en matière, à la façon d'annoncer en douceur les mauvaises nouvelles. Il reste un moment silencieux et Paul perçoit son malaise.

"Vous semblez préoccupé Efus. Quelque chose vous contrarie ?"

"Je m'excuse d'être en retard."

"Allons, ce n'est pas que cela tout de même ?"

"Non, en effet."

Et Efus raconte les évènements de la matinée, sans mentionner son entretien avec Naâ. Le traducteur de l'oreillette a une voix neutre, glaciale mais Paul connait suffisamment Efus maintenant pour savoir lire ses émotions. Les phrases ont du mal à s'enchaîner, les hésitations sont multiples, des blancs, des silences. Efus a des absences, Paul croit entendre le récit d'une défaite, d'un renoncement. Efus termine par l'annonce de l'exil probable de Paul et Naâ, une fatalité inéluctable, un destin contre lequel il ne veut plus se battre.

"Et quel donc est cet exil ? Qu'a-t-il de si terrible pour que vous l'évoquiez comme l'enfer ?"

"Vous n'en revenez jamais. On vous conduit de l'autre côté pour le restant de vos jours. Vous quittez la société, la civilisation, vos amis, vos amours, tout."

"De l'autre côté ?"

"Vous n'avez pas deviné ? L'autre côté, c'est le territoire des Autres."

"Vous jetez les gens par-dessus bord comme s'ils avaient la peste. Drôle de justice !"

"La justice ? Qui vous parle de justice ? Il ne s'agit pas de punir. Vous sauriez dire si une sanction est équitable ? Si un châtiment est juste ? Non Paul, nous n'avons pas cette prétention. Nous ne cherchons qu'à protéger notre société ; et lorsqu'un individu la met en péril, nous l'écartons. Il n'y a aucune justice là-dedans, c'est le souci de notre sécurité qui prévaut sur l'individu."

Sacré Efus ! Le voilà presque reparti à disserter sur la société.

"Et pourquoi Naâ ? Pourquoi la condamner de la sorte ? Pourquoi ne pas lui pardonner comme à Tana ?"

"Tana a eu deux enfants, elle pouvait réclamer sa stérilité ; ce qu'elle a fait comme toute les femmes d'ailleurs. Un rapport sexuel avec elle est sans conséquence. Naâ n'a pas d'enfant, elle n'est pas stérile, il était hors de question qu'elle ait une relation de cette nature avec vous. Elle le savait mais elle a délibérément violé la règle. Cette trahison n'est pas acceptable."

"Ne me dites pas que vous ne connaissez pas la contraception !"

"Bien sûr que nous l'utilisons, mais pas au-delà de l'âge de vingt ans, pour permettre aux jeunes la découverte amoureuse dans l'insouciance. A partir de vingt ans, elle ne se justifie plus, elle est interdite. Rien ne s'oppose à enfanter. Vous savez qu'il s'agit même d'un devoir de citoyen."

"Vous voulez dire que Naâ pourrait être enceinte ?"

"Il y a peu de chance que ce soit le cas mais nous ne pouvons pas exclure cette éventualité. Je ne connais pas toutes les raisons qui ont conduit Naâ à agir ainsi ; je me demande même si Naâ a encore toute sa raison. Ce que je sais, c'est qu'elle s'est condamnée pour vous sauver, pour vous libérer. Vous êtes déjà en exil ici, parmi nous. Vous êtes entre quatre murs et Naâ savait que vous ne pourriez jamais être totalement libre. Notre monde ne peut pas vous accepter, il faut bien se résoudre à cette évidence. Pour vous, l'aventure va continuer, loin d'ici. Elle vous a rendu votre liberté de voyageur."

Naâ si douce dans ses bras, angélique, abandonnée. Il a cru qu'il n'y avait que le désir partagé, le seul plaisir d'être ensemble, offrir son corps et le contenter. Un petit bonheur charnel comme un vent joyeux et passager. Il ignorait à quel destin elle se vouait dès la première caresse, à quel naufrage elle s'exposait dès la première étreinte. Et pas un mot d'amour ne fut prononcé.

"Quand vais-je la revoir ?"

"Le jugement est programmé après-demain. Vous ne pourrez pas la voir d'ici là."

"Accordez-moi cette faveur. S'il vous plaît. Un dernier adieu."

"Je ne peux plus rien pour vous Paul. Je n'ai plus ce pouvoir désormais."

"Elle s'est sacrifiée pour me libérer dites-vous ?"

"Je le pense en effet. Et je la soupçonne de vouloir être condamnée au même exil. Avec vous."

"Avec moi ? Alors nous partirons ensemble ?"

"Non, ce n'est pas possible. Le règlement impose un délai de cinq jours au moins entre deux départs. Mais peut-être pourrez-vous vous rejoindre là-bas."

"Je l'attendrai. Dites-lui que je l'attendrai. Dites-lui que ... je l'attends déjà. Que je l'ai toujours attendu, que je l'ai toujours espérée."

Efus hoche la tête.

"Les prochaines heures vont être longues. Soyez patient, encore un peu. Il faut faire ce dernier effort. Je vais revenir vous voir demain."

160

Je n'ai rien à regretter. Je ne dois rien regretter. Comment ai-je pu croire que ma vie ici serait possible ? Cela devait finir comme ça, tôt ou tard. Efus a raison, je ne suis que de passage. Mon voyage continue, voilà tout. Je récupère mes affaires et je reprends la route. Je vais attendre Naâ quand même. Je verrai comment ça se passe. Je n'ai rien à regretter. Je n'aurais pas été heureux ici. Tout le temps frustré, tout le temps surveillé. Faut pas faire ci, faut pas faire ça, ils me prennent pour un gamin. Je vais retrouver ma couleur, mes cheveux, mes poils. Je vais me retrouver. Il faut que Naâ me voit tel que je suis. Blanc et poilu. C'est à prendre ou à laisser. Je continue ma route, coûte que coûte.

Paul est prêt, rasé et enduit, vêtements impeccables. Il est résolu à comparaître avec dignité. Ils verront qu'il n'est pas homme à fléchir, il gardera la tête haute face à son destin. La journée va être longue, son procès ne doit pas l'ébranler. Il veut rester solide, impassible devant les accusations. L'exil ne l'effraie pas. Paul attend dans sa chambre, presque impatient d'en découdre.

La porte s'ouvre à l'heure convenue. Okan est accompagné d'un autre garde. Ils sont silencieux et solennels. Paul s'en remet à eux, docile et droit comme un i. Les deux gardes portent des gants et Paul remarque un objet accroché à leur ceinture, une arme de poing sans doute. Cette précaution inutile le fait sourire intérieurement et leur cortège devient à ses yeux presque ridicule. Il est vrai que les affaires de justice et de sécurité sont des sujets importants, la mise en scène doit mettre en évidence cette gravité. Deux hommes armés encadrent un troisième et tout le monde comprend la situation. Le cortège va ainsi de couloirs en couloirs, préférant les escaliers aux ascenseurs.

Moins d'une heure plus tard, Paul est de retour dans sa chambre. L'audience fut expéditive, sans débats et sans passions. Efus fut transparent, Naâ fut résignée, le regard absent. Paul s'est cru presque spectateur, écoutant les charges retenues contre eux, le résumé des évènements et des conclusions de l'enquête. Tout cela fut enregistré soigneusement, efficacement, sans perdre de temps. Puis le verdict fut prononcé, déjà décidé à l'avance, sans contestation possible : Paul est condamné à l'exil, départ dans trois jours ; Naâ est condamnée au même exil, départ cinq jours après Paul. L'Inquisition n'aurait pas fait mieux et aurait applaudi la sobriété et l'efficacité de ces quelques juges. La séance fut levée sans émoi ni bavardage, Paul et Naâ raccompagnés par leurs gardes respectifs, dans leurs geôles respectives, les membres de l'Ordre se dispersèrent comme une volée de moineaux. Paul est maintenant seul dans sa chambre. Encore trois jours à tenir.

Le lendemain, lorsque Efus rentre dans la chambre, son allure conquérante a disparu. Le port de tête altier n'est plus, les épaules tombent légèrement, la souplesse du corps et des mouvements est devenue lassitude. Quand il s'installe dans l'alcôve, il ressemble à un petit vieux ; il ne manque que le rideau qu'on soulève pour regarder par la fenêtre. Paul en ressent presque de la compassion.

"Ça n'a pas l'air d'aller Efus. Mal dormi ?"

"Je n'ai pas très bien dormi en effet. Vous en revanche, vous avez l'air serein et reposé. Je vous félicite."

"Serais-je la cause de votre insomnie ?"

"Vous avez été la cause de nombreuses insomnies, avant même que je vous rencontre. C'est curieux que vous me posiez cette question presque à la veille de votre départ."

Et Paul comprend "Est-ce seulement maintenant que vous vous préoccupez de ce que je ressens ?" mais il ignore s'il s'agit d'un reproche ou d'un regret.

"C'est parfois au moment du départ qu'on s'aperçoit que l'on s'est attaché aux choses ou aux gens. Il ne faut pas avoir de regrets, Efus."

"Je ne crois pas en avoir. Mais je me sens condamné à vivre dans les souvenirs. Vous allez partir, et Naâ avec vous. J'ai la sensation d'un grand vide."

Paul ne sait pas quoi répondre à cela et c'est Efus qui trouve l'échappatoire :

"Il faut préparer votre départ. Matériellement j'entends. Vous allez récupérer tous vos effets personnels. Nous ne garderons aucune trace matérielle de votre passage. Et comme tout exilé, vous aurez droit à de la nourriture, un appareil d'éclairage, un respirateur. Vous serez habillé avec la tenue habituelle. L'équipement permet en théorie une certaine autonomie. Je vous expliquerai les détails juste avant votre départ."

Efus se lève et vient s'assoir sur le lit : "Venez près de moi."

Paul s'assoit à son tour tout contre Efus, qui poursuit dans un murmure :

"Dans votre sac à dos, il y aura un émetteur dans une doublure au fond du sac. Vous le sortirez au cinquième jour, pas avant. Il permettra à Naâ de vous retrouver."

Il sort de sa poche une capsule métallique, de la taille d'une noix.

"Vous n'êtes pas censé être équipé de cet appareil. Il suffit d'appuyer là pour le faire fonctionner. Naâ aura un récepteur qui permettra de vous localiser."

Et la capsule disparaît déjà sous la tunique d'Efus.

"Vous serez accompagné jusqu'aux portes du défilé, puis livré à vous-même. Vous devrez franchir le défilé qui débouche sur une mer intérieure. A partir de là, longez toujours la côte à votre droite et trouvez un lieu sûr. Vous devrez attendre Naâ pendant cinq jours. Ne vous éloignez pas trop, l'émetteur n'a qu'une portée de 500 m."

"Pourquoi ne pas attendre dans le défilé ?"

"Parce que c'est impossible de s'y arrêter. Il y a trop de courant."

"Trop de courant ?"

"Les deux mers n'ont pas la même altitude. Le courant est trop fort. Il est impossible de s'arrêter."

"Parce que je ne suis pas à pied ?"

"Bien sûr que non. Vous serez sur une embarcation et les flots vous emporteront, sans retour possible."

Paul digère l'information, se rappelant les petits bouts de bois qu'il lançait dans les torrents de montagne. Certains restaient bloqués contre une pierre, d'autres disparaissaient dans le tourbillon d'une petite cascade. Et quelques-uns rejoignaient la rive, profitant de la mansuétude d'une eau calme.

"A quoi dois-je m'attendre après le défilé ?"

"Je ne sais pas. Je ne peux pas vous aider plus que cela. Il faut espérer que les abords ne sont pas habités ou surveillés."

"Pourquoi aller à droite plutôt qu'à gauche, si vous ne savez rien de ce qui existe ?"

En disant cela, Paul a élevé la voix.

"Pas si fort s'il vous plait. Faites-moi confiance. Une dernière fois. A droite le long de la côte, après le défilé. Trouvez

164

un abri dès que possible et attendez cinq jours, puis allumez l'émetteur. Vous avez bien compris ?"

Paul acquiesce de la tête.

"Je dois vous laisser maintenant. Je vais revenir vous voir demain."

Efus est retourné à son bureau après cette courte entrevue avec Paul. Mais il a pris ce chemin davantage par habitude que par devoir. Assis à sa table, il a attendu. Il n'a plus rien à faire ici, tous les membres du service ont maintenant fini leur journée et sont rentrés chez eux ; ils ont une vie en dehors du travail. Efus reste donc seul et se sent cerné par le vide. Il sait qu'il ne lui reste qu'un refuge, un petit local sécurisé contenant des dossiers confidentiels. Il est le seul du Département à pouvoir y pénétrer, à détenir la clé de ce coffre, privilège du chef. La pièce est exigüe, peu éclairée, et ne contient pas grand-chose : une console et un écran, des rayonnages remplis de supports informatiques et, posé dans un coin, le sac à dos de Paul avec ses vêtements. L'ordinateur installé là n'est relié à aucun réseau, impossible à pirater. Et tous les fichiers rangés par ordre chronologique n'ont aucune copie ; il s'agit du travail quotidien de chacun, remis en fin de journée à Efus qui vient les archiver ici, tel une récolte engrangée chaque jour. Des années d'écoute, des millions d'heures accumulées, des rapports sans fin. Le monde extérieur et le reste de l'univers sont contenus dans cette pièce dérisoire de quelques mètres carrés.

Le dossier qu'il est venu chercher, il le connait trop bien, pour l'avoir examiné en long et en large. C'est le fichier qui traite de l'expédition évidemment. Et lorsque l'écran affiche la première page, Efus replonge dans un vieil album, un journal de bord qui lui serre le cœur. Il refuse de s'attarder sur ce passé douloureux et déroule le menu jusqu'au fichier qui l'intéresse : la carte de l'itinéraire. L'image se résume à une série de points, définis par des coordonnées dans l'espace, et reliés entre eux par des droites. Le tracé est chaotique et traduit bien les dénivelés qui ont dû être laborieux, et les zones plus faciles où les points sont plus espacés, signe d'une progression assez rapide. Quelques excroissances sont visibles, comme des petites branches mortes le long d'un tronc et qui sont autant de cul-de-sac obligeant l'expédition à faire demi-tour. Parallèlement à cette ligne brisée, une colonne de chiffres indique la date et l'heure de chaque point. Efus a passé de longues heures devant cet écran, à essayer de comprendre le tracé, à imaginer le décor, les difficultés. Tous les jours, il était auprès d'eux, jusqu'à cette extrémité qui n'avance plus ou si peu. La rivière peut-être. Ou bien une prison, ou bien mille autres choses. Doit-il envoyer Paul et Naâ vers cette destination improbable ? Il est de toute façon trop tard pour répondre à cette question. Et puis s'il existe une chance, infime soit-elle, pour qu'ils trouvent cette deuxième porte, cela vaut la peine de les aider. Sans doute est-ce là l'issue de toute une carrière, le dernier acte pour Efus avant de tirer sa révérence. Il se saisit d'une capsule similaire à celle présentée à Paul, mais celle-ci est destinée à Naâ. Il transfert les données de l'itinéraire depuis l'ordinateur puis vérifie que la capsule est chargée : un point lumineux apparait à sa surface, il l'oriente vers le mur et la carte apparait par projection. Il prend ensuite l'émetteur de Paul et accorde les fréquences des deux capsules. Voilà, elles forment maintenant un couple, l'une appelant l'autre à la façon des baleines à travers les profondeurs des océans. Enfin, Efus achève de se compromettre en plaçant l'un des objets dans les profondeurs du sac à dos, une espèce de ouate formant l'écrin, le tout recouvert d'une rustine adhésive. Il inspecte une dernière fois son bricolage en se persuadant que l'illusion est suffisante, puis replace toutes les affaires par-dessus. Il éteint l'ordinateur, range le fichier informatique dans le rayonnage, sans doute pour ne plus jamais le ressortir. Le local replonge dans l'obscurité et lorsque Efus referme la porte, il a l'impression de quitter un caveau.

C'est le jour du départ. Paul s'est réveillé de bonne heure et ne se sent pas reposé. La nuit fut agitée par de mauvais rêves, avec encore quelques images qu'il tarde à oublier. Il tombe sans fin, dans une chute vertigineuse, le long d'une falaise. La paroi de cette falaise est parfaitement lisse, noire et Paul voit son reflet sur cette surface polie comme une pierre tombale. Il est habillé dans une combinaison identique à celle que portait Naâ quand ils ont visité la mièlerie. Et puis il a son sac à dos qui forme un petit parachute, il est complètement ouvert et toutes ses affaires s'envolent. Paul tombe à pic, il passe devant la fenêtre d'un appartement et aperçoit Alice qui chevauche furieusement un homme. Elle rit à gorge déployée, elle crie de plaisir et se cambre à n'en plus pouvoir de désir. L'appartement du dessous est occupé par quatre hommes, assis autour d'une table. Ils jouent aux cartes et boivent, ils ont tous le visage d'Efus. C'est Efus multiplié par quatre qui joue contre lui-même. Paul descend toujours, il veut s'agripper à la paroi pour freiner sa chute mais aucune prise n'est possible. En bas, il aperçoit une bouche immense et monstrueuse qui s'ouvre et se ferme. Il tombe inexorablement et à mesure qu'il s'approche, il découvre avec effroi que se sont les deux lèvres d'un sexe au milieu d'un visage, celui de Naâ. Le cauchemar s'arrête là.

Paul n'aspire qu'à quitter cette chambre, et les dernières heures d'attente sont interminables. Lorsqu'Efus fait son apparition, il sait que le dénouement est proche.

"Voulez-vous toujours voir une dernière fois la ville avant de partir ?"

"Ils ont accepté que je puisse sortir ?"

"Pas tout à fait. Ils vous autorisent uniquement l'accès à la terrasse. Mais le panorama devrait vous plaire. Venez, je vous emmène."

Tous les bâtiments du Département de la Sureté émergent au-dessus de la ville et celui-là n'échappe pas à la règle. Aux origines, la cité était défendue par des miradors, et puis les guerres ont cessé avec la disparition des Autres. Et les miradors sont devenus des tours de guet, à l'époque où le feu était omniprésent.

Des hommes scrutaient en permanence du haut de ces perchoirs, pour déceler tout départ d'incendie. Cette fonction a aujourd'hui disparu avec le règne de l'électricité ; pourtant, cette tradition de construction a été préservée et lorsque Paul et Efus arrivent sur la toiture terrasse, encadrés par deux gardes, ils découvrent un panorama grandiose.

Ils restent tous les deux un moment silencieux, leurs coudes posés sur le muret qui entoure la terrasse. Le Cœur est à trois cents mètres environ, il trône comme un gros gâteau au milieu de la table, avec les trois colonnes magnifiques qui se perdent dans le ciel nuageux. On distingue à peine les rues et les toitures forment un troupeau immobile qui semble infini, avec mille nuances de blanc, de gris et d'ocre. Les guirlandes de végétation achèvent d'harmoniser l'ensemble.

"C'est extraordinaire."

Paul annonce cela comme un constat.

"Oui, c'est beau. Sans doute. Vous semblez le découvrir seulement maintenant."

"C'est probablement lié à mon départ. La liberté m'ouvre à nouveau ses bras et je me sens soudain une âme de visiteur, alors que jusqu'à présent, je n'ai vécu qu'en prisonnier. Cette cité est un miracle et je n'arrive toujours pas à réaliser ce que j'ai sous les yeux. Je sais seulement que je ne reverrai jamais plus ce spectacle surréaliste. C'est curieux ce moment des adieux, c'est presque un vertige."

Paul se tourne vers Efus et contemple cet homme bleu, au visage lisse et calme.

"Il faut pardonner mon ingratitude. Je n'ai pas su accepter ce que vous aviez à m'offrir, je suis désolé. Je ne vous oublierai pas Efus."

"Je ne vous reproche rien Paul. Nous avons fait de notre mieux je crois. Nous nous sommes rencontrés, nous nous sommes côtoyés, c'est déjà beaucoup vous savez."

A regarder Paul dans les yeux, Efus est pris d'une vive émotion. Il repense à son fils tant aimé. Il détourne la tête vers l'horizon. Paul ne peut s'empêcher de poser la main sur son épaule, sans un mot.

"Vous savez, j'avais un fils ..."

Mais les mots restent dans sa gorge. Ils restent muets tous les deux, leurs yeux regardent dans la même direction, admirant la ville éternelle.

Les deux gardes s'étaient maintenus à distance pendant un moment, jusqu'à ce que l'un d'eux s'approche d'Efus, pour lui glisser à l'oreille :

"Ils vous attendent. Nous devons y aller."

Efus acquiesce et ne peut réprimer un soupir. Il se tourne vers Paul et l'invite en lui prenant le bras :

"C'est l'heure Paul, il faut partir."

La descente dans l'ascenseur semble interminable et pas un des quatre hommes ne desserre les dents. Le silence plombe l'atmosphère et Paul commence à imaginer une descente aux enfers quand l'ascenseur ralentit. La porte s'ouvre enfin sur un couloir, un de plus dans cette immense termitière. Un couple attend en bavardant et les accueille dans une salle très basse de plafond. C'est Colfan, accompagné d'une femme. Ils se tiennent derrière un comptoir qui sépare la pièce en deux parties. Colfan s'adresse à la femme :

"Faites votre office et inutile de vous attarder avec des formalités inappropriées."

La formule est autoritaire mais Colfan l'a prononcée avec douceur. Habituellement, la femme procède à l'identification génétique de l'exilé mais s'agissant de Paul, la procédure a été jugée superflue. Elle pose sur le comptoir un petit sac hermétique et étale son contenu sur la tablette. Elle commence par la lampe frontale, explique son installation et son fonctionnement comme le ferait une hôtesse de l'air. Puis elle procède de la même façon avec le respirateur, une sorte de masque à oxygène associé à un réservoir qui se place sur le ventre. Il ne reste enfin que deux petites boites sur le comptoir ; la première contient des petits cachets qui ressemblent à des médicaments. Ils sont blancs, il y a des sphères, des cubes et des pyramides. C'est toute la nourriture qu'il va emporter. Un cube le matin, une sphère le midi et une pyramide le soir, à ingurgiter à cinq heures d'intervalle environ. La deuxième boite contient également des cachets, tous identiques ceux-là. Ce sont les somnifères qu'il a réclamé la veille à Efus, en prévision des cinq jours d'attente. Paul s'est résigné à affronter cinq longues journées qui risquent d'être ennuyeuses mais à la condition d'avoir le répit du sommeil de la nuit. Ces cachets sont un petit trésor de soulagement. Elle range le tout dans le sac, qui se ferme hermétiquement de façon autoadhésive. Paul revoit la marchande de légumes, quand elle emballe pour la pesée avant de lui tendre les sacs par-dessus l'étal. La femme marque un temps d'arrêt et semble attendre un ordre de Colfan. Personne ne bouge, il y a un flottement pendant quelques secondes et Paul est immédiatement inquiet. Y a-t-il un problème avec son sac à dos ? Qu'est-ce qu'ils attendent pour le lui donner ? Et puis Colfan rompt le silence :

"Finissez, je vous prie."

Enfin, elle procède à l'ultime inventaire et tout le contenu du sac à dos se retrouve en vrac sur le comptoir. Paul ne saisit pas très bien la raison de cette perquisition et fronce les sourcils. Colfan répond à son incrédulité :

"Ce n'est que la procédure normale. Certains objets sont interdits pour le voyage, comme les armes par exemple. Votre paquetage est répertorié et enregistré. Nous procédons à une simple vérification, voilà tout."

La femme renverse le sac pour montrer qu'il est vide et la capsule - émetteur reste planquée dans le double fond, comme un petit animal dans son terrier. Efus et Paul soupirent intérieurement à l'unisson pendant que toutes les affaires sont rangées dans le sac à dos.

"C'est parfait, montez ceci à bord." Et Okan disparait de la pièce avec le paquetage.

"Avez-vous une dernière déclaration à faire ?"

Paul est pris de court par la question de Colfan. Il avait pourtant songé à un petit discours, quelques phrases de remerciements, faire l'éloge de leur civilisation et de leur admirable cité. Mais les mots lui manquent et l'émotion le surprend sans crier gare. Ceux qui montent à l'échafaud doivent avoir cette conscience des derniers instants. La corde ne l'attend pas bien sûr, mais il s'agit tout de même d'un adieu. Jamais plus il ne reverra ces visages, cette ville silencieuse sous le plafond lumineux, ces hommes et ces femmes enfouis dans l'oubli depuis des millénaires. Paul sait soudain qu'il vit ses derniers instants parmi eux, pour être livré à lui-même dans les minutes qui suivent, là maintenant. Il reste ainsi sans voix et se tourne une dernière fois vers Efus. Instinctivement, il s'approche et l'étreint pour une accolade.

"Adieu. Et merci Efus."

Efus accepte ce geste inhabituel pour lui et partage la même émotion, en ami.

"Adieu Paul. Et bonne chance."

Efus porte alors une main sur le visage de Paul, pour lui détourner la tête. Il a saisi une pince effilée et lui ôte l'oreillette. Colfan prononce quelques mots qu'il ne comprendra jamais. Cette fois, Paul a quitté définitivement leur monde.

Sans plus de cérémonie, les gardes viennent encadrer Paul et le dirigent vers une porte sécurisée, une de plus. Sans se retourner et sans un dernier adieu, ils s'engagent dans un couloir sombre, bas de plafond et humide. Aucune pierre taillée ni fioriture, c'est un tunnel à même la roche brute, descendant doucement vers d'autres profondeurs. La cité est derrière eux maintenant et Paul est convaincu qu'on le conduit vers des terres hostiles. Chaque pas est un pas vers l'inconnu. Malgré lui, sa gorge est nouée et ses jambes le portent mal. Les gardent mènent la bête à l'abattoir, en silence et sans témoins. Enfin, le couloir s'achève sur une grotte misérable. Un bateau les attend là, posé sur une eau immobile et faiblement amarré au rocher. L'embarcation fait peine à voir et semble abandonnée. Un simple cylindre en tôle noire, rongée de corrosion, avec un grillage à fine maille en guise de fenêtre pour le pilote. L'accès se fait par le toit et Paul obéit sagement aux indications muettes des gardes. Il grimpe sur le plancher métallique, se laisse glisser par la trappe, s'assoit sur un banc également en tôle et se laisse attacher un poignet et une cheville. Il n'y a aucune fenêtre sur l'extérieur, juste un halo de lumière électrique. Les deux gardes encadrent toujours Paul, assis tous les trois en file indienne mais hors de portée les uns des autres. Paul perçoit un tremblement qui ébranle la carcasse. Sans doute sont-ils maintenant en route. La lumière faiblit et le ronronnement du moteur s'installe. Pendant la traversée, nul autre bruit que ce grondement lancinant. Les gardes se sont assoupis, tels des ordinateurs en veille. Le temps parait interminable quand tout est immobile. Le voyage a-t-il duré une heure ou deux heures ? Paul n'en a aucune idée et peu lui importe d'ailleurs. Il sait seulement qu'il doit être maintenant à bonne distance du point de départ. Paul regarde les hommes bleus face à lui, trop paresseux pour penser, lorsque l'éclairage de la cabine augmente d'un coup. Tout le monde sort de sa torpeur, l'arrivée est sans doute imminente et Paul ne peut refouler le stress qui le saisit comme une bouffée de chaleur. Les gardes, eux, sont tranquilles et maintenant parfaitement réveillés. Le même silence et le même calme apparent accompagnent leurs gestes pour rejoindre le quai. Mais ici, la nuit est épaisse et lorsque Paul émerge du toit du bateau, il est ébloui par le faisceau d'une torche électrique. Il se protège avec la main et cligne des yeux mais ne distingue rien au premier abord. Ce n'est qu'arrivé sur le quai qu'il constate que deux autres gardes les accueillent. Les quatre hommes se saluent mutuellement, échangent quelques mots sans prêter attention au prisonnier. Puis l'un d'eux éclaire Paul de pied en cape comme pour vérifier la marchandise et ajoute un commentaire qui fait rire les autres. Paul cherche à capter le regard d'Okan mais en vain. Leur complicité passée s'est totalement évanouie sur ce quai oublié du bout du monde, sur lequel ils avancent maintenant dans un silence de cathédrale. Ils longent une falaise lisse et noire de pierre tombale et Paul devine à présent la fin de son voyage et le début de son exil. Une porte géante, un trou plus sombre encore que la nuit, barré par une grille métallique. De puissants projecteurs sont accrochés sur le poste de garde pour éclairer en permanence ce tunnel vers l'inconnu. L'eau s'y engouffre inexorablement, emportant avec elle tous les espoirs des exilés. Combien d'entre eux ont supplié devant cette porte des enfers ? Combien ont flanché, pleuré, regretté et demandé pardon ? Paul détourne le regard de cet égout effrayant. Il se concentre sur les quatre hommes mais son corps a déjà compris. Vous marchez sur quatre planches à vingt centimètres du sol et tout va bien. Vous marchez sur ces quatre mêmes planches à cinquante mètres au-dessus du sol et vous êtes tétanisés. La raison n'a plus prise, la sensation l'emporte, la peur est là, dans la tête, dans le ventre, dans les jambes et dans le cœur. Malgré lui, Paul ressent cette peur. Il regarde les gardes préparer sa nouvelle embarcation, un radeau de misère, et il sent la porte qui l'attend. Il entend le chant de cette sirène gigantesque, sa gueule béante qui l'appelle. L'un des gardes le surprend à lui retirer le sac à dos et à le jeter sur le radeau. C'est Okan qui le prend par le bras pour rejoindre l'embarcation. Paul s'assoit comme un enfant dans son nouveau parc. Okan pousse du pied ce bateau d'enfant et Paul s'éloigne lentement du quai. Le courant l'emporte et l'amène contre la grille. Les barreaux sont gros comme des bras. Okan est resté sur le quai, il regarde Paul pendant de longues secondes puis il lève le bras. C'est à la fois le dernier signe d'adieu et le signal pour lever la herse. Le bruit métallique déchire les oreilles, avec le claquement des rouages, les grincements de chaîne et le frottement du métal. Le bruit l'emporte sur la peur et Paul recouvre d'un coup ses esprits. Il voit la herse monter très lentement devant lui, les barreaux de métal ruisselants sortent de l'eau. Le radeau se cogne encore contre la grille mais guère pour très longtemps maintenant. Il semble piaffer d'impatience pour plonger dans le gouffre et emporter sa monture dans un furieux rodéo. Paul prend son sac à dos à bras le corps quand l'extrémité de la herse émerge enfin. Le radeau s'engage tout de suite et Paul se cogne à la grille, manquant presque de basculer en arrière. Il se baisse en faisant le dos rond et plus rien alors le retient. Okan lui crie quelques mots, peut-être bonne chance, mais Paul ne l'entend pas, il dérive déjà vers ce puits sans fond.

Naâ est seule dans sa chambre d'isolement et elle lutte. Il lui reste encore trois jours interminables à affronter avant le départ. Trois jours à languir et à ruminer mille pensées. Elle comprend maintenant l'attitude de Paul, sa lassitude, sa révolte, son ennui. Elle pense à lui, elle sait que son heure est venue aujourd'hui, qu'il a quitté ce monde définitivement et qu'elle va le rejoindre quelque part. Nulle part. Loin d'ici en tout cas. Elle a droit à une visite par jour, par une personne de son choix. Dans quelques heures ce sera Tana, demain elle attendra son père et sa mère viendra pour le dernier jour. Ce compte à rebours l'effraie terriblement. Chacun de ces adieux la met un peu plus à nu, elle le vit comme un sacrifice, un abandon, comme un objet précieux que l'on a chéri et dont il faut se séparer à jamais. Elle sent alors les larmes monter, sa tête est pleine d'un regret immense et elle lutte pour refouler le passé. Seul doit compter l'avenir, elle ne doit pas douter de son rêve de découvrir le monde extérieur. Rien que cette idée la transporte. Le monde extérieur.

Tana est resplendissante lorsqu'elle apparait dans l'encadrement de la porte.

"Salut !" lance-t-elle avec un large sourire.

"Salut Tana."

"Ça n'a pas l'air d'aller très fort. Il faut que tu tiennes bon ma vieille."

"Je m'ennuie."

"Et tu as choisi ta vieille copine Tana pour te faire la conversation."

Naâ sourit : "Tu as tout compris."

"Sais-tu qu'on a pas revu Efus depuis que tu es partie ? Il paraît qu'il veut démissionner. Il a complètement flanché le pauvre vieux. Tu crois que c'est possible qu'il abandonne complètement le Département ?"

"Je crois oui. J'en suis même presque sûre. Mais c'est le départ de Paul qui a tout déclenché. Il doit avoir le sentiment de ne pas avoir été à la hauteur, de ne pas avoir su le retenir parmi nous."

175

Tana regarde Naâ en pensant au geste insensé qui l'a conduit à l'exil. Sa fidèle copine, si douce, si docile, si discrète.

"C'est dingue ce que tu as fait ! Je n'arrive toujours pas à le croire. On ne parle que de ça au Département et personne n'arrive à comprendre ce qui s'est passé dans ta tête."

Naâ est embarrassée.

"Je ne l'explique pas non plus."

"Tu espères vraiment avoir un enfant de lui ?"

Naâ hausse les épaules et ne sait que répondre à cela.

"Je ne crois pas, non. Ou alors de façon inconsciente."

"Tu es raide amoureuse si tu veux mon avis. Tu as complètement fantasmé sur ce bel étranger des pays lointains."

"Mais je le connais à peine !"

Tana rit : "Et bien justement ! C'est ça l'amour ! Tu rencontres un inconnu et tu l'as tout de suite dans la peau ! Tu ne penses qu'à lui ! Tu penses tout le temps à Paul et tu agis tout le temps en fonction de lui, n'est-ce pas ?"

Naâ réfléchit à cette révélation et regarde Tana dans les yeux :

"Pourquoi tu ne m'as rien dit avant ? Pourquoi ne pas m'avoir prévenue ?"

"Eh ! Je n'y suis pour rien moi ! Et puis il n'y a rien à faire contre ça de toute façon. Même si je t'avais sermonnée et mise en garde, au premier de ses regards, tu aurais tout oublié. Tu ne m'aurais pas écoutée. Tu es plus têtue qu'un rocher, tu ne le sais pas encore ?"

Naâ croit entendre sa mère.

"Je tiens ça de mon père paraît-il."

Et elle regarde le sol comme si ces mots étaient tombés par terre, en vrac. Tana regarde son amie assise sur le lit, un petit oiseau tombé du nid. Elle sent bien qu'elle doit trouver un autre sujet de conversation.

"En tout cas, il y en a un qui profite de la situation pour remplacer Efus. C'est le petit Sarkan. Il nous a proposé de le désigner comme interlocuteur temporaire auprès des autorités de tutelle. Pour pallier l'absence d'Efus. Il dit que c'est notre intérêt commun, qu'il faut rester solidaires, ne pas abandonner notre mission, se montrer digne de confiance. C'est un malin tu sais! En devenant le représentant de l'équipe, il devient naturellement le successeur d'Efus. Et avec cette reconnaissance préalable, qui pourra l'accuser d'auto-proclamation de chef de service ?"

Cette information réveille tout à fait Naâ.

"Vous n'allez pas laisser faire ce minable, j'espère ?"

Tana regrette déjà d'avoir évoqué ce sujet.

"Et que veux-tu qu'on fasse ?"

"Mais il est aux ordres de Colfan ! On le sait depuis le premier jour. Souviens-toi quand il a débarqué, recommandé par le chef de la sureté. Il faut désigner quelqu'un d'autre, tout simplement. Vous n'allez tout de même pas vous laisser mener par ce petit chef ?"

Tana ne répond rien.

"Tana ! Ne me dis pas qu'il est trop tard ?"

"C'est le seul à avoir le soutien d'un membre de l'Ordre. Efus n'a jamais eu de bras droit et aucun d'entre nous ne se sent l'âme d'un chef. Nous étions pris de court."

Sarkan ne s'est jamais complètement intégré à l'équipe. Son passé au sein de la Sureté le distingue naturellement des autres et nourrit une méfiance à son égard, même après deux ans passés dans le service. Lui-même semble entretenir une distance avec ses collègues, à croire qu'il se complaît dans les rapports de force. Mais au-delà de cette attitude, c'est sa vision du monde extérieur qui dérange le plus. Tous ceux qui travaillent dans le Département des Ecoutes sont curieux du monde extérieur, ils ont à cœur d'en savoir toujours davantage, de découvrir de nouveaux aspects, d'en comprendre le fonctionnement. Sarkan, lui, n'a pas cette curiosité. Il ne fait qu'analyser les risques, s'applique à dresser un tableau aussi noir que possible et à recenser les menaces. Certaines images de la nature terrestre suscitent la fascination et tous les membres de l'équipe s'enthousiasment alors devant ces merveilles. Sarkan s'approche de l'écran, hoche la tête et commente "c'est beau parce que ce n'est pas humain", et il retourne à son poste de travail.

Le genre d'attitude qui horripile profondément Naâ et Sarkan le sait pertinemment. Entre ces deux-là, c'est le règne de l'hostilité non dite, l'art d'éviter la confrontation directe. Le minimum de mots et de regards. Lorsque Naâ fut désignée comme interprète et accompagnatrice de Paul, il le perçut comme un danger et mit en garde Efus : "Naâ possède les compétences techniques, je vous l'accorde. Mais elle est aveuglée par le monde extérieur et a perdu tout sens critique depuis longtemps. Elle est l'esclave de sa fascination. Selon moi, vous faites une grave erreur Efus, en plaçant Paul sous la garde de Naâ." Efus lui répondit que le sujet avait déjà été débattu au sein de l'Ordre et que des accords avaient été conclus avec le Département de la Sureté. Le chapitre était donc clos mais Efus comprit qu'à partir de ce jour, Sarkan garderait un œil discret et constant sur la relation entre Paul et Naâ. Et Naâ sentait confusément cette surveillance à distance, comme l'ombre d'un rapace qui tournoie haut dans le ciel et scrute sans fin les mouvements de sa proie, en attendant la défaillance. Maintenant installé à la tête du Département des Ecoutes, que va-t-il entreprendre ce fouille merde ? Condamnée à l'exil, Naâ ne devrait guère redouter davantage et pourtant, elle se sent en danger. Sarkan est-il capable de mettre à jour le projet d'évasion ? Il sait la complicité entre Paul et Naâ, il devine sûrement celle entre Efus et Naâ. Il ne lui en faut pas davantage pour imaginer un complot. Naâ est convaincue que la première chose que fera Sarkan, c'est d'aller dans cette pièce des archives, dont l'accès était jusque-là réservé à Efus. Naâ est de toute façon impuissante entre ces quatre murs et sans doute exagère-t-elle le procès qu'elle dresse contre Sarkan.

"Eh bien je vous souhaite bien du courage !"

Tana sourit : "Merci mais c'est à toi qu'il faut souhaiter bonne chance. Tu vas ma manquer tu sais."

Naâ s'approche de Tana et l'enlace : "A moi aussi tu vas me manquer."

Elles restent un moment l'une contre l'autre, pleines d'émotion. Tana répète :

"Tu vas me manquer."

"Tu radotes ma vieille." et elles rient un peu au milieu de quelques larmes.

Tana prend le visage de Naâ entre ses mains et lui pose un baiser sur la bouche :

"Adieu ma belle et bonne chance."

"Merci. Tout ira bien pour moi, ne te fais pas d'inquiétude."

Naâ essaie de se rassurer, elle ignore tout de ce qui l'attend.

La herse franchie, Paul est déjà emporté vers la nuit totale, où il est inutile de garder les yeux ouverts. Il est vite alerté par un grondement sourd, un gargarisme énorme l'attend devant lui. Il adopte une position défensive de façon naturelle, pour parer au pire. Il est à plat ventre sur le radeau, les bras et les jambes écartés, prenant appui sur le rebord. L'embarcation est un simple disque, semblable aux engins des champions du stade. Ainsi écartelé, Paul fait corps avec sa roue de torture, qu'il sent se déformer sur les premiers remous. Il sait que sa vitesse augmente et le grondement est à présent devenu un vacarme assourdissant. Les vagues se creusent et Paul se déforme avec elles, il se plie à leur volonté, il est balloté de tout côté, de plus en plus brutalement. Il est le jouet du torrent, une brindille emportée par des paquets d'eau. Le bruit est infernal, aussi puissant que le courant et davantage encore, amplifié par l'écho que renvoie la roche, comme un public invisible, exalté par ce manège infernal. Paul s'appuie autant qu'il peut contre les rebords, les muscles tétanisés, les paupières fermées comme des poings, il endure en silence la punition, tout entier concentré sur un seul objectif : ne pas chavirer. Il lui faut plusieurs secondes pour sortir de cette hypnose et réaliser que le pire est passé. L'eau est calme maintenant, le bruit est derrière lui. Il relève doucement la tête pour vérifier ces indices. Oui, le torrent est derrière lui et il est sain et sauf. Il se redresse complètement et commence à se détendre. Bienvenu dans le nouveau monde, où la nuit est totale et où l'eau est calme comme dans un cimetière. Paul se souvient alors de son objectif : rejoindre la rive située à droite de l'embouchure. Il se remet à plat ventre, passe les bras par-dessus bord et commence à ramer dans l'eau froide. Il s'oriente pour être sûr de faire face au bruit du torrent, seul indice vraiment fiable de sa position car il ne perçoit pas le courant. Paul rame doucement en essayant de maintenir le cap : se diriger légèrement à gauche du phare sonore qui lui fait face.

Il brasse longtemps ainsi, patiemment, silencieusement, et soudain il est surpris. Il a touché quelque chose et retire vivement les bras hors de l'eau. Sa main a effleuré une chose molle. Serait-ce un poisson ? Une algue ? Ou bien serait-ce déjà la rive ? Paul n'ose pas replonger les mains et pourtant, il ne peut rester ainsi comme une bouée à la dérive. Il doit avancer encore et se raisonne pour évacuer cette frayeur ridicule. Que penserait Naâ de cet aventurier de pacotille ? Paul replonge les mains du bout des doigts et reprend son rythme de galérien. Il est l'affût du moindre contact et oublie le bruit encore présent du torrent. Cette fois c'est le radeau qui heurte quelque chose. Paul sent bien qu'il frotte au rocher et s'en trouve soulagé. Inutile de ramer davantage mais que faire désormais ? Paul n'a aucune envie de rester plus longtemps planté de la sorte et ouvre son sac à dos. Il tâtonne à la recherche de sa lampe de poche, la saisit au fond du sac et appuie sur le bouton. De la lumière enfin ! Et comme elle paraît intense après ces heures d'obscurité ! La matière retrouve enfin sa texture et ses couleurs. Paul éteint la lumière, rassuré de savoir que sa lampe fonctionne. Il la pointe vers la proue de son navire de fortune, comme un chevalier à l'assaut d'une terre étrangère. La lueur de cette petite étoile dans la nuit pourrait être aperçue de très loin mais c'est un risque à prendre. Sans lumière, point de salut en ce monde. Paul appuie à nouveau sur le bouton et le faisceau de la lampe torche révèle enfin l'étrange paysage.

Naâ sanglote et ne peut retenir sa crise de larmes. Efus est assis à côté d'elle, un bras passé autour de son épaule en guise de consolation et de soutient. Entre deux hoquets, elle s'excuse pour cette impudeur. Efus la rassure, presque dans un murmure :

"Il n'y a aucune honte à avoir, Naâ. Quelquefois, l'âme a besoin d'être lavée par les pleurs. C'est ainsi."

Il faut plusieurs minutes pour que Naâ retrouve un peu de calme. Elle inspire alors profondément pour maîtriser à nouveau sa respiration.

"Je n'avais plus de nouvelles de mon père depuis des années. Il est parti alors que je n'étais qu'une enfant et je ne l'ai plus jamais revu. Pourquoi sa mort m'affecte-t-elle autant ?"

"Vous avez été soumise à de bien rudes épreuves depuis quelques jours. Vous vous comportez de bien belle manière mais l'orgueil ne résiste pas éternellement aux émotions. Elles finissent toujours par le déchirer comme un voile, croyez-moi. C'est naturel et salutaire que vous flanchiez avant votre départ. Mieux vaut aujourd'hui qu'après demain, vous ne croyez pas ? Et puis sans doute, étais-je bien maladroit dans l'annonce de la mort de votre père. Pardonnez ma brutalité."

"Vous n'y êtes pour rien et vous le savez bien, Efus. C'est tout à votre honneur de ne pas vous être dérobé pour m'annoncer cette triste nouvelle. Je vous remercie pour votre dévouement et votre amitié à mon égard."

"C'est en ami que je suis venu en effet."

Efus est un peu mal à l'aise car ce n'est pas lui qui est à l'initiative de cette visite. Lorsque le Département de la Justice, en charge d'organiser les visites auprès des détenus, eut connaissance de la mort du père de Naâ, Volna, qui est à la tête de ce haut ministère, songea naturellement à Efus pour faire part du décès auprès de Naâ. Elle-même membre de l'Ordre, elle connait assez bien Efus pour lui accorder sa confiance. Elle le pria donc d'accepter cette mission en invoquant les liens de sympathie et d'estime qu'elle avait cru percevoir entre Naâ et son chef de service, lors du procès. Efus accéda à cette requête, en annonçant toutefois qu'il s'agissait là de l'ultime devoir accompli en tant que chef du Département des Ecoutes et membre de l'Ordre. La visite auprès de Naâ constitue l'acte de démission d'Efus. Après cela, il redeviendra un citoyen lambda, un homme seul qu'on ne distingue plus parmi la foule.

"Vous êtes venu en ami avec le statut de chef de service, n'est-ce pas ?"

Naâ est curieuse d'en savoir plus sur la prise de pouvoir de Sarkan. Sachant l'entrevue de la veille avec Tana, Efus croit deviner le sous-entendu.

"Je ne serai plus chef de service dès que j'aurai franchi le seuil de cette porte. Dès cet instant, mon poste sera à pourvoir officiellement."

"Je présume qu'un successeur est déjà pressenti ?"

"Sarkan a manifesté son ambition. Il est probable qu'il prenne les choses en main désormais."

Efus et Naâ se savent écoutés et ont conscience de ne pouvoir parler librement. Naâ veut rester prudente dans ses propos :

"Je n'ai guère d'estime pour cet homme, vous le savez depuis le début. N'y a-t-il rien à craindre de lui pour le service ? Je l'imagine tellement à remettre en cause le travail accompli et à chercher la faille pour vous nuire."

Naâ espère se faire comprendre à demi-mot en exprimant sa peur d'être démasquée.

"Il lui faudra d'abord assimiler toute l'étendue de nos missions et se soumettre aux objectifs fixés par l'Ordre. Il comprendra vite que nous devons rester discret et que la principale vertu est de pouvoir tenir un secret. Ne vous faites pas de soucis pour vos collègues, Naâ. Tout cela prendra du temps et sa prise de pouvoir ne pourra se faire qu'en douceur. Et s'il pense aujourd'hui que mon ombre peut lui nuire, cette idée s'évanouira d'elle-même. Il aura d'autres priorités que celle de chercher les erreurs que j'aurai pu commettre."

Rien ne semble ébranler Efus et Naâ est sous le charme de cette force tranquille, bien qu'elle ignore s'il s'agit de sérénité ou de lassitude. Efus prend congé sobrement, prétextant quelque affaire à régler mais il prend soin de déposer dans les yeux de Naâ, toute l'amitié et la bienveillance que son regard peut lui témoigner. Quand elle pensera plus tard à Efus, c'est ce regard qui lui reviendra en mémoire.

Le radeau est à quelques mètres du rivage. Paul éclaire le peu d'eau qui lui reste à franchir pour atteindre le rocher. La surface est lisse, à peine ridée par les ondulations agonisantes du torrent, dont la furie n'est plus qu'une rumeur lointaine. Les vaguelettes viennent lécher le rocher dans un ultime effort, nourrissant quelques algues émergeantes. Cette végétation forme une frange de cheveux bruns et Paul éclaire maintenant la pierre parfaitement lavée par les eaux du lac. Aucun angle vif ne vient meurtrir les rondeurs sauvages de la pierre grise. Au-delà de cette bande d'érosion règne l'anarchie d'une flore étrange. Les plantes grasses qui tapissent le sol chaotique rivalisent d'originalité et de couleurs mais Paul s'attarde sur des boules singulières. De gros œufs de nacre blottis en grappes, chacun d'eux a la taille d'une tête d'enfant. A l'aplomb de ces nids pendent de longs tubes, un peu translucides et semblables à des intestins gorgés d'eau. Ils sont solidement attachés au plafond garni de stalactites et d'une multitude de pistils qui s'épanouissent en fleurs épaisses. Le plafond est étonnement bas, presque à portée de main. Paul regarde longuement ce nouveau décor immobile et vivant, et revient au plan d'eau qui l'entoure.

Il n'a rien qui puisse l'aider à sonder la profondeur, hormis le faisceau de sa lampe qui traverse l'eau pure pour éclairer le fond à tâton. Paul estime qu'il baignera jusqu'au ventre et rechigne à un tel bain d'eau froide. Il brasse puissamment pour dégager le radeau venu s'échouer sur ce rocher affleurant mais il s'épuise en vain. Dépité, il ôte ses vêtements et glisse doucement dans l'eau, nu et saisi par le froid. Il a de l'eau jusqu'aux aisselles et jure en silence, mais parvient facilement à faire glisser le radeau, et rejoint la rive en tirant son embarcation où trône son sac à dos. Il serait si bien à sécher sous le soleil, étendu sur ce doux rocher. Au lieu de ça, il a froid, recroquevillé sur lui-même, à attendre d'être sec avant d'enfiler à nouveau ses vêtements. La lampe de poche posée par terre envoie une lumière rasante, Paul songe alors qu'il faudra l'éteindre pour économiser l'énergie. Toutes les heures des trois prochains jours ne seront que silence et obscurité. Paul regarde sa montre et décide de noter régulièrement les heures sur son carnet à partir de maintenant. Il lui faudra être particulièrement attentif et aux aguets au moment de l'arrivée probable de Naâ. Il a cinq jours pour y penser et s'y préparer.

Sarkan a préféré utiliser un kad public pour se rendre chez Colfan, jugeant imprudent de garer son véhicule personnel au pied de l'immeuble du chef de la sureté. Sa visite doit rester anonyme et insignifiante aux yeux des caméras de surveillance. Colfan l'a contacté dans l'après-midi pour un entretien privé en fin de journée, sans préciser l'objet de cette convocation. Cela suffit à Sarkan pour comprendre qu'il s'agit d'un sujet important et confidentiel, qui concerne assurément son avenir à la tête du Département des Ecoutes.

En montant à l'appartement situé au dernier étage, il sent qu'il monte enfin vers le pouvoir. Colfan l'accueille en faisant l'économie des civilités d'usage et le précède jusqu'au salon.

"La démission d'Efus est officielle depuis aujourd'hui. Son poste est à pourvoir à l'heure où je vous parle".

Sarkan se garde de tout commentaire et sent des ailes pousser dans son dos.

"L'Ordre se réunit ce soir pour débattre de sa succession. Votre nom sera naturellement évoqué puisque vous êtes l'unique candidat déclaré à ce jour. C'est à la fois un atout bien sûr, car vous n'avez pas de concurrent mais c'est aussi un frein à votre nomination. Certains membres voudront élargir le choix des candidats, en plaçant leur pion ... pardon pour l'expression."

"Ce vocabulaire ne me choque pas et je me plais à entrer dans ce jeu de stratégie. Cependant, je souhaite devenir autre chose qu'un pion. Disons que le préfère le terme d'allié."

Colfan n'ignore pas les ambitions de Sarkan et il sait aussi qu'il aura toujours le pouvoir sur le chef du Département des Ecoutes tant qu'il sera membre de l'Ordre et chef de la Sureté.

"Le temps est compté et vous devez comprendre que votre autonomie sera pour plus tard. Nous soupçonnons tous les deux Efus et Naâ d'un projet qui va à l'encontre de la sureté du territoire. J'ai moi-même écouté l'enregistrement de leur conversation de ce matin et certains de leurs propos m'incitent à poursuivre les investigations. Seulement nous devrons faire vite et j'ai besoin de votre concours. Naâ part en exil dans deux jours et vous devez trouver les preuves d'ici là."

Colfan attend l'inévitable question de Sarkan pour lui donner les instructions.

"Comment trouver ces preuves selon vous ?"

Colfan révèle l'existence des archives dont l'accès est réservé exclusivement au chef de service. C'est là qu'Efus a pu cacher quelque chose. Il tend une plaquette à Sarkan.

"Vous y trouverez toutes les informations nécessaires à vos recherches. Les dates et les mots clés à utiliser. Il vous faudra explorer tous les fichiers depuis l'arrivée de Paul mais uniquement en rapport avec les territoires extérieurs et particulièrement ceux qui évoque l'exil. L'autre période à exhumer concerne l'expédition réalisée il y a plusieurs années. Toutes les instructions sont là-dedans."

Sarkan observe un instant la précieuse plaquette puis interroge à nouveau Colfan :

"Quand pourrais-je accéder à ces archives ?"

"Dès que vous serez nommé chef de service évidemment ! Cela peut être décidé ce soir. Il faut que vous soyez nommé ce soir. Je dois y aller maintenant. Je vous contacte pour vous tenir informé des conclusions de la réunion."

Sarkan n'apprécie pas la façon d'être pieds et poings liés aux décisions de Colfan mais, en réfléchissant à sa situation, il sourit pourtant à l'idée d'être le seul recours de Colfan. Ainsi a-t-il, lui aussi, un certain pouvoir et bientôt, il sait qu'il pourra prendre son envol. Les ailes qu'il a senti dans son dos en arrivant, n'en finissent pas de pousser sur le chemin du retour.

"Tu savais qu'il était mort et tu ne m'as rien dit !"

"Je n'ai jamais trouvé le bon moment, voilà tout."

Naâ s'efforce de rester calme.

"Car tu estimes qu'il y a un moment particulier pour cela?"

"Je voulais te voir pour te parler de ton père. Mais tu étais tout le temps absente, accaparée -ou réfugiée peut-être - par ton travail sacré. Et voilà où cela t'a amenée!"

La mère de Naâ écarte les bras et regarde les quatre murs. Elle est grande, racée et très soignée. Elle se tient droite et son regard impose sa personnalité. C'est une femme de salon où elle sait se faire apprécier. Elle aime évoluer dans ces cercles privilégiés, où le talent consiste à s'accoutumer à l'ennui, où l'oisiveté n'est ni vice ni vertu mais la condition d'un certain art de vivre. Ainsi se distingue-t-elle de la foule.

"S'il te plait, ne me sermonne pas. Je ne t'ai pas fait venir pour ça."

Naâ est assise sur le lit et dit cela en fermant les yeux. Sa mère restée debout la domine, comme depuis toujours, et pose une main sur sa joue.

"Assieds-toi là s'il te plait."

Naâ lui indique sa droite en posant la main sur le matelas. Sa mère vient s'assoir à sa gauche et s'attendrit subitement :

"Ma petite fille. Qui a toujours été une enfant rêveuse et solitaire. Tu te souviens lorsque je rentrais parfois tard le soir et que je venais dans ta chambre, tu étais endormie à demi et je te caressais la joue... comme ça... j'ai l'impression de revivre ce moment."

La vérité est que la mère de Naâ était très souvent absente et Naâ restait seule à l'attendre, presque chaque soir. Rêveuse et solitaire un peu par nature mais surtout par la force des choses. Beaucoup d'enfants vivent de la sorte dans cette société, plus ou moins bien voilà tout. Naâ n'a rien oublié bien sûr, ni ces soirées d'ennui ni l'absence de son père. Très tôt il a cédé la garde exclusive de Naâ à sa mère, pour s'évaporer totalement, loin de la vie familiale. Et ce ne sont pas les hommes de passage, compagnons de sa mère pour un soir ou plus, qui ont pu le remplacer. Naâ n'a jamais vraiment su s'il s'agissait d'une disparition volontaire, son exil à lui, ou bien si sa mère l'avait écarté de sa vie.

"Parle-moi de mon père."

"Ton père ? Je l'ai un peu oublié tu sais. C'était un très bel homme... j'ai toujours été sensible à la beauté... ténébreux, énigmatique. A cette époque..."

Naâ l'interrompt aussitôt :

"Ne me refais pas l'histoire depuis le début mais dis-moi pourquoi il est parti."

La mère de Naâ ne supporte pas d'être malmenée de la sorte. En d'autres circonstances, elle aurait fait la leçon à sa fille et se fait violence pour poursuivre :

"Il était toujours amoureux de moi et ne comprenait pas que l'on vive séparément. Il ne l'acceptait pas. Il t'aimait profondément et il a certainement beaucoup souffert de sa décision. Les plus belles plantes sont celles dont on coupe les mauvais rejets pour ne garder que les meilleures tiges. C'est un ami botaniste qui dit cela et il est regrettable que les gens ne se cultivent pas de la sorte. Ton père n'a jamais su couper cet amour qui le torturait et ce fut son malheur. Fulan, un ami très cher et grand écrivain dit que renaissance est intelligence ..."

Naâ sait qu'elle n'en apprendra pas davantage. Sa mère s'écoute parler, démontrant ainsi sa grande maîtrise de ce sport de salon. Elle excelle dans cette technique qui consiste à répéter une phrase pour en faire une citation. On applaudit alors sa culture et son à-propos et les auteurs, soudain élevés au rang de philosophe, s'en trouvent ravis et reconnaissants. Et c'est ainsi que se forment des cercles qui tournent en rond dans des salons.

Naâ écoute sa mère d'une oreille distraite, lasse de constater qu'elle n'est qu'une très belle plante si peu attentive aux choses du cœur. Mais peut-être s'agit-il d'un domaine qu'elle a depuis longtemps élagué, jugeant préférable d'amputer ce qui ne saurait s'épanouir.

"Nous n'avons pas toute la journée, je suis désolée de te le rappeler."

"Excuse-moi ma chérie. Je n'ai guère l'expérience de ce genre d'entretien. Ainsi faut-il déjà se séparer ?"

Ces mots lui coupent la respiration et Naâ n'ose croire le trouble visible qui agite subitement sa mère. Elle ne semble plus pouvoir respirer, ses lèvres tremblent légèrement et son regard est voilé par des larmes étrangères. Naâ découvre ce visage inconnu, le visage secret et insoupçonné de sa mère pour sa fille. Naâ ne répond rien et lui caresse simplement la joue en essuyant une larme.

"Je vais emporter tes pleurs avec moi."

Demain, Naâ disparait à jamais. Sa mère éclate en sanglots, incapable de prononcer un seul mot. Naâ voulait revoir une dernière fois sa mère, en espérant un peu de tendresse. Elle n'imaginait pas tout cet amour, ce cadeau du ciel, de voir sa mère pleurer ainsi sa fille.

Au moment où Naâ voit sa mère quitter la chambre, elle ignore les évènements qui bouleversent le Département des Ecoutes.

Depuis peu en effet, Sarkan est le nouveau chef de service. La veille au soir, Colfan a su imposer son autorité auprès de ses collègues de l'Ordre, malgré les réticences de quelques-uns. Aucun argument sérieux ne pouvait s'opposer à sa proposition et le vote fut sans surprise. Ce matin, la cérémonie officielle de la nomination honorait donc davantage la victoire de Colfan que les qualités de Sarkan. Un peu irrité de ne pas être le seul bénéficiaire de cette reconnaissance, Sarkan était surtout impatient de vivre la vraie passation de pouvoir. Après avoir écouté les discours interminables, le rappel des lois et des devoirs, il prêta serment de fidélité, de respect et d'honnêteté. Après quoi, il fut confié à Efus pour le dernier acte du protocole.

En entrant dans le bureau, Sarkan alla s'asseoir sur le fauteuil d'Efus, sans attendre que celui-ci l'y invite. Efus se posta en retrait, pour lui expliquer les dossiers en cours et les formalités essentielles. Ne posant aucune question, Sarkan manifeste ainsi son peu d'intérêt pour les instructions d'Efus et celui-ci, sentant l'hostilité et l'impatience de l'autre, prend plaisir à rentrer dans le détail, en prodiguant des conseils superflus. L'exposé du professeur à son élève s'achève enfin et Efus l'invite pour la présentation des archives.

"Mais peut-être préférez-vous déjeuner pour clore cette première étape ?"

"Je suis déjà invité, merci. Finissons-en avec les archives s'il vous plaît."

Arrivés devant la porte, Efus plaque sa main sur la serrure digitale mais celle-ci reste verrouillée.

"Et bien voyez : ceci est la marque de votre nouveau pouvoir. Ils ont déjà changé le code d'accès. Essayez, je vous prie."

Sarkan plaque à son tour la main sur la serrure et la porte s'ouvre. Il ne peut empêcher un sourire de satisfaction et pénètre le premier dans la salle des trésors. Cette fois, Efus ne s'attarde pas et décrit sobrement le principe d'archivage, les procédures d'enregistrement et de recherche. Tout le travail de sa vie se trouve là, sur quelques étagères, et ne lui appartient déjà plus.

"C'est à vous de poursuivre cette œuvre désormais. Je vous souhaite bonne chance."

Sarkan n'en finit pas de regarder les rayonnages où dorment les précieux fichiers, comme autant d'anciens manuscrits qui n'attendent que les recherches de l'historien.

"C'est très impressionnant! Je n'imaginais pas tant de documents. Je crois que je vais commencer par quelques fichiers au hasard, pour m'inspirer de votre méthode. C'est un modèle que j'aurais tort d'ignorer."

"Pourquoi pas en effet, bien que l'archivage ne soit pas la première des priorités à traiter à mon sens."

"Là, je ne suis pas de votre avis. Cela va m'éclairer sur la façon de traiter un dossier, sur les pièces à conserver et sur le contenu de la synthèse."

"Soit, vous êtes seul juge. Mais l'heure tourne et je vous rappelle que vous êtes invité à déjeuner."

"En effet, merci de me le rappeler. Et merci pour toutes vos explications Efus."

Sarkan ne semble pas vouloir partir ni même raccompagner Efus. Après une hésitation, celui-ci quitte la pièce et la porte se referme derrière lui. Il sort du bâtiment en sachant que jamais il n'y reviendra. Sarkan, lui, est déjà au travail.

Plusieurs mois d'archives à consulter, ce sont des centaines de rapports à éplucher les uns après les autres. Sarkan n'a pas quitté l'écran de tout l'après-midi et dîne rapidement pour se remettre au travail. Il est seul maintenant dans le bâtiment, au beau milieu de la nuit, fatigué par cette lecture fastidieuse qui épuise sa concentration. Il en termine enfin avec la période "Paul" selon les instructions de Colfan. Il a noté les quelques fichiers susceptibles de contenir des indices de complot, des phrases pouvant être à double sens. Rien de tangible cependant, aucune preuve solide. Le bilan est maigre, quasiment vide. Sarkan enrage en silence car cette vacuité n'a pas ébranlé sa conviction. Il croit toujours en sa théorie et retrouve toute son ardeur lorsqu'il ouvre le fichier de l'expédition. Il ignore tout de cette aventure et est tout de suite captivé par le récit laissé par Efus. Il n'imaginait pas que l'Ordre puisse autoriser et cautionner ce genre d'initiative : une exploration hors du territoire, sans consultation de la population et connue seulement de quelques-uns! Dont Colfan, promu chef de la Sureté depuis peu à l'époque ! Sarkan est profondément troublé, regarde les rayonnages et mesure son ignorance. Combien d'autres secrets et de dossiers confidentiels se cachent ici ? Il revient vers l'écran qui affiche le parcours de l'expédition. C'est la dernière page du fichier et Sarkan a beau réfléchir, il n'a rien à ressortir de cette archive. Il se résigne à fermer le fichier et c'est à ce moment qu'il trouve enfin ce qu'il cherche. L'écran indique l'historique de la consultation : la dernière fois que le dossier a été ouvert date de quelques jours seulement. Précisément la veille du procès de Paul et de Naâ! Mieux encore, l'historique indique qu'une partie du dossier a été copiée! Sarkan note précieusement ces informations qui mettent en cause directement Efus. Pourquoi et pour qui a-t-il copié ce fichier ? La réponse lui semble évidente et il sait qu'il peut maintenant alerter Colfan pour déclencher l'enquête. Doit-il attendre la première heure décente de la matinée ou bien se permettre de déranger Colfan en pleine nuit ? Sarkan n'hésite pas longtemps et file dans son nouveau bureau. Il compose de mémoire le code d'accès au vidéophone de Colfan et patiente devant l'écran qui éclaire faiblement la pièce. Enfin Colfan apparaît, visiblement ensommeillé.

"Pardon de vous déranger mais je crois avoir trouvé ce que vous cherchez."

"Vous croyez ?"

"Efus a copié le fichier de l'expédition la veille du procès. Il est évident que c'était destiné à Naâ. Il faut impérativement la fouiller avant son départ demain matin."

Sarkan jubile et attend les félicitations de Colfan. La réponse n'est malheureusement pas celle qu'il espère.

"Votre information est intéressante, je regrette seulement qu'elle soit si tardive. Je vous signale que nous sommes au beau milieu de la nuit, ce qui revient à dire que Naâ part dans quelques heures et non pas demain. Quant à la fouille de Naâ, elle aura lieu de toute façon. La procédure l'exige mais elle ne pourra être que superficielle. Une fouille approfondie avec le recours aux détecteurs nécessite une autorisation préalable du Département de la Justice. Et cette autorisation n'est délivrée qu'après ouverture d'enquête. Ces formalités ne seront pas régularisées avant le départ de Naâ. Alors oubliez-la."

"Mais... j'avoue ne plus vous comprendre. Je vous apporte une preuve incontestable d'une atteinte à la sûreté du Territoire et vous ne semblez pas vouloir l'exploiter pleinement."

Colfan sourit à la naïveté de Sarkan.

"Je l'exploiterai, n'ayez crainte. Venez à la première heure à mon bureau avec les preuves que vous m'annoncez. D'ici là, reposez-vous bien."

Et l'image de Colfan disparaît. Sarkan reste figé devant l'écran, le regard dans le vide. D'abord décontenancé par la réaction de Colfan, il sent bien que quelque chose lui échappe et commence à comprendre que l'impression qu'il ressent n'est autre que le sentiment d'être manipulé.

"Coucou".

Paul ouvre les yeux. Ce petit mot à peine audible a fait tressaillir ses paupières mais cela ne fait aucune différence : les paupières closes ou les yeux grand ouvert, c'est le noir absolu. Et il lui faut une seconde avant de comprendre d'où vient cette voix.

"C'est vous ?"

"Je viens prendre de tes nouvelles. Mais tu dormais peut-être ?"

"C'est gentil de votre part. Non je ne dormais pas, je somnolais. Et comme vous le voyez, c'est la super forme. Je vis une aventure extraordinaire au fin fond du trou du cul du monde et je m'y enfonce chaque jour davantage. Mais là, je fais une petite pause."

"Tu attends la belle Naâ, n'est-ce pas ?"

"Oui, c'est exactement ça. J'attends la belle Naâ et doréna-vant, vous pouvez m'appeler Casimodo."

Paul reste allongé sur le dos malgré une petite bosse qui l'incommode. Une bosse du rocher naturellement.

"Te voilà donc laid, bossu, idiot, à attendre une princesse dans un trou du cul. C'est le profil habituel de ma clientèle."

"Clientèle ? Je rêve, on croirait entendre un dentiste !"

"Parce que vous connaissez des dentistes qui viennent prendre des nouvelles de leur client ?"

Paul sourit presque malgré lui.

"Vous n'êtes pas très charitable. Il y a des dentistes qui sont des gens très bien, tout comme les avocats, les garagistes, les banquiers, les agents immobiliers, les coaches sportifs, les footballeurs... j'en oublie certainement d'ailleurs."

"Oui tu en oublies. Il y a les institutrices, les infirmières, les rugbymen, les prêtres, les poissonniers, les notaires, les femmes de ménage, les dealers, les traders, les éboueurs, les marchandes de légumes ..."

"Stop, je crois que j'ai compris."

"Pourquoi vous avez dit les marchandes de légumes ?"

"Comme ça. Pour rien. De toi à moi, elle te plaisait bien la petite marchande de légumes ?"

Paul est maintenant tout à fait éveillé et s'assoies, face au vide.

"Oui, j'avoue. Ses yeux et sa bouche vont bien ensemble. Et j'aime bien l'assemblage de sa bague avec ses mains un peu abimées."

Paul la revoit en train de lui tendre la main ; pour rendre la monnaie.

"Vous avez dit - elle me plaisait - ce qui signifie que je ne la reverrais jamais n'est-ce pas ?"

"Je ne suis pas devin et je n'en sais rien du tout. Si j'ai utilisé le passé, c'est peut-être pour envisager la possibilité qu'elle ne te plaise plus autant qu'avant. Tu as rencontré Naâ depuis."

Et hop, la marchande de légumes disparait pour laisser la place à Naâ, resplendissante dans sa combinaison qui lui fait des fesses !

"Naâ est un miracle. Je ne comprends toujours pas ce qu'elle me trouve. Je n'ai rien à lui offrir, si ce n'est des poils hirsutes et un ventre mou."

"Ta liberté ! C'est ta liberté que tu dois lui offrir. Votre couple, ce sont vos deux libertés réunies."

"N'importe quoi. Vous dites n'importe quoi. Je me retrouve au milieu de nulle part, sur un bout de rocher, dans le noir plus que noir. L'eau est froide, j'ai faim, je suis fatigué."

Paul tâtonne à la recherche de son sac et tâtonne encore pour l'ouvrir. Il fouille à l'aveuglette et sort sa lampe torche. Il l'allume et éclaire l'eau plate.

"Voilà ! Elle est là ma liberté !"

Comme chaque matin, Efus est attablé pour absorber son petit déjeuner et les informations du jour. Et après cela ... rien. Il n'a rien à faire car toute sa vie a été consacrée à son travail. Et maintenant quel projet de vie peut le motiver à se lever une nouvelle fois ? Son esprit méthodique guide sa pensée et commence à recenser toutes les activités qui s'offrent à lui. Et comble de l'esprit méthodique, il décide d'appliquer une méthode pour recenser d'abord les loisirs. A peine arrivé à ce stade de réflexion, il est surpris par deux visiteurs qui s'annoncent à la grille. Ce sont deux agents du Département de la Sûreté, qui, après les présentations d'usage, demandent à Efus de bien vouloir les suivre.

"Où m'emmenez-vous et pour quel motif s'il vous plaît ?"

"Nous devons vous accompagner jusqu'à la Tour. Notre ordre de mission n'indique pas la raison."

La Tour est le bâtiment où Paul a résidé pendant les derniers jours, tout comme Naâ aujourd'hui ; c'est l'antichambre de l'Exil. Efus est immédiatement sur ses gardes mais ne laisse rien paraître de son inquiétude. Il n'a pas d'autre choix que de se soumettre à l'autorité de la Sûreté et le temps du trajet lui permet de réfléchir. Est-il arrivé quelque chose à Naâ ? Dans ce cas, il ne voit guère de raison d'être convoqué. A moins qu'elle n'ait craqué et tout révélé, prise de panique à quelques heures seulement avant son départ. Dans ce cas, il doit se préparer à une confrontation, à répondre aux accusations, encouragées à coup sûr par Sarkan et Colfan. Lui ont-ils promis de sauver sa peau en échange de la vérité ? Et l'enfant ? Qu'adviendrait-il de l'enfant s'il devait naître ? Efus déroule sans fin un scénario impossible et il commence à perdre pied, son assurance et sa logique légendaire l'abandonnent et c'est dans un état de grande fébrilité qu'il pénètre dans le couloir où l'attendent Colfan et Sarkan, accompagnés d'autres agents de sécurité. Tous les regards convergent sur lui et Colfan prend tout de suite l'initiative :

"Heureux de vous voir Efus. J'imagine que vous devez être surpris par cette invitation dont vous ignorez parfaitement l'objet."

"En effet."

"Et bien laissez-moi vous éclairer devant témoins. Nous savons que vous avez copié un fichier sensible dans les archives du Département des Ecoutes. Le niez-vous ?"

Efus réfléchit un instant, regarde Sarkan puis lâche :

"Je ne le nie pas."

"Très bien. Votre franchise a le mérite de nous épargner une bataille sur ce sujet. Savez-vous que cet aveu suffit à déclencher des poursuites à votre encontre ? Oui, vous le savez naturellement. Plus tard, nous mettrons un terme adéquat sur cette... malhonnêteté, appelons-ça comme ça pour l'instant. Ce mot vous convient-il ?"

"Enfreinte à une règle de confidentialité. Je pense que c'est l'appellation exacte."

"Vous avez raison, cela me convient tout à fait. Maintenant, pouvez-vous nous dire l'usage que vous avez fait de cette copie ?"

"Un usage personnel."

"Un usage personnel, voyez-vous cela ? Et à quelles fins s'il vous plaît ?"

"A des fins privées."

Colfan durcit le ton :

"Ne jouez pas à ça avec moi Efus. Vous vous moquez de moi et je n'aime pas cela."

"Je vous réponds simplement. Devant témoins. C'est à vous de poser les bonnes questions."

"Très bien alors procédons de la sorte. Où se trouve cette copie à l'heure actuelle ?"

"Chez moi."

"Et nulle part ailleurs ?"

"Pas à ma connaissance."

Sans enquête officielle, l'interrogatoire ne peut guère aller plus loin. Tous les deux le savent et Efus commence à croire que le bras de fer tourne à son avantage.

"Je vais vous dire ce qui va se passer maintenant. Nous allons entrer dans cette chambre," Colfan désigne de la main la chambre de Naâ, "et je vais demander à cet agent de fouiller la détenue. Ensuite, dès que l'enquête sera ouverte, ce qui sera fait sous peu, nous procèderons à la fouille de votre logement et appliquerons des méthodes d'interrogatoires plus efficaces, croyez-moi."

194

"Je ne doute pas de votre efficacité Colfan."

C'est ainsi que Naâ voit subitement Colfan entrer dans sa chambre, accompagné d'une femme en uniforme de la Sûreté. Après avoir refermé la porte et sans même la saluer, il lui ordonne:

"Déshabillez-vous. C'est une fouille purement formelle."

Naâ regarde la femme : "Dois-je me déshabiller complètement ?"

"C'est la règle."

Naâ ôte ses habits et se retrouve nue devant Colfan. Il la regarde et elle se sent humiliée. La femme ramasse les vêtements qu'elle inspecte scrupuleusement, puis elle demande à Naâ de montrer ses voutes plantaires, d'ouvrir grand la bouche pour qu'elle puisse vérifier sous la langue. Enfin, elle inspecte les oreilles et conclut :

"Il n'y a rien d'anormal."

Colfan fixe Naâ dans les yeux puis regarde son sexe avec insistance, intentionnellement. Il la regarde à nouveau dans les yeux et lâche :

"C'est bon. Partons."

Ils quittent la pièce comme ils sont venus, à un détail près : avant de sortir, Colfan a mis une main dans la poche de sa tunique. Efus, Sarkan et les gardes sont restés en silence dans le couloir et voit réapparaître le chef de la Sûreté. Sa main à l'abri dans sa poche n'échappe à personne et chacun pense qu'il cache l'objet de la fouille.

"Placez cet homme sous constante surveillance à partir de maintenant."

Puis, se tournant vers Efus :

"Vous êtes connu et apprécié pour vos compétences, votre loyauté et votre fiabilité. Malgré cela, des informations confidentielles mettant en cause la sûreté du territoire ont été détournées à des fins... privées, c'est bien cela ? J'ai toujours pensé que le Département des Ecoutes est une composante de la Sûreté. Mais vous avez toujours su préserver votre autonomie. A croire que votre talent pour convaincre l'Ordre a disparu avec votre fonction : vous m'offrez aujourd'hui l'argument que vous avez toujours réfuté jusque-là : un seul homme, aussi fiable soit-il, ne peut être garant de la sûreté d'une procédure. L'Ordre ne pourra qu'en convenir et acceptera enfin cette proposition que j'ai toujours défendue : le

Département de Ecoutes, stratégique par nature, doit être placé sous le contrôle du Département de la Sûreté."

A ces mots, Efus voit Sarkan tressaillir imperceptiblement et croit déceler de la stupeur dans son expression. Il sourit presque lorsqu'il s'adresse à lui :

"Seriez-vous surpris Sarkan ? Je crains que votre nouvelle fonction ne soit de courte durée. Vous aviez des ambitions ? Membre de l'Ordre peut-être, qui sait ? Oubliez cela. Colfan va faire de vous un subordonné et vous aurez des comptes à lui rendre. Croyez-vous vraiment qu'il s'intéresse à retrouver la copie du fichier ? Peu lui importe à mon avis. Il mènera l'enquête pour la forme bien sûr mais son objectif est d'une autre nature. Il vient de vous le dire : mettre la main sur le Département des Ecoutes. Et pourquoi pas la Recherche après cela ?"

Se tournant maintenant vers Colfan :

"Voyez-vous Colfan, ce matin, j'ignorais encore comment occuper mes prochains jours. Et bien figurez-vous que je viens de trouver à l'instant !"

Efus n'en dit pas davantage mais il sait qu'il n'aura de cesse de dénoncer les velléités de monopole de pouvoir de Colfan - le mot dictature n'existe pas dans ce monde. La promotion des vertus auxquelles il croit, la dénonciation des hypocrisies et sa lutte contre Colfan le conduiront, sans le savoir, à être le premier fondateur d'un mouvement politique.

Pendant que ces messieurs s'affrontent, Naâ, elle, de l'autre côté de la porte, pleure toute seule en silence, en même temps qu'elle se rhabille.

Un peu plus tard, deux gardes viennent la chercher, elle sort avec eux dans le couloir maintenant désert et monte dans l'ascenseur. Ni Colfan ni Efus bien sûr ne sont présents dans la salle où l'inventaire de ses effets personnels s'effectue comme pour Paul, trois jours plus tôt. Ses empreintes génétiques sont relevées et elle disparaît dans le tunnel menant au bateau, sans autre cérémonie. Tout cela s'est enchaîné sans précipitation ni temps mort, avec l'efficacité d'une mécanique bien rodée. Maintenant qu'elle descend doucement dans le tunnel, elle songe à Paul, elle sait qu'elle marche sur ses pas pour le rejoindre. Dans sa chambre, cette idée l'avait presque abandonnée, elle ne voyait que ce qu'elle quittait. Après la visite de sa mère, elle crut se noyer dans une vague de désespoir et de nostalgie. Etrangement, ce sentiment s'égrène doucement derrière elle à mesure qu'elle s'éloigne de cette cité qu'elle a toujours connue. Installée à bord, elle retrouve les images de lumière du monde extérieur, et tandis que le cylindre de ferraille les emmène lentement vers le dernier quai, le passé de Naâ s'enfonce dans son sillage vers les profondeurs du lac.

La vision de la herse qui signale l'ultime frontière marque les esprits de tous les exilés. Quel est donc l'artiste qui a imaginé un tel tableau, à vous faire saigner le cœur ? Naâ est horrifiée par le cri métallique, lorsque la muselière d'acier s'ouvre sur cette gueule béante. Elle est avalée à son tour vers l'obscurité et dans la furie du torrent.

Paul est allongé sur le rocher, à regarder un ciel étoilé et imaginaire. Il est étendu sagement sur son duvet depuis une heure environ, depuis qu'il a déclenché son émetteur. Il s'est préparé à attendre ainsi pendant de longues heures, jusqu'à ce que la petite boule métallique lui donne le signal d'une présence. Il sait qu'il doit s'en remettre à cet œil qui voit l'invisible. Les cinq jours qui se sont écoulés se résument à ce qui est inscrit sur son carnet : une liste d'horaires comme sur le quai d'une gare, avec un carré, un triangle ou un rond annoté parfois, marquant l'heure des repas. Les nuits se distinguent par des horaires plus espacés, accompagnés d'un s qui signifie somnifère. La veille, Paul a pris la liberté de s'aventurer le long du rivage, à deux cents ou trois cents mètres environ en s'éloignant de l'embouchure. Le même paysage défila sous le faisceau de sa lampe et il en fut rassuré.

Dans quel état va-t-il trouvé Naâ ? Il préfère se préparer au pire et devra se montrer serein, rassurant. Les heures s'égrènent lentement dans le silence et la nuit. La petite boule d'acier posée près de la tête de Paul est aussi inerte que lui et semble s'être endormie comme un loir.

Après plus de six heures d'immobilité, une lumière apparaît enfin à la surface de son animal de compagnie. Paul se redresse dans un sursaut, prend l'émetteur dans le creux de ses mains et regarde le minuscule phare qui clignote. Il scrute l'horizon par réflexe mais naturellement, il ne voit rien. Naâ est quelque part devant lui, dans un rayon de cinq cents mètres au maximum. Doit-il attendre avant de se manifester ? Doit-il crier son nom ou simplement allumer la lampe torche ? A-t-elle reçue elle aussi le même signal ? Se pose-t-elle les mêmes questions ? Doit-il prendre son radeau pour aller à sa rencontre ? Paul réfléchit pour estimer le temps nécessaire pour parcourir cinq cents mètres. Trente minutes environ ? Combien de temps a-t-il navigué lui-même pour rejoindre ce port ? Paul décide d'attendre sans se manifester quand il s'aperçoit avec effroi que la précieuse lumière a disparue aussi brutalement qu'elle était apparue. Horreur ! L'espoir de retrouver Naâ n'aura pas duré deux minutes !

Le torrent a vomi Naâ dans les eaux du lac et il lui faut quelques minutes pour recouvrer ses esprits. Et comme Paul cinq jours plus tôt, elle reste immobile à écouter le bruit des chutes d'eau, qui s'éloigne à mesure que le courant l'emporte. Elle se sent alors perdue au cœur de la nuit, autant qu'une enfant au milieu d'une foule. Elle veut refouler ce sentiment et se déshabille dans la précipitation. Elle s'énerve sur sa combinaison qu'elle descend jusqu'à mi-cuisse et plonge les doigts sans égard pour son sexe, pour aller chercher la capsule. Elle allume l'émetteur comme une fusée de détresse dans l'océan. La lumière clignote, elle cherche sa sœur en projetant ses ondes dans ce petit univers souterrain. Naâ supplie en silence pour que cette étincelle brille enfin. Et l'étincelle brille soudain comme une flamme, comme un vœu exhaussé. Un trait de lumière apparaît et la direction s'affiche sur la sphère devenue boussole. Mais l'intensité est bien faible et Naâ s'empresse de suivre l'ordre indiqué. Elle finit d'enlever sa combinaison, la pose à la proue du radeau et place la boussole sur cet écrin, puis commence à ramer avec ses bras nus. Mais le faible courant suffit encore pour éloigner Naâ un peu plus. Et le trait de lumière disparaît. L'angoisse de Naâ n'a que le seul mérite de la faire redoubler d'efforts. Elle brasse en refusant de céder à la panique, elle brasse sans réfléchir, obstinément, hypnotisée par cette étoile qui clignote. Son endurance est récompensée quand le trait lumineux réapparaît et cette fois, il ne s'éteindra plus. Naâ brasse comme si elle tirait sur un fil fragile et invisible. Elle sait qu'à l'autre bout, il y a Paul. Le temps s'éternise à remonter cette pelote de fil, centimètre après centimètre. Paul n'a plus la patience d'attendre la demi-heure qu'il s'était fixée. Au bout d'une vingtaine de minutes, il allume la lampe torche. La lumière caresse les eaux du lac pour se perdre dans la nuit. Il balaie lentement l'horizon, tel un sauveteur à la recherche d'une naufragée. Naâ se retient de crier lorsqu'elle voit ce point lumineux et jette ses dernières forces dans la bataille qui maintenant va prendre fin. Paul devine bientôt une forme surgir de la nuit et fixe sa lampe dessus. Elle semble toute proche, à une trentaine de mètres environ et à portée de voix.

"Naâ ?"

La réponse lui arrive comme un écho : "Paul ?"

"Par ici."

Il ne trouve rien d'autre à dire que cette évidence idiote et voit approcher un radeau identique au sien. Il distingue à présent Naâ, son crâne lisse et bleu. Elle essaie de fixer la lumière et il s'aperçoit qu'il l'éblouit. Il éclaire alors le rivage devant ses pieds et l'encourage :

"Par là. Encore un effort, tu es presque arrivée."

Elle touche au but en effet et la silhouette de Paul apparaît dans un halo de lumière. Il a ses vêtements d'origine et ses cheveux et sa barbe commencent à repousser. Cette vision la surprend et elle le découvre presque comme un étranger. Arrivée au bout de ses efforts, elle sent brusquement le froid la saisir et réalise qu'elle est nue. Paul s'agenouille et attrape le rebord du radeau pour le maintenir contre la rive, tandis que Naâ met déjà les pieds sur la terre ferme avec sa combinaison sous le bras. Elle se rhabille aussitôt pendant que Paul tire un peu plus sur le radeau pour l'amarrer au rocher. Il se retourne enfin vers elle : "Ça va ?"

Son corps de porcelaine tremble un peu : "J'ai un peu froid."

Paul lui frotte doucement le dos.

"Tu vas vite te réchauffer. Assieds-toi là, sur mon duvet."

Naâ se pose sur ce nid de fortune.

"Je t'ai préparé un bon repas. Regarde ça !"

Il prend une gélule entre le pouce et l'index, comme une pierre précieuse, et Naâ sourit dans la pénombre. Leurs retrouvailles se font dans un silence qui devient pesant et Paul cherche un sujet de conversation. Il prend alors les deux émetteurs récepteurs.

"Comment ça marche ? Comment s'affiche la route que nous devons prendre ?"

Naâ cherche un peu ses mots :

"Celui-là enregistre notre position et l'autre indique la direction à suivre."

Elle manipule la dernière capsule et un nouveau trait lumineux se dessine à la surface.

"Voilà. Nous devons aller dans cette direction. Quand nous serons arrivés à la première étape, le trait sera devenu un point et nous passerons à la deuxième étape. La direction suit la route exacte de l'expédition."

La boussole indique qu'ils doivent s'éloigner de l'embouchure du torrent pour suivre le rivage.

"Nous partirons dès que tu seras reposée, d'accord ?"

"Partons maintenant. Je préfère bouger. Et rangeons tes affaires."

Paul ne se fait pas prier car cette décision lui convient parfaitement. Il convainc Naâ de reprendre leurs radeaux pour longer le rivage et les voilà à nouveaux sur le lac. Ils restent côte à côte, sans jamais s'éloigner du bord, avançant doucement comme le font parfois les couples au hasard d'un sentier forestier. Leur brasse mécanique devient presque facile et ils commentent parfois le paysage qui s'ouvre à la lueur de leur phare. Naâ dit reconnaître certaines plantes, elle croit même en savoir quelques-unes de comestible. Paul retrouve les minuscules poissons qu'il avait observés dans la rivière, avant sa venue dans le monde de Naâ. Il lui raconte cet épisode, un des premiers souvenirs marquant son fabuleux voyage. Naâ l'écoute avec l'attention d'une enfant à qui l'on raconte une histoire et leur complicité renaît sans penser à rien. Allongée sur son matelas, les bras dans l'eau, elle se laisse bercer par cette voix, même si parfois, certains mots lui échappent. Tout est tellement plus facile quand on est deux.

Mais la réalité les rattrape au détour d'un récif. Un radeau s'est échoué là et il ressemble à un cercueil abandonné. Quel naufragé est venu se perdre ici ? Qu'a-t-il fui pour vouloir plonger dans les ténèbres de la grotte ? Paul et Naâ passent leur chemin en silence mais cette image persiste. L'exil n'est peut-être qu'une errance dans cet immense tombeau. Sans doute est-ce la triste fatalité pour tous les autres mais pas pour eux. Paul et Naâ ont un carnet de route qui les guide vers un point précis et Naâ est formelle lorsqu'elle annonce qu'il faut pénétrer dans les terres. Paul hésite pourtant à quitter les eaux tranquilles du lac et il faut que

Naâ lui montre la boussole pour le convaincre. Paul regrette sa réticence car il sent que Naâ est un peu irritée.

"Nous devons suivre la route sans discuter" a-t-elle conclu de façon abrupte.

Ce ton ne lui ressemble pas et Paul s'excuse platement.

"Tu as raison. Excuse-moi, je... tu veux que je passe devant pour ouvrir le chemin ?"

Mais Naâ a déjà engagé la marche sans attendre et quelques minutes plus tard, un bruit d'eau lui donne définitivement raison. Elle éclaire un mince ruisseau qui serpente à leurs pieds.

"Tu vois, ils ont dû suivre cette rivière."

Et leur excursion dure ainsi jusqu'au soir, en suivant le long d'un ruban qui scintille dans la nuit. Ils ne se sont guère adressé la parole pendant leur marche, le terrain est accidenté et rendu glissant par le tapis de plantes. Chacun est concentré sur ses pas pour ne pas perdre l'équilibre, s'aidant avec les mains lorsque la pente devient trop forte. Avec chacun son halo de lumière autour de soi, on dirait de loin un petit couple de luciole. Au terme de cette première journée, ils ont bien progressé et décident de s'arrêter un peu au-delà de la première étape de l'expédition originelle. Etre en avance sur leur carnet de route ne peut que les soutenir moralement. Chacun s'installe donc pour la nuit, et tous les deux, sans le dire, regrettent que la roche tortueuse ne puisse leur offrir un lit qui les réunisse. Paul craignait que Naâ soit à la peine physiquement et il est obligé de constater que, plusieurs fois, c'est lui qui était à la traîne dans certains tronçons.

"Pas mal pour une petite bureaucrate."

"Bu-ro-quoi ?"

"Bu-reau-cra-te. C'est quelqu'un qui travaille dans un bureau. Et qui reste assis toute la journée, et qui a donc un ventre mou et des muscles avachis."

"Merci pour le compliment."

"De rien."

Naâ ne le voit pas sourire et Paul non plus ne la voit pas sourire. Il la félicite sur sa forme physique, lui demande si elle fait du sport et les voilà repartis dans leurs conversations éternelles, comme deux enfants dans une chambre, qui papotent en regardant le plafond au lieu de dormir. La fatigue finit tout de même par les rappeler à l'ordre : une autre étape les attend demain.

Durant trois jours, ils s'enfoncent toujours davantage et se rapprochent de la destination finale. Demain, si tout va bien, sera la dernière étape et la boussole deviendra alors un petit objet inutile. Abandonnés par leur guide, ils seront livrés à eux-mêmes au cœur de l'obscurité. Au soir de cette quatrième étape, Paul n'est guère vaillant. Amaigri par le régime des trois gélules quotidiennes, la fatigue de la marche et les mauvaises nuits, il ressemble chaque jour davantage à un fantôme. La pommade bleutée n'a plus d'effet, son teint est devenu livide, les traits tirés marquent ses joues en creux. Quand parfois, la lampe torche croise son visage, Naâ en est presque effrayée. Et puis les cheveux et la barbe n'en finissent pas de repousser, achevant l'inquiétante transformation. Ce n'est alors qu'avec la nuit totale et le son de sa voix qu'elle se rassure doucement avant de s'endormir. Elle s'en veut de lui avoir fait goûter cette plante qu'elle croyait comestible. Cela fait sept jours que Paul se contente de gélules et il se plaint d'avoir faim. Cette obsession revient en refrain régulier et Naâ a cédé.

"Je sais que celle-ci est comestible mais on ne la mange jamais crue."

Paul a cueilli quelques pétales gros comme des cacahuètes et le plaisir de mâcher l'a emporté sur l'acidité. Il en fit provision pour les ruminer tout au long du voyage, promettant à Naâ de ne pas en abuser. Les maux de ventre qui s'ensuivirent ne firent que ralentir leur progression et assombrir l'humeur de Paul. Oh bien sûr, il ne s'est plaint en aucune façon, juste un rictus ou un arrêt momentané qu'il essaie de masquer. Mais la lassitude est parfois trahie par un geste ou un regard. Tous les deux luttent en silence contre le doute qui les ronge, contre cette idée que leur projet ne soit qu'une folle utopie. Il ne faut pas céder au pessimisme et résister encore un peu. Y croire encore un peu. Paul et Naâ s'efforcent de ne rien laisser paraître des bouffées de désespoir qui les saisissent parfois mais quelquefois, un soupir leur échappe. Et l'autre comprend aussitôt ce symptôme regrettable, parce qu'ils s'observent malgré eux. Ils prennent soin l'un de l'autre par cette seule attention, qui les épuise autant que l'effort physique. Allongée encore une fois à quelques mètres l'un de l'autre, ils s'encouragent avant de s'endormir.

"Encore un effort et demain, nous serons arrivés."

"Tu n'as plus mal au ventre ?"

"Non, ça va mieux. Demain ce sera fini."

"Tu as pris un somnifère ?"

"Oui madame l'infirmière. J'ai pris mon médicament. Il faut dormir maintenant."

Naâ a également recours à la substance artificielle pour dormir d'un sommeil de plomb.

Ils sont deux santons posés dans une crèche trop grande pour eux.

La dernière étape débute comme les précédentes, une marche lente sur un terrain toujours en pente, toujours un peu plus loin, toujours un peu plus haut vers la surface. Le décor est réduit à ce que leur lampe veut bien éclairer, quelques mètres carrés de roche devant eux, timidement agrémentés de mousses et de lichens qui varient peu. Naâ s'arrête, comme souvent pour attendre Paul, mais cette fois, c'est autre chose qui la met en arrêt. Paul arrive à sa hauteur.

"Regarde !"

Aussi loin que leur regard puisse porter, ils ont devant eux une succession de terrasses en escalier. L'ensemble dessine une sculpture en strates horizontales, épousant le relief naturel. Ce paysage devrait être une formidable étrangeté sauvage mais à leurs yeux, il est éminemment suspect. Naâ éclaire la première terrasse sur laquelle elle se tient et commence à cheminer lentement dans cette jardinière étroite et infinie. Elle est penchée et on a l'impression qu'elle cherche quelque chose. Paul la regarde évoluer au ralenti :

"Tu as perdu une boucle d'oreille ?"

Naâ ne répond même pas à cette réflexion absurde et continue son inspection. Elle se redresse enfin et revient vers Paul.

"Ce n'est pas naturel."

"Comment ça ?"

"Il y a des lignes comme des marques d'outil."

Paul fronce les sourcils, le temps de bien comprendre l'information.

"Que dit la boussole ?"

La capsule n'a pas leurs états d'âme et leur ordonne d'escalader les terrasses. Paul sait qu'il doit se soumettre :

"On y va doucement d'accord ?"

Paul et Naâ sont deux pèlerins qui gravissent les marches d'un sanctuaire, penchés sur le faisceau de leurs lampes en guise de bâton. A mesure qu'ils avancent s'impose cette évidence : ils traversent en étrangers des cultures en espalier, des potagers d'un autre monde. Bientôt ils arrivent sur une crête et Naâ, toujours la première, s'accroupit subitement, éteint sa lampe précipitamment et se retourne vers Paul :

"Eteint ta lumière!" s'exclame-t-elle dans un chuchotement.

Paul obéit et finit à quatre pattes pour venir à côté d'elle. Il lui demande à voix basse :

"Qu'est-ce qui se passe ?"

"Lève-toi et tu verras."

Paul se redresse lentement et voit alors scintiller des lumières au-delà de la ligne de crête. Il essaie d'en évaluer la distance puis s'accroupit à nouveau dans l'ombre du relief. Il interroge Naâ, toujours à voix basse :

"Qu'est-ce que c'est d'après toi ?"

"Je ne sais pas mais si on reste dans le noir, je crois qu'on ne pourra pas être vus."

Ils avancent alors encore un peu et s'allongent en position d'observation. Il ne leur manque plus que des jumelles pour surveiller les lignes ennemies. Ils sont postés sur une arête rocheuse qui domine un fjord. Les lumières sont en contrebas, à intervalles réguliers sur la rive opposée et leur reflet sur l'eau est quasiment immobile. La distance est trop grande pour qu'ils puissent distinguer les détails et ils ne discernent que la forme générale : des monticules comme des cônes presque parfaits. L'ensemble forme une ligne en arc de cercle, dessinant le méandre d'une large rivière. Paul et Naâ observent longuement ce singulier panorama, à l'affût du moindre mouvement visible, mais rien ne bouge sauf les rides de l'eau qui font trembler ce tableau silencieux.

"Ce sont des plantes phosphorescentes."

Paul ne contredit pas Naâ, évidemment plus experte que lui en la matière.

"Sûrement mais cela semble trop régulier pour être le fruit du hasard."

"On dirait des balises pour marquer une route."

"C'est peut-être aussi pour marquer une frontière."

"Peut-être."

Paul n'a guère envie de s'approcher de ces étranges lampadaires, qu'il voit comme des miradors.

"Qu'est-ce qu'on fait ? On pourrait remonter la rivière en restant sur notre rive et suivre les méandres."

Naâ regarde la boussole qui voudrait qu'ils continuent sur leur droite. Cela correspond à l'amont du cours d'eau.

"D'accord mais tu me suis de près et on allume qu'une seule lampe."

"Je peux passer devant tu sais. Laisse-moi ouvrir un peu la route s'il te plaît."

Depuis le premier jour, Naâ fut la meneuse de l'expédition. Jamais pourtant elle ne revendiqua ce titre de premier de cordée, cela s'imposa naturellement dans leur petite équipe et cela semblait parfaitement convenir à Paul. Sans en souffrir, Naâ subissait ce rôle avec résignation, regrettant parfois qu'il ne prenne pas le relais. Etre en première ligne pour ouvrir la voie finit forcément par éprouver nerveusement mais Paul ne se pose pas la question. Aurait-il oublié que l'éclaireur doit toujours être sur le qui-vive ? N'a-t-il donc pas le souci de soulager un peu Naâ ? Faut-il que les rôles soient ainsi attribués ? Après seulement quelques jours de cette vie de couple, Naâ commençait à ruminer ces questions et c'est donc avec soulagement qu'elle accepte sa proposition. Enfin il prend l'initiative !

L'ironie de cette situation, c'est que Paul subissait tout autant cette attribution des rôles. Il voyait Naâ toujours plus alerte que lui, plus vive ; et cela suffit à donner un petit temps d'avance dans chaque chose ; voilà comment Paul se coltine le sentiment d'être toujours à la remorque. En prenant maintenant les choses en main, Paul ne fait pas que soigner son orgueil masculin, il peut aussi agir à sa guise, en adoptant le rythme qui lui convient.

Et ce rythme n'est pas celui de Naâ ; il avance prudemment en n'éclairant pas plus qu'il ne faut, le faisceau pointé juste devant ses pieds pour éviter d'être aperçu de loin. Il s'arrête quelques secondes toutes les deux ou trois minutes, éteint la lampe et scrute les alentours en écoutant le silence, puis reprend sa marche ralentie. Naâ le suit sans intervenir et ne dit rien sur sa façon de faire. Ils marchent ainsi en suivant le méandre, à plusieurs dizaines de mètres au-dessus de l'eau, sur les pentes taillées en escaliers monumentaux. Mais leur route n'est pas un sentier de promenade et bientôt, les terrasses cultivées viennent buter sur la falaise. Paul ne se sent pas l'âme d'un escaladeur et commence à descendre les terrasses une à une ; la falaise décidément veut leur barrer la route de ce côté de la rive. Paul regarde, perplexe, la rivière qui n'est plus qu'à quelques mètres.

"Si l'on veut continuer, il va falloir remonter le fleuve en nageant."

"Et si on le traversait pour continuer sur l'autre rive ?"

"Non. Pas pour l'instant en tout cas. Le long de cette rive, nous sommes encore à l'abri de la lumière et je préfère rester le plus longtemps possible dans l'obscurité. C'est plus prudent. Nous traverserons peut-être mais seulement quand nous n'aurons plus d'autre choix."

Paul retire son sac à dos sans attendre la réponse de Naâ.

"Tu peux tenir la lampe s'il te plaît, pendant que je me déshabille ?"

Naâ éclaire le sol, un peu gênée de n'avoir rien d'autre à faire que de regarder son strip-tease. Il a maigri, il est blafard sous cette lumière et elle croit deviner les poils qui repoussent déjà sur son corps et qu'elle ne voudrait pas voir. Il fourre ses vêtements dans le sac à dos, il est totalement nu et s'adresse à Naâ sans aucune pudeur :

"A ton tour maintenant."

Naâ n'a que sa seule combinaison, qu'elle ôte comme un écrin de velours contenant un diamant. Dans cet austère décor, son corps apparaît comme une merveille de la nature, des courbes aux reflets bleutés sur fond d'encre de chine. Paul se sent brutalement laid, sale, inachevé, indigne d'une telle beauté. C'est là une motivation inattendue pour rentrer dans l'eau froide et oublier un temps ce complexe d'infériorité exagéré. Il avance prudemment en maintenant son sac sur la tête, comme s'il s'agissait d'un chapeau que le vent veut emporter. Ses pieds glissent et souffrent sur le fond marin invisible, et plutôt que de s'évertuer à rester debout, il s'accroupit et commence à nager. Naâ le suit et l'imite pour former un couple d'oiseaux longeant la berge d'un étang.

Qui pourrait les voir ? Le fleuve est encore assez large pour que la lumière des balises ne les éclaire pas. Oh certes elles sont maintenant suffisamment proches pour qu'il n'y ait plus de doute sur leur nature : des monticules parfaitement pyramidaux d'un mètre de hauteur environ, où foisonnent des fleurs phospho-rescentes. Il leur suffit de les maintenir à distance pour demeurer invisible et de nager en supportant la froideur de l'eau. C'est dans cette position inconfortable qu'ils aperçoivent enfin ce qu'ils attendaient et ce qu'ils redoutaient : les Autres.

Ce n'est ni un village primitif ni une horde sauvage mais une simple embarcation qui descend la rivière tranquille. Cette vision les fige immédiatement en position d'observation, celle du naturaliste découvrant enfin l'animal rare, tant convoité. L'embarcation fait penser à une barge chargée jusqu'à la gueule, transportant des plantes en vrac. Les deux hommes sont à l'arrière, sagement assis chacun sur leur bord, de part et d'autre de la péniche, en tenant une tige qui plonge dans l'eau. Ils sont faiblement éclairés par les balises qu'ils suivent au plus près mais Paul distingue tout de même l'essentiel. Ils paraissent plutôt petits et de faible corpulence, soumis à la loi des grottes qui vous font plus rachitique que musculeux. Leur peau a cette même coloration bleutée et s'il n'y avait pas cette barre osseuse de l'arcade sourcilière, il serait difficile de les distinguer d'un homosapiens. Car Paul a parfaitement à l'esprit que l'homme qu'il voit passer à quelques mètres de lui, est un humain d'une espèce différente de la nôtre. Un frère oublié que l'on croyait disparu, devenu totalement endémique à ce monde nocturne et fabuleux. Paul regarde cet équipage porté lentement par le courant et qui va bientôt disparaître dans les ténèbres, comme un rêve évanoui. Il voudrait retenir cette image extraordinaire qui défile sous ses yeux dans un silence absolu. Et ce n'est plus ni de l'appréhension ni de la crainte qu'il ressent à cet instant, mais un sentiment de paix intense. La péniche rejoint l'ombre et ne devient qu'un souvenir.

Paul et Naâ reprennent leur brasse laborieuse et interminable. Ils avancent à contre-courant le long de cette rive qui paraît sans fin. Leurs corps sont envahis par le froid, contre lequel il serait vain de lutter et qui maintenant les a hypnotisé. Le bras qui maintient le sac sur la tête est soudé par les crampes. Les autres membres s'agitent dans des battements mécaniques de batracien. Ils ont à peine contourné le premier méandre qu'ils s'aperçoivent qu'un deuxième les attend. La ligne des points lumineux ne laisse aucun doute sur le tracé de ce chemin de croix et cette perspective a un effet immédiat : elle les décourage. Paul essaie de sortir de l'eau, il glisse, il est épuisé, il se traîne lamentablement sur le rocher sans pouvoir aider Naâ, qui n'est guère plus vaillante. Le froid l'emporte pourtant encore sur la fatigue et, plutôt que de s'affaler, ils sont recroquevillés et tremblent comme des feuilles. Jamais Naâ n'a vécu une telle sensation. Dans son monde, le froid se limite à une chair de poule passagère, parfois un frisson. Elle n'imaginait pas pouvoir être pénétrée avec une telle violence.

"Il fait froid comme ça dans le monde extérieur ?"

Paul n'entend qu'une petite voix balbutiante et inquiète.

"Quand on commence à avoir froid, on se protège, c'est tout. T'inquiète pas, j'ai rarement eu autant froid moi aussi. On va se réchauffer doucement en séchant et puis il faut que l'on mange pour reprendre des calories. Tu peux regarder où en est la boussole?"

Naâ ouvre son sac, le fouille avec peine, à l'aveugle, ressort la boule métallique et lumineuse en la montrant à Paul.

"Il faut aller par-là."

Et par là, c'est dans leur dos, droit dans les terres. Paul réfléchit, il sait que l'instrument est fait pour les oiseaux : il trace une ligne droite sur une carte fictive. La rivière doit sûrement former un S en croisant cette droite et Paul s'imagine qu'ils vont maintenant parcourir le deuxième méandre en coupant à travers les terres. Cette projection de l'espace le rassure et il conclut pour lui-même :

"Ce n'est peut-être pas illogique. Rhabillons-nous et on se réchauffera en marchant."

Paul sent bien que Naâ grelotte toujours autant, il sort son duvet et le lui donne :

"Tiens, essuies-toi avec ça."

Ils sont toujours dans le noir et l'habillement est fastidieux et maladroit. Après avoir avalé chacun deux gélules, Paul reprend la tête de la caravane, balayant à nouveau le sol avec son pinceau de lumière. Il ne fait plus attention aux nouvelles plantes étranges qu'il foule sans égard et se contente de tailler la route, car un mauvais pressentiment commence à germer dans son esprit. Naâ l'inquiète. Naâ est muette. Est-ce le danger d'une nouvelle rencontre qui la paralyse ? Est-ce l'épreuve du froid qui l'a affaiblie de la sorte ? Naâ semble en tout cas marquée par ces évènements, sans pouvoir retrouver sa vivacité. Paul ose croire que son comportement n'est dû qu'à la fatigue et refuse de penser qu'elle commence à basculer dans le désespoir d'une cause perdue. Ils n'ont guère manifesté de sentiments l'un pour l'autre depuis leurs retrouvailles. Certes, ils savent que chacun a des égards silencieux pour l'autre et ils se plaisent dans leurs conversations. Cette harmonie va de soi tant qu'elle ne va au-delà de cette douce bienveillance. Il arrive pourtant un stade où la camaraderie ne suffit plus et Paul pressent que Naâ a atteint cette frontière. L'âme réclame davantage pour être soignée de ses blessures. Faut-il qu'il éteigne la lampe, surprenne Naâ en la prenant dans ses bras, son doux visage au creux de ses mains et qu'il lui pose un baiser délicat, en lui murmurant :

"Je suis là mon amour. Tout ira bien tant que nous serons ensemble."

Mais non, au lieu de ça, il continue à marcher. Par peur d'être ridicule ou d'être maladroit. A quoi bon jouer à Roméo puisque Naâ n'est pas Juliette. Rester simple et ne pas compliquer la situation. Paul taille la route avec détermination, à tel point qu'il est à peine ébranlé par une nouvelle alerte. De nouvelles lumières apparaissent au loin mais celles-ci ne sont pas alignées et n'ont pas cette coloration un peu verdâtre des plantes phosphorescentes. Cette fois-ci, il s'agit bien de feux qui font scintiller une belle couleur orangée. A cette distance, Paul et Naâ ne distinguent rien d'autre qu'un nid qui brille dans la nuit, même l'odeur des fumées ne parvient pas jusqu'à eux. Paul a éteint une fois de plus sa lumière par réflexe, le temps d'observer cette présence lointaine et conclut comme s'il s'agissait d'un simple nuage annonçant l'orage :

"Ils sont sûrement là-bas. Il ne faut pas que l'on traîne. Plus tôt nous serons arrivés et plus tôt nous serons à l'abri."

Curieuse idée que celle-là, de croire que leur destination les mettra à l'abri de ce monde hostile. Pourtant, la fin du parcours semble lui donner raison, d'abord en rejoignant un cours d'eau significatif qui n'est pas un simple ruisseau. Quand ils voient ensuite la boussole leur demander de poursuivre en amont, ils sont persuadés qu'ils touchent au but. La pente s'accroît et ils remontent difficilement le long du torrent, jetant toutes leurs forces dans cette dernière ligne droite. L'escalade est interminable, d'autant que leurs lampes n'éclairent que les quelques mètres qui se présentent devant eux. Profitant d'un moment de répit pour se reposer, ils n'ont qu'à écouter la musique limpide de l'eau qui glisse sur les rochers et c'est à ce moment que Paul croit entendre un écho. Faible certes, mais bien présent, là, un peu plus haut.

"Ecoute !" lance-t-il à Naâ qui ne fait aucun bruit.

"Quoi ?"

"Tu n'entends pas ? On dirait que ça résonne ! Comme dans une grotte."

Naâ se concentre et tend l'oreille, comme si c'était possible de le faire.

"Possible, oui. On dirait que ça vient d'en haut."

"Allons-y."

Ils continuent à remonter le torrent et la pente s'adoucit à mesure que l'écho devient plus présent. Le terrain est plat à présent et Paul n'éclaire plus le sol mais le plafond. Depuis bien longtemps, depuis leur départ à vrai dire, le plafond de ce monde souterrain n'était plus visible. Les rares fois où ils éclairaient le ciel, le faisceau se perdait dans la nuit. Cette fois, la roche est là, à quelques mètres au-dessus d'eux. Ils y sont enfin ! Ils sont quelque part en périphérie de ce monde, tout proche d'un trou d'où l'eau jaillit. La grotte est vaste et profonde et ils y pénètrent sans hésitation et s'y enfoncent encore et encore. Jusqu'au bout, jusqu'à se cogner contre la dernière paroi, celle qui annonce le terminus. Un cul-de-sac.

Paul est accroupi sur la berge, pensif et déjà résolu à explorer les fonds cachés par les eaux.

"Il y a forcément un passage là-dessous, quelque part."

Il dit cela autant à lui-même qu'à Naâ, assise derrière lui et inerte. Elle s'est affalée après avoir jeté son sac, usée par la fatigue, par la monotonie de cette errance nocturne et visiblement lasse de tout cela. Paul se relève et la rejoint.

"Il faut qu'on dorme maintenant. La journée a été longue et je vois bien que tu en as marre."

Le terrain leur permet de déplier leurs matelas l'un à côté de l'autre : la récompense est maigre, tout comme le repas qui se réduit à une gélule sous la langue. Ils sont étendus, si proches qu'ils pourraient presque se toucher, nichés au fond de cette grotte où l'obscurité est si intense qu'elle devient apaisante.

"Tu peux venir tout contre moi si tu veux."

Paul n'a pas osé lui dire "viens contre moi" mais il n'attend que cela. Un geste, un contact, qu'elle pose sa tête sur son épaule ou simplement que sa main le rejoigne. Naâ ne répond pas et Paul attend à en retenir sa respiration. Puis il la sent se rapprocher, il lève son bras pour l'accueillir et elle vient se blottir. Leurs vêtements les séparent encore mais qu'importe. Naâ est venue à lui librement et Paul se contente de cet instant. Il ne la serre même pas dans ses bras ; ils sont simplement posés l'un contre l'autre.

"Tu n'as plus froid ?"

"Non. Je suis bien comme ça."

Naâ s'abandonne sur la poitrine de Paul, il se penche un peu pour lui poser un baiser sur le front.

"Il faut que l'on dorme."

"Je crois que je m'endors déjà."

Tous deux se laissent emporter par le sommeil, comme les nuages sont emportés par le vent.

La nuit les a certainement reposés mais ils sentent malgré tout des courbatures dès qu'ils se lèvent. Paul n'a jamais vraiment été sportif mais à le voir faire ses étirements, on dirait presque un athlète. C'est lui qui va plonger le premier pour explorer le bassin d'eau froide et il s'y prépare comme s'il s'agissait d'une compétition. Estimant son réveil musculaire suffisant, il se déshabille et le voilà en slip qui s'approche de la rive. Naâ le rejoint et lui installe le respirateur, avec les gestes de la maman qui met le bonnet à son fils pour qu'il ne prenne pas froid. Paul se laisse faire. Puis il glisse doucement dans la piscine, la température lui faisant remonter les épaules jusqu'aux oreilles. Naâ reste debout à le regarder s'enfoncer jusqu'à immersion totale. La lampe frontale éclaire alors un monde nouveau et Paul commence à nager, comme un sous-marin articulé. Le courant est sage et la rivière souterraine accepte la visite de cet intrus. Naâ le voit disparaître dans une excavation et elle se retrouve dans l'obscurité, à guetter son retour. Le temps lui paraît long, le trou doit être profond et bientôt, elle voit la lueur sous-marine réapparaître. Paul nage jusqu'à ses pieds, sort de l'eau, retire le respirateur et tremble de froid. Elle l'interroge : "Alors ?"

"Je ne suis pas allé au bout... mais nous ne sommes pas les premiers à être venus ici ... il y a des pitons métalliques."

Paul grelotte sur place et sa mâchoire avec : "Il faut que je me sèche."

Il prend son duvet, s'essuie et se couvre les épaules.

"Il y a des pitons métalliques tous les 1,50 m à peu près. Il y en a une bonne dizaine."

"Et après ?"

"Je ne sais pas. Je ne suis pas allé plus loin."

Naâ pense immédiatement à l'expédition, si chère et si cruelle dans le cœur d'Efus. Qui d'autres que ceux-là se seraient acharnés de la sorte ? Des hommes sont venus se perdre ici, en quête d'un rêve impossible, obstinés à croire au miracle de l'évasion. Naâ pense à Efus, elle voudrait tant lui dire "Nous y sommes ! Nous l'avons fait ! Nous sommes sur les pas de votre fils et nous irons jusqu'au bout !" Suivant le fil de sa pensée, elle lâche :

"Il faut que tu ailles plus loin."

La phrase est ferme et définitive, elle claque comme un ordre. Paul est d'abord surpris d'entendre ce ton de petit caporal. Enfin quoi ! Pas même un mot de félicitation ou d'encouragement? Juste la réaction du petit gradé qui voit les hommes se planquer sous le feu ennemi : "sortez de vos trous et chargez !" Même s'il est rassuré de retrouver Naâ conquérante, il tient à remettre les choses un petit peu en ordre :

"Tu permets que je me repose et que je me réchauffe ? Je te signale que l'eau est gelée. Au cas où tu l'aurais déjà oublié. Et bien sûr que je vais y retourner et aller plus loin. On est venu pour ça, non ?"

Naâ tombe des nues :

"Bien sûr Paul. Ne te fâche pas. Qu'est-ce que j'ai dit de mal ?"

"Rien. Tu n'as rien dit de mal mais... tu as entendu sur quel ton tu t'es adressée à moi ? Je ne suis pas ton larbin quand même !" Ce n'est pas la première fois que Paul réagit mal mais jamais auparavant, ce ne fut contre Naâ.

D'abord surprise par sa réaction, elle réalise maintenant qu'il est fâché contre elle, bien qu'elle ignore le sens du mot larbin. Elle prend cela en pleine figure, comme une gifle. Elle est incapable de lui répondre, la gorge nouée, tandis que Paul sautille pour se réchauffer. Naâ regarde le plan d'eau, elle a froid, elle n'a plus d'énergie et elle voudrait pleurer, être loin d'ici. Paul continue ses exercices, sans attention à l'égard de Naâ.

"Le devoir m'attend. Il faut que j'y retourne."

"Déjà ?"

Paul installe lui-même le respirateur. Il rentre dans l'eau jusqu'à la taille, se retourne et fait le V de la victoire à l'adresse de Naâ qui ne comprend pas, puis s'immerge complètement dans le silence, sa silhouette fantomatique disparaît sous la roche.

Il avance rapidement à l'aide des pitons et sans beaucoup d'efforts, avant d'entamer une brasse lente au plus près du plafond de la rivière souterraine. La roche est lisse et n'offre aucune prise, Paul remonte le courant au ralenti dans ce tube digestif. Bientôt, la surface de l'eau lui offre ce qu'il attend : un miroir lisse qui annonce une cavité. Arrivé à cette hauteur, il sort la tête de l'eau dans un élan d'enthousiasme et se cogne violemment la tête. La cavité en question permet à peine de sortir les yeux hors de l'eau. Paul jure en silence, sa lampe frontale heureusement fonctionne toujours et éclaire cet espace irrespirable où la rivière paraît immobile. Il replonge et poursuit son chemin sans faiblir, jusqu'à ce qu'il devine une nouvelle cavité au-dessus de lui. Cette fois, il émerge prudemment, comme du bois mort qui surnage mollement, et découvre une vrai belle faille taillée à la hache. La crevasse est droite, profonde et s'enfonce à perte de vue. Paul n'a pas pied et nulle part où grimper pour s'extirper de la rivière. Inutile d'aller plus loin pour le moment, il décide de retourner auprès de Naâ pour lui annoncer la nouvelle. Le courant est maintenant son allié et le porte sur ses ailes. Paul croit voler vers Naâ.

Après avoir décrit la route qui s'annonce, emmitouflé dans son duvet, Paul s'interroge tout haut sur la conduite à tenir. Faut-il poursuivre les allées et venues depuis ce camp de base ou faut-il emporter armes et bagages dès maintenant ? La discussion s'engage, pleine d'hésitations et de contradictions. Sans parvenir à se convaincre l'un l'autre et donc sans aboutir à une décision, ils réfléchissent sur leur paquetage. Certaines choses ne supporteront pas le voyage sous l'eau alors pourquoi s'encombrer ? Paul est partisan de tout emporter, quitte à faire le tri plus tard. Naâ, elle, préfère voyager léger, ce qui l'amène à commencer l'inventaire des bagages. Paul la regarde faire, très amusé à l'entendre soliloquer dans un langage abscons, comme une petite fille jouant à la poupée.

Et puis soudain, une voix s'élève, lointaine, comme un appel. Paul se fige et son sang cherche à s'enfuir. Voyant Naâ avec la même attitude, il comprend que ce n'est pas une hallucination. Et la voix se fait entendre à nouveau, et une autre lui répond. On vient par ici et ils sont au moins deux. Paul réagit, la peur au ventre, et chuchote :

"Faut qu'on se planque tout de suite !"

Et il ramasse les premières affaires, en vrac, et s'en va derrière une excroissance rocheuse. Naâ l'imite et ils se retrouvent serrés l'un contre l'autre, derrière une pauvre bosse qui ne pourra pas les cacher très longtemps si les Autres viennent jusqu'ici. Ils écoutent et guettent l'obscurité, avec l'appréhension de la proie redoutant le prédateur. Les voix deviennent plus claires et leur écho semble avoir découvert Paul et Naâ. Ce sont des voix d'enfant et peut-être s'agit-il de gamins. Il y en a un troisième qui se fait entendre. Mais combien sont-ils bon sang ? Le cœur maintenant s'accélère tout seul, quand l'encre noire de la nuit s'éclaircit avec l'aurore d'un flambeau. Ils sont tout proches, là, à quelques mètres, sans doute penchés sur la rivière. Ils discutent. Mais qu'est-ce qu'ils font ? Paul et Naâ sont toujours dans l'ombre, cachés, au bord d'exploser.

Cette fois, ça y est, le dénouement est imminent, la lumière devient plus vive et le spectacle est d'une brutalité effroyable. Un gamin apparaît ! Paul réagit instantanément de façon incontrôlée : il se dresse d'un coup, poussé par ses jambes comme deux ressorts. L'enfant est juste devant lui, à peine à trois mètres, pétrifié par la surprise. Paul le domine de toute sa hauteur, un grand échalas blafard à la tête poilue. La scène est immobile le temps d'un clignement de paupière et Paul fait un pas en avant. La réaction est immédiate : les trois enfants détalent en criant à moitié, mais à peine a-t-il commencé à fuir que le pauvre gamin trébuche et s'étale de tout son long. Paul s'approche de lui et l'attrape par la cheville tandis que les deux autres se perdent déjà dans la nuit. L'enfant gigote comme un petit animal pris au piège et lance un cri de désespoir et de rage. Paul est étonnement calme, le prend doucement mais fermement pour le remettre sur ses deux pieds. Il s'accroupit et le tient prisonnier en lui serrant solidement les bras. Le petit garçon est plutôt chétif, sa peau est douce et il a de grands yeux effrayés. Paul est fasciné par son visage, le crâne parfaitement lisse, le front légèrement fuyant marqué par des arcades sourcilières un peu fortes, la solide mâchoire inférieure, l'évasement des narines. Il est beau, il est miraculeux, sauvage et tellement vivant. Paul admire une dernière fois cette merveille sortie du fond des âges, ramasse le curieux flambeau phosphorescent qui gisait à leurs pieds, le donne au gamin et le libère enfin. Le gosse s'enfuit aussitôt en courant, comme un oiseau rejoignant le ciel à tire d'aile.

Qui fut le plus étonné des deux dans ce face-à-face inattendu ? Les enfants ont eu la frousse de leur vie et ils doivent maintenant dévaler la pente. Sûrement qu'ils ne remettront pas les pieds avant longtemps, dans cette caverne au monstre. Et il est tout aussi certain qu'ils raconteront leur extraordinaire rencontre au premier venu qu'ils croiseront. Leurs parents leur interdiront à coup sûr ce terrain de jeu et ils iront jouer les héros dans un endroit plus fréquentable, moins éloigné. Mais quel souvenir inoubliable ! Cette grotte est déjà rentrée dans leur légende.

Paul et Naâ se remettent de leurs émotions et savent qu'ils sont en sursis. Les gamins vont donner l'alerte et la prochaine visite est peut-être pour bientôt. Il est hors de question de prendre le risque de se retrouver nez-à-nez avec un groupe d'adultes.

"On ne peut plus rester là. Il faut partir."

Naâ ne se fait pas prier pour ramasser ses affaires et ne s'embarrasse pas. Elle fait comme Paul : elle prend tout, sans hésiter. Et une réflexion lui vient à l'esprit :

"Tu crois que l'expédition a pu se faire surprendre comme ça ?"

"C'est possible. Mais ils n'ont peut-être pas eu notre chance."

Paul n'imagine pas que la rivière puisse les emmener vers un cul-de-sac. Il croit à l'échappatoire, à l'évasion, il croit en leur chance et rentre dans l'eau avec la certitude de quitter à jamais cet univers. Naâ le suit, uniquement préoccupée par le défi physique qui s'annonce. Elle se concentre sur les mouvements de brasse de Paul, adopte son rythme et veut oublier la vision macabre des pitons métalliques, qui sont autant de stèles dérisoires à la mémoire des explorateurs oubliés. Bientôt, ils émergent dans la faille et ôtent leurs respirateurs.

Paul s'inquiète pour Naâ :

"Ça va ?"

"Oui. Tu peux continuer comme ça."

Il est impossible de répondre autre chose et Paul s'engage doucement entre les murs étroits. Ils ignorent à ce moment-là que ce n'est que le début d'un véritable calvaire.

Tout n'est que silence et obscurité, tout n'est que roche et humidité. Des heures et des heures, à avancer pas à pas, mètre après mètre. Ils rampent, ils glissent souvent et se cognent parfois à un plafond trop bas. Paul ouvre la voie, hypnothisé par la lumière qui le devance. Naâ le suit en aveugle, comme un animal. Ils remontent inlassablement la rivière, qui n'est plus qu'un petit ruisseau. Ce ruisseau est leur abreuvoir et leur fil d'Ariane. Ils avancent ainsi dans le noir comme des automates, à grimper, à ramper, à se traîner. Ils deviennent de plus en plus sales et muets comme deux vers de terre et ont perdu tout repère dans le temps. Arrivés à ce stade, ils ne pensent plus à rien et ne font qu'obéir à leur corps comme des esclaves. Paul se fait violence et rechigne à faire des pauses car c'est alors qu'ils sont tentés par la boîte à gelules. Celle de Paul est vide maintenant et il ne reste plus que celle de Naâ. La dernière fois que Naâ a ouvert la boîte, ce garde-manger dérisoire offrit la vision d'un affreux compte-à-rebours. La fin est proche et inexorable, alors il faut avancer, toujours et encore et ne pas faire de pause.

Paul rampe sous une roche qui obstrue presque complè-tement le passage, il est à moitié vautré dans l'eau, lamentable dans cette pataugeoire et avance comme une grosse chenille. Naâ l'imite par automatisme, toute aussi laborieuse et pitoyable. L'obstacle est franchi mais ils ne se relèvent même pas, ils continuent à lécher le ruisseau par instinct. Et puis d'un coup, comme ça, plus de ruisseau. Paul est allongé, il cherche l'eau avec la lampe, avec les mains. L'eau a disparue dans le sol. Il lui faut du temps pour comprendre qu'ils sont arrivés à la source. Il regarde le liquide sortir de terre puis roule sur le dos. Naâ vient à sa hauteur et constate le désastre. Voilà, ils sont arrivés au bout du bout et les mécaniques s'arrêtent. Elles les ont amenés jusqu'à bon port et deviennent subitement inertes. Les bras et les jambes ne répondent plus. Paul et Naâ sont couchés l'un près de l'autre, Paul éteint sa lampe et Naâ obéit à cet ordre silencieux.

L'épuisement les empêche de réfléchir et leur donne l'unique réconfort désormais possible : dormir, oublier de vivre, oublier la réalité et rêver une dernière fois.

C'est la nuit, le début de la nuit. La fenêtre est ouverte et la lune s'est emparée de la chambre. Sa lumière se pose sans réveiller la couleur des choses, tout est bleu. Un vent léger s'invite avec elle, il entre par curiosité et repart sans s'attarder, poursuivant sa route à travers la campagne. Paul est étendu sur son lit, il ne dort pas encore, la chaleur le gène. Il faut être totalement immobile pour se rafraîchir avec l'air de la nuit. La lune a réveillé les animaux nocturnes et Paul écoute la rumeur sauvage. C'est une belle nuit d'été, chaude et étoilée. Naâ est à son côté et semble déjà endormie. C'est une belle endormie. Sa peau reflète la clarté de la nuit. Paul se tourne vers elle sur le côté et regarde son alanguie, les jambes ouvertes à demi, offrant son ventre de satin, tendre comme un coussin. Dans le nombril en creux, y verser un peu d'eau, juste une goutte, peut-être deux, pour y rafraîchir un oiseau. Posant à peine la main, il suit les courbes dessinées au pinceau, timide devant ce corps si beau. Sa caresse pourtant s'affermit, impudique et curieuse, jusqu'à réveiller la paresseuse et son corps de Venus. Naâ frémit, prête à éclore avant le matin. La lune ouvre un œil tout rond, souriant devant ces deux-là qui se mêlent et ondulent. Sous le phare de sa pupille blanche, Paul s'acharne à pétrir sa statue adorée, à baiser ses lèvres humides, à jouir du sexe de coton. Sous les caresses, Naâ devient une Venus de chiffon et dans la tourmente, Ô malheur, Paul voit l'atrocité. La poupée est amputée ! Un bras lui manque pour aimer son bien aimé !

Paul se réveille dans un sursaut et ouvre les yeux pour ne plus voir ce tableau. Mais il croit rêver encore ! Quelle est donc cette lueur ? Le cauchemar ne finira donc jamais ? Une faible lumière grise éclaircit la grotte, affleurant les lourdes pierres du plafond de la crypte. Paul est prêt à mourir une dernière fois mais la réalité le rattrape au vol. Il ne rêve pas et la lumière n'est pas une illumination. Il se redresse pour vérifier qu'il est bien vivant, devine l'ombre molle de Naâ endormie. Il tend le bras vers le ruisseau, cueille un peu d'eau et se passe la main sur le visage. Puis il se met debout, son dos lui fait mal, il lève la tête vers la lumière, sans voir encore le soupirail de leur cachot. Il la reconnait entre toutes, elle n'a pas la couleur plate et froide des plantes. C'est la lumière véritable, la seule qui soit, celle du jour, celle du ciel infini, celle des forêts et de la vie. Paul comprend alors et l'émotion est trop grande. Les larmes apparaissent et deviennent un sanglot irrépressible, il est secoué par des pleurs qu'il ne peut contenir. Il balbutie tout bas :

"Mon Dieu ... faites que je ne rêve pas... dites-moi que c'est vrai ... dites-moi que c'est vrai..."

Il est à genou, la tête entre les mains et ne s'arrête plus de pleurer, comme un enfant. La lumière vient d'en haut, tombe dans une cheminée et dégouline le long de la paroi. Paul s'est relevé et avance vers ce miracle, les dernières larmes se sont arrêtées sur ses joues, figées comme la cire le long d'un cierge. La roche forme un épaulement juste au débouché du conduit de lumière et Paul grimpe jusqu'à ce replat. Lorsqu'il arrive à hauteur, il a l'allure de celui qui regarde au-dessus de l'armoire, perché sur un tabouret. Il y a là un peu de terre, une bonne terre brune, des os minuscules et de longs poils éparpillés.

Paul regarde le cimetière des oiseaux blessés et des rongeurs dévorés. A l'évidence, il a devant lui la tanière d'un renard et s'approche du terrier. De là, il ne voit pas encore l'extérieur mais il sait déjà qu'il va pouvoir creuser. Le passage est évidemment fait pour un autre animal que lui et il faut l'élargir. Gratter la terre et faire tomber les cailloux enfouis. Il entame sans plus attendre son travail de tunnelier. Il gratte et dégage une première pierre grosse comme le poing qu'il récupère comme outil. Après quelques minutes d'effort, c'est une seconde pierre grosse comme la tête, qui se détache et roule jusqu'en bas. Le bruit est extravagant et réveille Naâ. Elle cherche aussitôt Paul à son côté puis aperçoit ses jambes qui dépassent, perchées en hauteur.

"Paul ? Mais qu'est-ce que tu fais ?"

Paul s'extirpe à reculons et redescend auprès d'elle. Elle le voit mais il n'a pas de lampe frontale. Elle ne comprend pas tout de suite cette pénombre et Paul lui prend le visage entre les mains et dit tout bas :

"On y est arrivé ! On y est Naâ ! La lumière que tu vois, c'est la lumière du jour ! La vraie lumière ! Il n'y a plus que quelques mètres à faire et nous serons dehors ! Tu comprends : dehors !"

Les mots tournent dans sa tête avant qu'elle n'en comprenne le sens, puis son regard se détache des yeux de Paul pour aller vers la lueur. C'est son premier contact avec l'extérieur, un contact indirect, presque immatériel mais elle sait qu'il y a là, sous ses yeux, l'aube d'une nouvelle vie. Paul accompagne son regard :

"Le passage est trop étroit et j'ai commencé à l'élargir. Cela va prendre du temps mais peu importe à présent. Tu ne dis rien ?"

Naâ se blottit contre sa poitrine : "Embrasse-moi."

Ils grattent la terre chacun leur tour, avec l'énergie des fugitifs. Le débouché de leur tunnel est maintenant visible, à portée de main. La végétation couvre l'entrée du terrier, leur refusant pour l'instant d'apercevoir le ciel. Paul a averti Naâ : il sera le premier à sortir. Il veut être celui qui ouvre la porte de la propriété pour accueillir son invitée.

Il dégage enfin les dernières pierres, repousse la terre comme le fait la taupe aveugle, arrache un peu de végétation et surgit enfin. Paul refuse de s'attarder et de profiter seul de ce moment. Il enchaîne en remontant les sacs à dos avec la corde, avant de donner sa main à Naâ pour l'extraire une dernière fois du ventre de la terre.

C'est la forêt, partout, tout autour. Une explosion d'arbres et de verdure qui fait un décor de paix et de tranquillité. Le chant de quelques oiseaux couvre le bruissement des feuilles des plus hautes branches, brassées par un vent passager. Paul et Naâ sont piqués parmi les fougères et la nature les accueille avec splendeur et simplicité. Ils écoutent et regardent tout alentour comme le ferait un nouveau gibier égaré.

Paul éprouve un sentiment tout simple : celui de retrouver les siens après un long voyage en terre étrangère. Son passé de citadin est balayé par cette évidence : la terre et les arbres sont notre berceau instinctif.

Naâ ne peut éprouver un tel sentiment. Elle a les yeux tout neuf et émerveillés du nouveau-né. Elle regarde les arbres, leurs troncs solides qui portent et nourrissent ces étonnants feuillages, tournés vers la lumière et le ciel. Les images qu'elle a pu voir de cette nature ne restituaient pas cette formidable force de vie, mariant les odeurs au vent et le vent aux oiseaux. Le chant des oiseaux invisibles, leur musique légère comme leurs plumes, offrant l'harmonie d'une autre espèce. Naâ se baigne dans ce royaume végétal, des fougères jusqu'à la taille et les pieds dans les feuilles.

Paul regarde sa baigneuse bleue, morceau de nuage tombé du ciel sur un tapis de verdure : "Bienvenue chez moi ! "

Naâ lui sourit et dit tout bas : "Que c'est beau !"

C'est beau dans leurs yeux et pourtant, ce n'est qu'un bois ordinaire de la campagne française, dominé par un ciel matinal et nuageux. Paul aurait préféré l'éclat d'une aube rose et tendre ; mais pourquoi refuser ce moment de grâce à la douceur du voile gris et uniforme, qui prend soin de ne faire aucune ombre au tableau. La température est agréable et vivifiante à la fois, et la pluie est ailleurs.

Paul s'éloigne des fougères et enjambe d'un seul pas un maigre ruisseau qui gargouille dans l'humus. A coup sûr s'agit-il de leur sauveur qui lance un dernier adieu, prêt à plonger là-dessous pour une autre vie. Avant de se lancer au hasard du sous-bois sans chemin, Paul fait l'inventaire de son sac à dos à la manière de retrouvailles. Il étale tour à tour : le duvet, le tapis qui se prétend être un matelas, la corde, son rasoir, une serviette, le rouleau de papier toilette ridicule, son carnet à spirale délavé par les eaux, la paire de gants et quelques vêtements chiffonnés. Autant de choses à peu près inutiles tandis que lui ont été confisqués : son téléphone, son lecteur MP3, son opinel, le marteau, le burin, les pitons à œillet, le briquet, la trousse à pharmacie et la bombe de peinture fluorescente. Des objets interdits pour l'exil quand ils ont valeur d'arme potentielle, ou bien des objets présentant un intérêt scientifique ou technologique.

Mais peu importe tout cela quand maintenant seuls comptent des papiers d'identité et une bonne carte bancaire. Avec ça, rien de plus facile pour retourner au bercail avec le train, le taxi, le restaurant avec une table pour deux en terrasse, l'hôtel et le jus d'orange au petit déjeuner.

Deux SDF, deux anonymes errants à l'allure peu ragoûtante : voilà ce qu'ils sont. Et en prime, la jeune femme imberbe a une drôle de couleur de peau. Difficile d'affirmer son origine mais facile de la déclarer étrangère, vagabonde, une romanichelle en somme.

Paul s'imprègne de leur situation peu glorieuse en même temps qu'il ouvre le chemin, en choisissant la voie la moins accidentée. Sa priorité est de sortir de cette forêt et de se localiser. La perspective d'un vagabondage de chien errant l'empêche de profiter du moment : ils marchent librement dans les feuilles, au milieu d'une nature qui ne leur est plus hostile, debout dans la lumière d'un jour nouveau. Naâ est quelques mètres derrière lui, tête en l'air vers la canopée ou bien ralentie par un champignon, béate avec l'insouciance d'un esprit simple. Paul s'arrête souvent pour l'attendre, sans jamais la presser.

Le bois n'est pas très étendu et ils rencontrent vite le premier champ cultivé. Paul est bien incapable de nommer la céréale qui pousse dans ce carré cerné de fils barbelés. Son ignorance de l'agriculture locale n'est cependant pas la cause de sa perplexité. En sortant, ils seront exposés aux regards et Paul voudrait passer inaperçu. Lui-même n'est pas un problème et ses vêtements de passe-muraille sont d'une neutralité très convenable. Non, le problème c'est Naâ et sa beauté singulière.

"Il faut que je t'arrange un peu mieux que ça."

Il sort de son sac un tee-shirt imprégné de son odeur, le déchire sans hésitation et invente un foulard, une sorte de lointain cousin de la coiffe bédouine.

"C'est mieux. Ecoute, nous allons rejoindre la route et je veux que tu marches juste derrière moi. Baisse la tête en regardant mes pieds et ce sera parfait."

"Je ne peux pas regarder le paysage ?"

"Je ne préfère pas. Mais ce sera pour plus tard, sois juste un peu patiente. Pour l'instant, nous devons rejoindre ma maison et nous devons être aussi discrets que possible. Tu comprends ?"

Elle lui répond par un sourire ravageur et ils commencent à contourner le champ en longeant la clôture. La route les attend au bout, une petite route de campagne sans marquage au sol et qui ne doit pas être très fréquentée. Paul saute le fossé et traverse la route pour se diriger à droite ; Naâ le suit dans un même élan. La droite c'est l'avenir, dit-on dans la symbolique graphique et à l'exclusion de toute autre considération. Alors pourquoi hésiter entre la gauche et la droite quand tout conduit au même point ? Ils marchent face à la circulation, face au danger comme le rappelait son père, et Paul avertit Naâ :

"Nous allons croiser des véhicules. Il n'y a aucune raison de t'inquiéter tant que tu restes dans mes pas, d'accord ?"

Il entend dans son dos "d'accord chef" et cette réplique de scout, totalement incongrue et surréaliste, amène avec elle cette chanson idiote et entêtante :

"1 km à pied, ça use, ça use, 1 km à pied, ça use les souliers". Le voilà qui fredonne cette pacotille et il ne manque plus que les bâtons et les chaussettes de laine pour en faire deux promeneurs partis pour les champignons. Le refrain de colonie de vacances heureusement s'achève, avec le bruit d'un moteur dans leur dos. Crescendo puis decrescendo : la voiture passe en coup de vent vers le village qui apparaît à la sortie du virage. Les toits des maisons se rassemblent pour porter le clocher au-dessus d'eux, les bâtisses sont tassées les unes contre les autres comme pour se tenir chaud. Paul plisse les yeux, comme chez l'ophtalmo, pour déchiffrer le panneau encore à bonne distance : PINSAC.

"Pinsac... connais pas ce patelin."

Paul n'espérait pas atterrir à trois kilomètres de chez lui et il s'est mis en tête une distance maximum de cent kilomètres à parcourir. Il guette le prochain carrefour pour voir des panneaux indicateurs et trouve enfin la précieuse information au cœur du hameau. Deux routes se croisent : SOUILLAC - tout droit.

S.O.U.I.L.L.A.C. : huit lettres sur fond blanc. Cette œuvre de la Direction Départementale de l'Equipement lui réchauffe le cœur. Cette bourgade est à moins de cinquante kilomètres de chez lui ; deux jours de marche au maximum et toute cette galère sera belle et bien terminée. Ils poursuivent donc sur la même route, dans les rues sans trottoir, en rasant les murs l'un derrière l'autre. L'horloge de l'église indique deux heures dix et c'est n'importe quoi. Le curé doit être mort et depuis ce jour, l'horloge porte son deuil. Mais Paul n'en a cure et devine qu'il est encore tôt. Les portails sont fermés, des fenêtres sont allumées aux rez-de-chaussées et les cuisines sont dans les odeurs de café. Une vitrine fait l'angle un peu plus loin, une boulangerie.

"Attends-moi là. J'en ai pour une minute."

Il pousse la porte vitrée où une affiche invite à un bal le samedi 16 septembre, à partir de 20h30 à la salle des fêtes. Le carillon annonce sa venue dans la boulangerie déserte. L'odeur de pain chaud est sensationnelle, les baguettes attendent dans les étals d'osier et leur croûte dorée croustille rien qu'à les voir. La radio est dans la pièce d'à côté, d'où la boulangère surgit avec un sourire, prête à servir.

"Bonjour monsieur."

"Bonjour madame. Je n'ai pas un sou et je voulais savoir si vous pouviez m'offrir un peu de pain."

La femme le toise de la tête aux pieds.

"C'est pas l'armée du salut ici."

Paul essaie de montrer un visage souriant et sympathique.

"Je comprends mais... du pain dur qui vous reste d'hier peut-être ?"

Elle soupire et se retourne pour prendre une sur-pavé.

"Je vous remercie. C'est très aimable de votre part."

"Heureusement que tous les clients ne sont pas comme vous."

"Je suis désolé... Souillac est à combien de kilomètres s'il vous plaît ?"

"Cinq à peu près."

"D'accord ... merci encore et bonne journée."

"Au revoir."

Elle disparaît de la boutique pour retrouver sa radio et le carillon salue Paul en le remerciant de sa visite. En d'autres temps, il aurait pesté contre cette boulangère à cheval sur ses miettes de pain, se libérant d'un euro non par charité mais pour avoir la paix et pour qu'il débarrasse le plancher. En d'autres temps, sans doute l'aurait-il traité de noms d'oiseaux, après être sorti de la boutique bien entendu. Mais aujourd'hui, Paul a simplement faim ; et la faim met l'orgueil entre parenthèses. Il est entré là pour avoir du pain et peu lui importe le respect et les manières. D'autres que lui vivent bien pire, chaque jour si bas sur les trottoirs, qu'ils n'entrent plus dans les boulangeries. Paul rejoint Naâ en brandissant la baguette, fier de son trophée pris à l'ennemi :

"Regarde !"

Elle écarquille les yeux : "Qu'est-ce que c'est ?"

"Du pain ! Du bon pain tout chaud !"

Et Paul ne résiste pas au plaisir de mordre le croûton. Combien de fois est-il revenu de la boulangerie, posant la baguette sur la table de la cuisine, avec un croûton en moins ? Il rompt un morceau qu'il tend à Naâ, elle mord dedans à en avoir la bouche pleine, pleine de plaisir à manger, la croûte craquante à souhait et la mie tendre et tiède. Il la regarde, ravie, la mâchoire qui gigote sous son fichu un peu de travers.

"On la finira en route, d'accord ?"

Elle hoche la tête et lui emboite le pas. Prochaine étape : Souillac. Ils s'éloignent du bourg le cœur léger sous des nuages encore lourds qui ne veulent pas s'échapper. Paul explique à Naâ qu'il leur faut marcher encore de longues heures et profite de l'entrée dans un champ pour tracer au sol une carte approximative. Il creuse le sillon de la Dordogne, comme Dieu l'a peut-être fait avant lui, et positionne Souillac, Sarlat et Bardenat. Son bout de bois remue la terre mais l'attention de Naâ semble ailleurs.

"Tu m'écoutes ?"

Naâ pointe du doigt une chose étrange, sans répondre à sa question :

"Tu as vu ça ?"

Il voit l'escargot et dit que c'est un escargot, avec sa maison sur son dos. Et là une fourmi, alors il dit que c'est une fourmi, qui disparaît sous une feuille de pissenlit et il dit que c'est un pissenlit. Il y a mille choses à voir et mille choses à nommer mais la priorité est d'avancer.

"Nous verrons tout cela plus tard. A partir de demain, nous aurons toute la vie pour nous rouler dans la terre à observer les insectes. Mais là, maintenant, il faut marcher, tu comprends ?"

"Bon d'accord. Vivement qu'on soit arrivé parce qu'elle n'est pas drôle ta ballade !"

Ils ne feront plus de pause jusqu'à Souillac, qu'ils traversent d'un trait, tête basse et sans regard sur les passants. Paul a seulement aperçu l'heure et la température, affichées sur une enseigne de pharmacie : 8 h 23 et +18°C. Il ignore encore la date mais soupçonne que le mois d'août est passé. L'ambiance est plutôt au travail, une librairie affiche "vive la rentrée !" et la plupart des voitures sont immatriculées 46, département du Lot. Les touristes sont presque tous repartis ailleurs, à leur labeur. En sortant de Souillac, la baguette de pain est complètement avalée et ils s'engagent sur la Départementale 804 : Sarlat 29 km.

Encore deux virages et ils apercevront la maison. Paul a presque envie de courir pour se jeter dans les bras de son jardin. La nuit retarde son obscurité avec un ciel gris foncé, leur concédant la pénombre pour les récompenser de leurs efforts. Ils ont très bien marché sans descendre sous les 4 km/h et pendant plus d'un tour d'horloge. Le portail en fer ressemble à une ligne d'arrivée à l'abandon, seule à attendre les derniers concurrents que personne n'attend plus, avec les hautes herbes en signe de reproche. Paul libère le loquet et ouvre la barrière qui gémit de soulagement. La maison, la voiture, les pierres éparses dans le jardin, rien n'a bougé pendant son absence. Tout est planté là, à attendre fidèlement le retour du propriétaire et l'ensemble forme un tableau assez misérable. Naâ découvre son nouveau lieu de vie avec surprise, curiosité et un léger désappointement. Elle regarde Paul longer la façade, il tire sur les volets clos des fenêtres après avoir constaté que la porte d'entrée était verrouillée. La maison est fermée et Paul n'a pas les clés. Il cesse ses allers et venues et se gratte la tête pour en sortir une idée, puis se dirige vers l'appentis pour en revenir avec une pioche. Naâ reste là, les bras ballants, sidérée à le voir s'acharner sur sa propre maison, à exploser les planches qui lui résistent. N'est-il pas devenu fou ? Après de lourds efforts, la voie est ouverte, les volets et la fenêtre sont en vrac.

"Attends-moi là."

Paul enjambe l'allège et disparaît à l'intérieur. Elle attend en compagnie d'un merle qui est venu se poser sur un piquet de clôture et voit des rais de lumière dessiner le pourtour de la porte d'entrée. Paul a renclenché le disjoncteur général et le plafonnier de la cuisine éclaire tout d'un bloc, à en être presque ébloui. Il tourne les verrous de l'intérieur et ouvre enfin la porte.

"Tu peux venir maintenant."

Naâ s'approche et reste un instant sur le pas de la porte.

"Voilà, c'est chez moi. Et chez toi maintenant."

L'odeur de renfermé est bien présente et a pris possession des lieux. Naâ est tout de suite séduite par l'ambiance de la pièce : le sol pavé, les murs avec les pierres apparentes, les solives mal dégrossies au plafond et la grande cheminée sur la gauche. Elle retrouve un peu le décor minéral dans lequel elle a toujours vécu. Paul a posé son sac à dos sur la grande table en bois et s'est saisi d'un papier laissé en évidence près de l'évier. Il lit silencieusement le message :

Paul,

Ne soit pas surpris de trouver la maison close et vide. J'ai pensé plus prudent de vider le frigo et le congélateur. J'ai emporté ton linge par précaution, en te laissant quand même le minimum (tout est dans la penderie de ta chambre). Je te rassure : je ne me suis pas permise de résilier tes abonnements, ni de fouiller dans tes affaires. Je ne me suis occupée que du consommable.

Appelle-moi dès que tu seras revenu - je m'inquiète pour toi.

Ta sœur qui t'attend et qui t'embrasse.

Le 12 janvier 2002

PS : j'ai planqué tes papiers où tu sais.

Paul sourit au post-scriptum et reconnait bien son style direct et ses préoccupations très terre à terre. A aucun moment il ne s'est inquiété de cet aspect des choses : retrouver un réfrigérateur immonde, des vêtements qui sentent le moisi. Le plus grave est qu'il est parti sans prendre la peine de protéger sa maison contre des visiteurs mal intentionnés, allant jusqu'à laisser ses papiers, ses clés, sa carte bancaire. Il repose la lettre et bénit sa sœur, grâce à qui l'essentiel est sauf.

"C'est ma sœur qui m'écrit. Elle s'est occupée de la maison pendant mon absence."

Puis il prend Naâ par la main pour lui montrer la chambre et la salle de bain, ouvre les volets au passage et laisse les fenêtres grandes ouvertes sur la nuit. Il termine par les toilettes où il retire le couvercle de porcelaine de la chasse d'eau. Il en ressort un sac en plastique de supermarché, se penche pour manœuvrer le robinet d'arrivée d'eau et le réservoir se remplit en glougloutant. Sur la table de la cuisine, il renverse le contenu du sac : son portefeuille et ses clés. D'un coup de baguette magique, le voilà redevenu un citoyen honorable, pouvant prétendre à être servi aimablement par toutes les boulangères de ce beau pays qu'est la France. Il est neuf heures moins dix à l'horloge de la cuisine et il n'y a rien ici à se mettre sous la dent.

"Je vais m'occuper de trouver à manger. Tu peux prendre un bain en attendant, tu verras, ça fait du bien."

"Tu vas me montrer comment il faut faire ?"

"Bien sûr, mais j'appelle le restaurant d'abord."

226

A cette heure, inutile d'espérer trouver un magasin ouvert dans les villages environnants, Paul a recours à une pizzéria, comme il l'a souvent fait par le passé. Il est trop fatigué pour être triomphant ou pour s'attarder à une quelconque extase, et reste encore prisonnier de cette logique de survie qu'ils subissent depuis des jours.

"Je te fais couler ton bain et je vais chercher les pizzas. Je ne serai pas absent longtemps."

"Je vais rester seule ici ?"

"Oui mais dans une demie heure je serai revenu."

"Oh non... je ne veux pas rester toute seule. Tu peux m'emmener avec toi ?"

Paul regarde Naâ, debout près de la cheminée où des poussières de cendre voltigent pour rejoindre le ciel. Il la regarde et ne lui répond pas. Il la regarde et plonge dans ses yeux aux couleurs des abysses, ce regard qui n'appartient encore qu'à lui. A cet instant, il sait que le soleil n'est rien à côté d'elle.

"Tu ne peux plus te passer de moi hein ? Allez viens. Je t'emmène faire un tour dans mon kad !"

Le kad a triste mine dans les herbes qui lui rongent la carcasse mais il renaît au quart de tour. Toutes les lumières du tableau de bord émerveillent Naâ, autant que les phares blancs qui brutalisent la campagne. Paul baisse les vitres et sent le retour du vent de la liberté. Sa main droite lâche le volant pour se poser sur la cuisse de Naâ.

"Tu as faim ?"

"Oui. Très faim."

"Tu es prête pour manger ton premier plat de terrien ?"

"Je suis prête à avaler n'importe quoi."

Paul a une vision pornographique qui le fait sourire.

"Ce n'importe quoi, ce sont des pizzas, et ça vient d'Italie. Tu en as entendu parler ?"

"De l'Italie ? Oui, je crois... vaguement."

Ils entrent déjà dans les lumières de Sarlat et Paul se gare dans une large rue sans pénétrer dans le cœur historique.

"Cette fois, tu ne bouges pas d'ici. Tu ne risques rien, je verrouille la voiture. J'en ai pour cinq minutes."

Naâ voit Paul de l'autre côté de la vitrine, nerveux et animé dans un va-et-vient entre le comptoir et la porte vitrée, au rythme d'un poisson dans un aquarium. Elle se sent bien dans la voiture, et le corps délassé dans le velours du fauteuil, et l'esprit en sécurité dans l'habitacle. Elle regarde les gens défiler sur le trottoir, tellement différents les uns des autres. Ce sont évidemment les coiffures qui sont les plus singulières, pas une ne paraît identique à une autre. Y a-t-il un code en la matière ? Les vêtements semblent également propres à l'originalité de chacun ; cette femme par exemple qui a accroché du métal à ses oreilles. Et cet homme au ventre proéminent, dont il semble fier, qui exhibe un animal au bout d'une corde. Quelle est donc cette coquetterie ? Naâ ne se lasse pas du spectacle de la rue et n'aura de cesse de vouloir tout découvrir, et le comment et le pourquoi. Paul ressort du restaurant avec deux grands cartons, tièdes et aplatis.

Sur le chemin du retour, l'auto avale la route, elle glisse gueule ouverte sur ce serpent de nuit pour arriver repue au pied de la maison. Paul et Naâ engloutissent les pizzas comme des morts de faim, l'huile pimentée dégoulinant de plaisir sur leurs doigts. Naâ conclut d'un trait avec un grand verre d'eau et pose sa petite question :

"Tu me montreras comment il faut m'habiller ?"

"J'ignorais que tu ne savais pas enfiler tes vêtements toute seule ! Et bien certes, je t'apprendrai à mettre ton slip et à faire tes lacets."

"Ne te moques pas de moi."

"Tu as raison, excuse-moi. Il va falloir s'occuper de ta garde-robe rapidement bien sûr. Nous verrons cela dès demain mais pour l'instant, c'est l'heure d'une bonne douche avant une grande nuit de sommeil."

La salle de bain ne permet pas de ménager son intimité, sauf à enfiler un maillot de bain bien sûr. Par convenance autant que par pudeur, Paul propose à Naâ de profiter de la nuit tandis qu'il se douche et lui fait couler un bain. Sous la tiédeur, Paul a la vraie sensation de faire peau neuve. L'eau emporte avec elle la trace des efforts, la poussière et la sueur, et disparaît dans le siphon pour enterrer la crasse de l'errance passée.

De son côté, Naâ s'imprègne de la saveur du soir, des nuages qui s'effilochent, trouant le ciel sur un autre ciel, celui des étoiles et de la lune. C'est l'heure où les oiseaux lucifuges s'échappent des ramures, pour voler à la poursuite des insectes. Dieu que ce monde est vaste et beau ! Elle pense à Efus, elle le voudrait là, à ses côtés, appuyé contre les pierres de la façade, calme, paisible et heureux peut-être. Elle pense à lui, mille pieds sous terre, prisonnier de l'injustice de sa vie.

"Tu peux venir, la salle de bain est libre !"

Paul est dans l'encadrement de la fenêtre, vêtu d'un peignoir, fringant comme un boxeur. Naâ va se déshabiller, sans savoir encore que sa combinaison ressemble à la peau d'un fruit mûr. Puis elle va se glisser dans l'eau du bain, où tout n'est que flottement et moiteur, et en ressortir enfin nue et rejoindre Paul sous la couette. C'est leur première soirée d'une vie ordinaire, pleine de promesse et d'incertitude.

Paul ouvre les yeux et sent son cœur s'arrêter. Il fixe les voilages qui filtrent la lumière des persiennes. Cette teinte rosée, cette lumière diffuse et fragile du ciel cotonneux, il la reconnait. Son cœur refuse toujours de battre. Oh non ! Pas cela ! Mon Dieu non ! Cette douceur est tellement semblable à son ancienne prison ! Il détourne la tête d'un geste brusque, involontaire et presque violent, et son regard se pose sur les arabesques du mur opposé. Des pochoirs aux couleurs pastelles prennent racine depuis le plancher, s'entrelacent et s'évaporent vers le plafond. Ces lianes imaginaires, il se souvient les avoir peintes sur un coup de tête, une envie irréfléchie et évidente. C'était peu après son emménagement, c'était il y a un siècle.

En un éclair, il reconnait sa chambre et comprend qu'il ne rêve pas. Son cœur accepte maintenant de battre à nouveau. Naâ est à ses côtés, enfouie sous la couette, abandonnée dans son sommeil. Il la regarde. Il regarde son animal sauvage, une rareté qui ne sourit qu'à lui. Paul écoute le silence et n'ose pas bouger. Il la regarde toujours et là, à cet instant, il est heureux. Simplement et totalement heureux. Son regard revient aux raies de lumière, déformées par les plis des voilages, la tête vide des matins tranquilles.

Puis il se lève en prenant soin de ne pas faire de bruit, il ne veut pas réveiller Naâ. Il quitte la chambre en refermant la porte comme un voleur, comme s'il sortait d'un coffre-fort. Va dans la salle de bain pour enfiler ses vêtements mais sans vouloir se laver, il veut encore porter un peu les vêtements de la nuit.

Sur le seuil de la porte de la cuisine, Paul boit lentement son bol de café. Le café est chaud, l'air est frais, il n'y a pas de vent, la campagne devant lui est immobile, le soleil à l'est est encore bas, le ciel est immense, l'horizon est infini. Le monde est là, devant lui, pour lui.

Ce matin, tout est simple, évident et parfait. Paul est de retour chez lui. Il va aller retirer de l'argent au distributeur et faire quelques courses, mais pas à Bardenat. Ensuite il appellera sa sœur et peut-être faudra-t-il qu'il aille à la gendarmerie pour signaler son retour. Peu importe l'explication qu'il donnera sur sa disparition ; un mensonge sera toujours mieux que la vérité.

Et Naâ dans tout cela ? Naâ n'existe pas. Du moins pas encore. Il se laisse quelques jours pour réfléchir. La priorité est qu'il revienne sur Terre, lui, d'abord. Naâ comprendra.

Paul regarde le jardin et sourit. L'herbe est haute et lui renvoie l'image de la friche qu'il a connu en débarquant ici le premier jour. Il n'y a guère que les moellons épars du mur démoli pour marquer l'évolution, comme les ruines d'un temple sacrifié. Sa voiture semble s'affaisser sur elle-même, tachée de crottes d'oiseaux. Il va falloir redonner un peu d'éclat à tout cela et Paul se réjouit du travail qui l'attend. Il faudra réparer la persienne aussi. Faire le grand ménage et reprendre tout à zéro. Les bottes en plastique sont là elles aussi, restées dehors à l'attendre, à côté de la porte de la cuisine. Elles sont pleines d'eau. Paul sourit en voyant les fameuses bottes kaki et repense à ce que lui avait dit Hugo : "Paul tu déconnes ! Tu ne vas pas aller t'enterrer à la campagne avec des bottes en plastique !"

Paul vide d'un trait son bol de café, le rince dans l'évier, prend le bloc note sur le rebord de la cheminée et s'assoit à la table de la cuisine :

"7h 53 - je suis parti faire des courses (acheter de quoi manger et de quoi t'habiller) - tout va très bien - la vie est belle - Paul (retour vers 9h30 environ)."

Il prend les clés de voiture, son portefeuille et les sacs de course au pied du réfrigérateur. La voiture démarre au quart de tour et Paul est surpris par le vacarme du moteur diesel. Mais il est vrai que l'on ne prête pas attention à ce genre de détail lorsqu'on a jamais craint de réveiller quelqu'un dans la maison.

La radio se fait entendre dès le démarrage de la voiture et Paul l'éteint aussitôt. Un coup de lave-glace sur les crottes d'oiseaux, encore un petit coup et c'est parti, direction Sarlat.

Après deux cents mètres à peine, sur le bas-côté de la route, une petite borne en béton indique la Départementale 48, inscription à la peinture noire sur fond blanc. C'est un déclic inattendu, comme une banderole lui souhaitant la bienvenue. Paul retrouve la départementale tant de fois parcourue, il en connait les virages autant que les paroles d'une ritournelle. Bientôt ce sera la bicoque des petits vieux, avec la 4L garée toujours au même endroit et le potager de monsieur Louis, un petit Versailles tiré au cordeau. Et Paul sourit quand il passe devant. Les champs, les clôtures, les bosquets. Le panneau qui indique une ferme auberge à cent cinquante mètres si on emprunte le chemin à gauche. Voilà c'est fait et maintenant la petite côte qui casse les jambes des cyclistes du dimanche. Tout cela porte un seul nom : les retrouvailles. Paul se sent chez lui ; probablement plus que jamais auparavant et peut-être aussi pour la première fois.

Cette plénitude l'accompagne tout au long de la route mais s'enfuit soudain à toute jambe dès qu'il pose le pied sur le trottoir, à quelques mètres du distributeur de billets. Et si sa carte bancaire ne fonctionne plus ? Si la banque ne le reconnait pas ? Si la carte est engloutie dans les entrailles de la machine ?

Paul introduit la Visa dans la fente - une lumière clignote 1 seconde, 2 secondes - l'écran affiche "Tapez votre code" - Paul est certain de la combinaison à quatre chiffres, du moins à peu près certain - son index se souvient de la symétrie du mouvement sur le clavier, Paul n'a pratiquement plus de doute - il valide son code - il choisit ensuite le montant du retrait - "voulez-vous un ticket ?" - il appuie sur la flèche de gauche - oui - l'écran digère l'information et lui répond : "nous interrogeons votre banque ..." et les trois petits points clignotent en série, clignotent encore et la machine gargouille toute seule, puis la carte réapparait, puis les billets sortent et enfin le ticket. Alléloiua ! Paul est vivant tant que sa carte Visa fonctionne encore !

Aurait-il cru un jour ressentir autant de confiance et pareille fierté devant le rayon des céréales ? Paul défile en conquérant derrière son caddie, parcourant les rayonnages du supermarché, comme les rues d'une ville conquise. Le caddie se remplit, à la mesure de son appétit enfin repu par le rayon frais : les laitages et les barquettes de surgelés. Paul se présente devant la caissière, il déverse son butin sur le tapis roulant, il la domine et cherche son regard mais l'employée n'a d'yeux que pour les codes barres. Il donne sa carte bancaire comme un laisser-passer, récupère le ticket de caisse, rejoint le parking, charge le coffre avec trois sacs pleins et lourds, ramène le caddie qui sautille de légèreté, le range en enfilade comme un petit soldat et récupère le jeton.

Le temps des deux tomates est révolu.

Et il faut maintenant acheter des vêtements pour Naâ mais ces magasins-là n'ouvrent pas avant dix heures et il a promis d'être de retour vers neuf heure trente. Tant pis, il reviendra cet après-midi, pour un jean, des tee-shirts, des chaussettes, une paire de chaussure. Quoi d'autre? Des slips bien sûr. Et des soutiens-gorges? Le shopping de l'après-midi s'annonce plus délicat, comme une sorte de nouvelle aventure inédite.

Quand Paul revient des courses, gare la voiture et éteint le moteur, il devine que Naâ dort encore. La maison est là devant lui, le soleil rase les tuiles du toit et à l'intérieur, dans la chambre, sous la couette, il y a Naâ.

Après avoir vidé les sacs et rempli le réfrigérateur, Paul hésite à aller dans la salle de bain - il craint de réveiller Naâ en traversant la chambre. Il enlève ses chaussures et se plante devant la porte, tourne lentement la poignée en porcelaine, se crispe quand un grincement se fait entendre, et par la porte entrebaillée, il la voit le regarder. Elle lui adresse un sourire amusé. Avant d'ouvrir la porte en grand, Paul l'interroge :

"Tu ne dors pas ?"

"Non, tu peux venir."

Paul s'assoit au bord du lit, les mains sur les genoux. Le visage de Naâ est un coin de ciel bleu sur l'étendue blanche de la couette et de l'oreiller.

"Tu as bien dormi ?"

"Oui. Très bien dormi."

"Je reviens des courses ..."

"Je sais. J'ai lu ton message."

Naâ s'extirpe un peu de son nid, sort les bras de sous la couette et pose sagement les mains sur son ventre, ses épaules sont dégagées.

"Je me suis levée, je t'ai cherché, j'ai vu le papier et je me suis recouchée."

Elle annonce cela comme un enfant raconte sa journée au centre aéré. Et Paul poursuit sur le même ton :

"Et bien moi, je vais me laver et après je vais préparer le petit déjeuner, d'accord ?"

Elle lui répond en tendant la main. Il lui répond de la même façon et la regarde. Jamais il ne se lassera de la regarder.

Et il la contemple encore pendant le petit déjeuner. Il lui offre du thé, du café, du jus d'orange, du pain et de la confiture, des céréales avec du lait. Elle goûte chaque chose, grimace un peu avec le café et lèche la confiture qui coule sur ses doigts. Et Paul profite autant qu'elle du plaisir de la découverte. C'est le premier matin à deux, dans sa maison à lui qui devient déjà la sienne à elle. Elle, qui pose négligemment le sachet de thé sur la table en bois, faisant une auréole juste à côté de la soucoupe qu'il avait prévu à cet effet. Paul arque les sourcils en signe d'interrogation mais ne dit rien. Après un coup d'éponge, il constatera que l'auréole a fait une marque indélébile sur la table en bois. Et tous les matins désormais seront ainsi, avec le sachet de thé assis à la même place.

Paul n'a pas su être bref et concis dans son exposé de la situation. Son discours fut trop long, trop confus, allant se perdre dans des explications qu'il ne maîtrise pas à propos des personnes sans papiers. Mais Naâ l'a aidé, en résumant son monologue par une simple formule :

"Les rôles sont inversés désormais."

Faisant les cent pas dans la cuisine, Paul réfléchit à cette phrase. Oui elle est étrangère à cette société, oui elle est clandestine. Oui encore sur la différence physique. Il s'assoit en face d'elle et lui répond :

"Pas tout à fait, non. Je suis arrivé seul dans votre monde, sans l'avoir voulu et sans y être préparé. Alors que toi, tu es ici par ta volonté, ta curiosité et ton désir. Des qualités que je n'avais pas."

Tranquille, elle poursuit :

"Tu oublies la patience et l'enthousiasme. Tu ne les avais pas dans tes bagages non plus."

Paul se souvient des images du poisson dans son bocal et du chien que l'on promène au bout d'une laisse. Il refoule aussitôt l'angoisse qui ressurgit, comprenant le défi qui les attend.

"C'est vrai, tu as raison."

Et il se lève d'un bond, résolument :

"Et maintenant, j'appelle ma sœur."

Comme tous les mercredis, elle consacre sa matinée à corriger les copies. Ce matin, ce sont des rédactions de français et le cortège des erreurs de grammaire, le feu d'artifice des fautes d'orthographe. Elle est penchée sur la copie du petit Marc, plutôt bon élève, qui manquent cependant un peu d'imagination et qui se débat avec ses socoupes volantes qu'elle souligne en rouge. C'est la troisième fois en dix lignes qu'elle écrit "soucoupe" dans la marge, quand la sonnerie du téléphone l'interrompt. Elle soupire, prend son portable posé sur le coin du bureau et jette un œil dessus avant de prendre l'appel. L'écran affiche "PAUL" tandis que la sonnerie retentit toujours. Pendant une seconde, la sœur de Paul reste figée, prise de stupeur, puis elle appuie fébrilement sur le bouton vert et s'interroge elle-même :

"Allo ?"

"Bonjour sœurette. C'est Paul."

Sans qu'elle s'y attende et sans qu'elle le veuille, Sandrine est saisie d'une bouffée d'émotion, un trait vif et fulgurant. C'est la voix de son frère sans doute, ce sont ces mots qu'elle pensait peut-être ne plus jamais entendre. Sandrine est emportée par des larmes irrépressibles, des pleurs brefs et intenses, lui interdisant toute respiration, des pleurs qui font hoqueter un court instant, comme un cri.

"Sandrine ? Tu pleures ?... je suis désolé... c'est moi, c'est Paul."

La vague la submerge et s'enfuie aussi vite qu'elle est venue.

"Excuse-moi frérot... je ne sais pas... je ne sais pas ce qui m'a prise."

Elle se calme complètement et retrouve ses esprits :

"Où es-tu ? Comment vas-tu ?"

"Je suis chez moi et je vais très bien. Je suis vraiment désolé. Je ne pensais pas te faire un sale coup comme cela, aussi brutal."

"Ce n'est rien... c'est fini maintenant."

"Tu es la première que j'appelle. Je voulais te remercier et m'excuser."

"Mais qu'est-ce qui t'as pris Paul ? Tu étais où pendant dix mois ?"

"Je suis parti... c'est un peu long à raconter... quand est-ce qu'on peut se voir ?"

Sandrine connait l'aversion de son frère pour les conversations téléphoniques.

"Le week-end prochain si tu veux."

"D'accord ... mais j'ai un problème de voiture ..."

"Je vois. Je viens samedi vers 19 heures avec mon sac de couchage, c'est cela ?"

Paul perçoit l'ironie de sa sœur et sa bienveillance aussi.

"C'est exactement cela. Et puis il y a autre chose aussi... je ... nous serons trois."

"..." Pas de réponse.

"Allo ?"

"Oui, j'ai entendu."

"Il faut que je te la présente."

"Pas de problème."

Le ton est plus que mitigé, elle attendait des retrouvailles entre frère et sœur. Paul perçoit aussitôt la contrariété de sa sœur et regrette sa maladresse.

"On mangera des fruits de mer, avec des huîtres et du crabe..."

Il dit cela d'un air coupable, elle se radoucit :

"Et applique-toi pour la mayonnaise et pense à mettre le vin blanc au frais."

"Compte sur moi."

"Elle aime les fruits de mer aussi ?"

"Elle n'en a jamais mangé."

Sandrine n'attendait pas cette réponse.

"Ah bon ? Mais où donc l'as-tu pêché ? Ce que tu dis là m'intrigue un peu."

"Oui, elle a beaucoup de choses à découvrir en effet."

"Paul, je change de sujet pendant que j'y pense : il faut que tu ailles à la gendarmerie. Ils t'ont déclaré disparu. Il faut que tu te manifestes."

"OK, j'ai compris. C'est toi qui leur a signalé mon absence?"

"Oui. A propos, c'est quoi cette histoire de grotte ?"

"Rien. Un prétexte. Je te raconterai."

"Je vais avoir du mal à me concentrer pour finir de corriger mes copies maintenant. C'est de ta faute."

"Je suis désolé. Je vais rajouter une tarte aux fraises pour me faire pardonner."

"Bien ... alors à samedi, pour les fruits de mer et le reste ?"

"Je t'embrasse sœurette."

"Je t'embrasse aussi. Je suis vraiment heureuse de t'entendre à nouveau tu sais."

"Moi aussi je suis heureux de te retrouver."

Paul raccroche, soulagé de ne pas avoir entendu de reproches et heureux de revoir sa sœur. Il rappelle à lui le premier silence d'émotion qui s'est collé à son oreille, le témoignage muet du lien qui les unit. Naâ est restée assise à la table, attentive, observatrice de cette complicité qui ne la concerne pas. Et Paul revient vers elle avec un sourire, avec légèreté.

Ensemble, ils consacrent le petit reste de la matinée à la préparation du repas. Steak de bœuf, pommes de terre revenues à la poêle, fromage, laitage, fruit. Il lui faut tout expliquer à Naâ, même la provenance du sel qui vient de la mer.

"L'eau de mer est salée ?" fait-elle avec de grands yeux écarquillés.

"Oui mais ne me demande pas pourquoi s'il te plait. Je l'ignore."

Pendant le déjeuner, Paul lui parle un peu de sa sœur qu'elle va rencontrer samedi. Il se lève et lui montre samedi sur le calendrier près de la cheminée, avec les mois, les semaines, les jours. Et puis l'horloge accrochée au mur qui compte les heures, les minutes et les secondes. Il faut tout lui apprendre. Même le soleil.

Pendant qu'il tourne sa cuillère dans la tasse de café, Paul regarde Naâ qui observe une mouche posée sur la table. Il la regarde et il réfléchit.

"Naâ, écoute-moi."

Elle lève les yeux sur lui.

"Il va falloir que j'invente une histoire. Je ne peux pas raconter la vérité, personne ne pourra y croire. Tu comprends ? Il faut que je m'invente un voyage et il faut que l'on invente notre rencontre..."

Il marque une pause.

"Tu viens de loin ... un petit pays très peu connu. Une île peut-être. Une île qui abrite une communauté particulière ... un peu troglodyte ... oui, c'est pas mal ça. J'y ai séjourné quelques temps... je t'ai rencontré... - là, il la regarde - ...tu m'as séduit immédiatement."

Il lui sourit et marque une pause à nouveau. Naâ est imberbe, avec la peau bleutée et elle connait le français... c'est pas gagné pour justifier tout cela. D'abord sa peau. Elle est teintée bien sûr... à l'indigo évidemment. C'est une tradition, un rituel pour les femmes. Mieux encore, c'est le passage à l'âge adulte. Le bain dans l'indigo vous fait adulte.

Elle connait le français parce que l'île a connu une présence française... au XIXème siècle... instaurant l'école... le christianisme... et bla bla bla. Et depuis cette époque, le français y est enseigné. Et enfin, Naâ est imberbe. Paul bute sur ce sujet et aucune idée ne lui vient à l'esprit. Il dira qu'il n'en sait rien, que c'est comme ça, que c'est sans doute génétique.

Paul n'est guère convaincant lorsqu'il récite son voyage devant sa sœur. Faudrait-il qu'il soit convaincu lui-même par cette histoire tirée par les cheveux. Elle écoute son frère avec mansuétude, elle le voit mal à l'aise et ravale ses questions pour ne pas le mettre davantage dans l'embarras. Cette façon d'éluder certains détails du voyage ne plaident pas en faveur de la crédibilité de son entreprise. Elle sent que tout n'est pas dit, elle sent une vérité cachée et regarde Naâ comme l'objet du mystère. Cette femme est réellement singulière, énigmatique, et muette jusqu'à présent.

Sandrine est mal à l'aise elle aussi, se sentant exclue de leur complicité à eux, invisible et cependant palpable. A peine la dernière cacahuète avalée, Paul se lève pour prendre le plateau de fruits de mer dans le réfrigérateur. Les deux femmes se font face en silence et Sandrine lâche ce qu'elle a sur le cœur :

"Si vous n'étiez pas là devant moi, je ne croirais pas un mot de toute cette histoire."

Paul intervient :

"Vous n'allez pas vous vouvoyer tout de même !"

Et Naâ prononce ses premiers mots, avec l'exotisme de son accent :

"Paul m'a dit qu'il est très lié avec sa sœur. Ce sont ses propres mots. Et c'est vrai que Paul ne sait pas mentir. Je suis heureuse de vous rencontrer."

La curiosité de Sandrine sort de sa bouche dans un élan :

"D'où venez-vous ?"

"D'un pays qui n'existe pas."

Naâ est de marbre, elle dégage une sérénité inaccessible. Sandrine est hypnotisée. Paul pose devant elles son bol de mayonnaise. Sandrine sourit.

"Vous ne connaissez pas les fruits de mer parait-il ?"

"C'est vrai. Je n'ai jamais vu la mer."

Sandrine arque les sourcils, interrogative :

"Et vous avez vécu sur une île sans jamais avoir vu la mer?"

Naâ regarde Paul, s'excusant et l'appelant au secours. Paul soupire, il est pris de court et s'assoit lourdement :

"Dis-lui la vérité après tout."

Et il se tourne vers sa sœur :

"Je te préviens sœurette, c'est surréaliste et tu ne vas pas en croire un mot. Mais avant cela, faites-moi plaisir et servez-vous."

Elles lui obéissent et Naâ entame son récit avec les premières crevettes. Sandrine arrose une huître avec du citron, prête à entendre n'importe quelle histoire. Paul remplit les verres avec le vin blanc.

"Je n'ai jamais vu la mer parce que j'ai toujours vécu dans une ville souterraine. Un monde souterrain, inconnu du vôtre, que Paul a découvert par hasard ..."

Elle lui raconte alors la première rencontre avec Paul, la captivité de son frère, sa transformation physique, sa découverte de la cité souterraine, la visite de la mièlerie. Elle explique son activité au sein du Département des Ecoutes, elle parle d'Efus et de Tana avec émotion. Paul revit tout cela pendant qu'il écoute Naâ. Tantôt il sourit, tantôt il s'assombrit, souvent il semble ailleurs. Sandrine observe son frère autant qu'elle boit les paroles de Naâ. Et voit son frère comme jamais auparavant. Amoureux éperdu, absent à tout sauf à cette femme, dans laquelle il plonge dès qu'il pose son regard sur elle. Sandrine comprend alors qu'il n'y a désormais que cette vérité-là qui compte.

Naâ poursuit tranquillement, s'interrompant pour batailler avec une pince de crabe. Le feu dans la cheminée crépite discrètement et tous les trois sont concentrés sur le récit, l'accent de Naâ ajoute encore à l'étrangeté des paroles prononcées. La fin du voyage s'achève avec la tarte aux fraises, au cœur d'une pleine forêt.

"On était tout à coup sous de grands arbres, avec les oiseaux."

Ils laissent ces oiseaux voler un peu dans la cuisine et Sandrine ne trouve rien d'autre à dire que cette suggestion, qui les ramène au point de départ :

"Il faut que vous alliez voir la mer."

Se tournant vers son frère :

"Il faut que tu l'emmènes en Bretagne."

"Tu crois à toute cette histoire ?"

"Je ne sais pas ... et je ne crois pas que ce soit l'essentiel."

Sandrine réfléchit à ce que pourrait être l'essentiel.

"Je ne sais pas quoi penser ... fais-nous un café s'il te plait."

Naâ est imperturbable, ses bras fins posés sagement sur la table. Le bleu de sa peau en évidence sur la nappe blanche capte le regard de Sandrine.

"Vous êtes fascinante Naâ. Et d'une beauté au-delà de la jalousie."

Naâ semble indifférente au compliment et s'interroge avec l'accent d'une princesse autrichienne :

"C'est quoi la Pre-tein ?"

Paul rectifie :

"Bre-ta-gne. C'est une région de la France. Je te montrerai sur une carte."

Paul répond à l'insatiable curiosité de Naâ, avec patience et application. Sandrine ignorait jusque-là que son frère eut cette âme de professeur, lui qui n'aime guère la gymnastique de la langue pour donner le détail de ci et de ça. Cet effort d'éducateur ne peut être, en vérité, qu'un fruit de l'amour plutôt qu'un effet de sa nature ou de sa personne. Paul répondra toujours aux questions de Naâ, non pour le plaisir d'y répondre mais pour le bonheur qu'elles s'adressent à lui.

Alors certains esprits élevés, qui ont la déviance d'être soupçonneux, poseront la question : aime-t-il une femme ou une enfant ? Est-il de ces hommes qui veulent croire à l'illusion de l'éternelle virginité ? Est-il de ces hommes qui ont grandi malgré eux, et qui n'ont d'amour que le désespoir de l'enfance perdue. Cet amour clair et limpide supportera-t-il les jours et les jours ?

Les amoureux n'ont pas le souci de répondre à ces questions. C'est là leur privilège, leur état de grâce.

Paul emmènera Naâ en Bretagne ou ailleurs et Naâ prendra son bras pour ici et ailleurs. Sandrine a sous les yeux cette évidence et elle devine que son frère l'a invitée pour lui montrer cela.

Les nuages galopent dans le ciel, portés par le vent et chargés de pluie. Ce matin, les nuages se promènent le long de la côte et la mer est basse. Le soleil apparait enfin sans pouvoir réchauffer l'air marin ni les rochers, il illumine la grève et fait miroiter les algues vertes et mouillées. Les goélands se laissent porter et il y a déjà quelques pêcheurs à pied, penchés sur le sable. C'est la Bretagne à marée basse, la mer est plate et deux silhouettes s'ajoutent au profil de l'horizon. Un couple avec les pantalons relevés jusqu'aux mollets et tenant leurs chaussures à la main. Elle s'est arrêtée, penchée sur une mare, et lui la regarde, il l'attend cinq pas plus loin. Puis il tend la main vers elle, elle relève la tête et le rejoint. Ils reprennent leur marche conjointe le long de la mer et c'est lui maintenant qui se penche sur le sable. Il trace quelque chose du bout du doigt, des mots sans doute, dont il ne restera rien. Bientôt la mer effacera tout, pour ne laisser qu'un peu d'écume. Elle porte un foulard sur la tête et il tient le bonheur par la main.

Paul et Naâ ne vivent que les prémices, ils ne font que les premiers pas d'une longue route qui les attend. Voir naître et grandir leurs enfants. Car il n'y a pas de roman de vie sans l'héritage d'une famille.

Huit mois se sont écoulés depuis le jour où Paul et Naâ ont mêlé leurs vies. C'était dans la chambre où Paul était enfermé, surveillé et condamné. Naâ rêvait de mille choses lointaines, elle rêvait d'évasion autant que lui. Ils ont mêlé leurs vies pour en créer une autre, une petite chose invisible, à peine une étincelle qui alluma pourtant le feu de leur liberté. Depuis ce jour, Naâ la porte, la nourrit et son ventre s'épanouit.

Le printemps achève son office comme chaque année aux beaux jours de mai, pour laisser la place à l'éclat de l'été. Naâ a le ventre rond et se réjouit de l'imminence de l'accouchement. Un beau bébé va naître, pour combler encore davantage Paul et Naâ.

Lui a renoué avec son métier d'architecte, des petits chantiers par ci par là, lui permettant d'entretenir quelques relations avec la Mairie, avec des entrepreneurs ou des agents immobiliers. Le marché des résidences secondaires est florissant en rénovation ou agrandissement, avec des clients aux bourses bien garnies. Il découvre enfin son vrai métier et refuse de se laisser décourager par les revenus encore trop maigres à son goût. Quant à son projet de gîte, il n'est pas abandonné mais sérieusement mis entre parenthèses. Ainsi, ne consacre-t-il que ses week-ends à réaménager la dernière pièce du rez-de-chaussée, celle par où tout avait commencé. La fenêtre qu'il avait fracturé à la pioche est désormais une porte-fenêtre et la grotte cachée derrière le sas a toutes les qualités pour conserver le vin ; et Paul refuse toujours de comprendre par quel miracle l'entrée du tunnel est devenue une paroi rocheuse. Et chaque fois que l'un d'eux pénètre dans cette cave, chacun pense inévitablement au monde qui sommeille derrière ce mur en pierre. Un Monde lointain et clos. Efus est quelque part là-bas, sous terre, ignorant tout de leur sort.

Naâ ne s'immisce guère dans les projets d'aménagement, elle laisse cela à Paul, tandis que l'extérieur est sa chasse gardée.

Sa passion pour la botanique fut presque immédiate. Ils allaient souvent se promener en forêt et le long de la campagne, sur des sentiers discrets. Naâ était curieuse de tout, s'émerveillait d'un rien et quand la rousseur de l'automne éclata dans la pureté de la lumière, le lien se noua définitivement, à croire que Naâ n'est heureuse maintenant que lorsqu'elle remue la terre. L'automne dans ses bottes en caoutchouc, luisantes de la rosée du matin qui s'accroche en perles sur l'herbe touffue. L'écharpe et le bonnet pour avaler l'air nouveau et froid, alors Naâ ralentit le pas à l'approche du sous-bois, chasseuse de champignons après le sanglier, ravie devant l'orchestre des chanterelles qui trompettent dans les feuilles. Le retour de cueillette finit dans la poêle, avec des œufs sous deux tours de moulin de poivre et sous l'œil flamboyant des braises qui ruminent dans la cheminée. Ainsi passent les jours de leur couple tranquille, discret, un peu en retrait des autres. Car l'indigo qui teinte la peau de Naâ est comme une ombre qui plane. Sans papiers, sans origine et sans histoire, elle intrigue et attire les regards sur son passage. Quelle est donc cette femme ? De quel pays l'a-t-il ramenée ? Ces questions se sont posées dès les premiers jours et Paul a dû réfléchir précisément à un mensonge qui ressemble à de la vérité. Voilà Naâ devenue une jeune femme issue d'une peuplade exotique, du côté des Indes. Une population qui a dû s'exiler sous le joug du colonialisme anglais. Certains ont dérivé dans la mer d'Oman pour se réfugier sur des îles sous protectorat français. Le grand-père de Naâ était l'un de ceux-là et elle a gardé en héritage la tradition du bain d'indigo et l'école de la république. Quelques détails et anecdotes finiront par enrober tout ça, et Naâ sera tout à fait présentable. Quant à leur rencontre, elle se fit tout naturellement lorsque Paul cherchait une chambre chez l'habitant, au cours de son périple solitaire, précisément quand elle lui servit le petit déjeuner. Une telle beauté autochtone fut le prétexte pour rester quelques jours de plus, pour faire connaissance et se plaire. Les jours font des semaines et les restaurants du soir finissent en baisers. Voilà l'histoire et le bouche à oreille fera le reste.

C'est ainsi que Naâ ne craint plus d'aller sur le marché tous les mercredis, accompagnée de Paul évidemment, et avec ce petit bonheur d'être reconnue quand vient son tour :

"Bonjour ma belle, qu'est-ce que je vous sers ?"

Ça, c'est le fromager avec sa bouille charmeuse et son air jovial. Naâ est toujours un peu indécise, elle a envie de tout. Les fruits, les légumes, les fromages, les viandes, les aromates, c'est chaque fois un assortiment qui garnit le panier. Elle n'a pas encore acquis le sens pratique dans le choix des quantités mais Paul veille au grain, par derrière, en allant au supermarché.

Et c'est précisément cela qui lui pèse : Paul doit veiller à tout. Ou plutôt devrait-on dire : Paul s'impose ce devoir de veiller à tout. Il se sent responsable de Naâ sans savoir exactement quel est son statut : une invitée ? une étrangère ? une enfant adoptée ? une clandestine ? La savoir sans papiers l'expose à une précarité dont il ignore les contours, à une menace dont il ignore la portée. Etre sans papiers, c'est être condamné au non droit, c'est être réduit à une présence fantomatique, invisible à la société des hommes. Ne pas exister tout à fait.

Paul ignorait tout des méandres administratifs et des dangers de la justice et son premier réflexe fut d'aller faire un tour sur le web. En pianotant "mariage sans papiers" et en surfant de sites en sites, de blogs en blogs, il prit conscience du drame et de l'injustice qui frappent certaines personnes. Etre étranger, être indésirable, voilà leur fatalité. Il prit conscience également de ce formidable espace de liberté : interroger le monde, témoigner, dénoncer, échanger, encourager. Sur le web, vous ne devez rien à personne et personne n'ira vous dénoncer : vous êtes anonyme, vous êtes un avatar, vous êtes sur le seul territoire au monde où les hommes sont égaux.

Paul tira donc quelques renseignements et le résultat l'effraya davantage. Son idée première était de se marier avec Naâ et permettre ainsi de régulariser la situation. Mais si l'information est exacte - et il n'a aucune raison d'en douter - le Maire doit vérifier l'identité des futurs époux. Naâ vient de nulle part, n'a pas de famille, n'a pas d'amis, n'a pas de passé : elle n'a aucune identité ! En outre, Naâ est sur le territoire français de façon irrégulière, non autorisée, sans visa ni carte de séjour ; et cela constitue un délit, que le Maire doit dénoncer auprès de la Préfecture ! C'est là une singulière obligation administrative : le Maire n'a pas à se préoccuper de la régularité de ses administrés mais doit signaler les contrevenants s'il en a connaissance. Ou comment faire la part belle au libre arbitre, aux indulgents comme aux intransigeants !

Bref, c'est un vrai sac de nœuds et Paul est complètement perdu, désorienté : impossible de prouver l'identité de Naâ, donc impossible de se marier et donc aucun espoir de régularisation. Ainsi est faite la loi des hommes.

Finalement, il adopte cette idée personnelle : Naâ est son invitée et il pourvoira seul à ses besoins. Elle est cette belle étrangère qu'il a ramené des îles, et ce relent de colonialisme a une connotation exotique qui pourra adoucir certaines xénophobies. Le défi qu'il s'est lancé est donc simple : passer inaperçu, ne rien réclamer ni prétendre pour Naâ, la faire apparaître un peu soumise, avec ce qu'il faut de charme mais sans susciter les jalousies. Se construire une façade, une image respectable et ordinaire, une hypocrisie, un mensonge pour vivre en paix.

Cette idée peut sembler opportune et raisonnable et Paul n'en voit pas le danger. A vouloir paraître, on surveille les regards, on s'inquiète des réactions, on soupçonne des jugements et on glisse doucement dans une forme de paranoïa, celle de la méfiance perpétuelle.

Paul a ainsi vécu un automne d'anxiété, à tanguer dans l'inconstance de son humeur, à espérer un jour et à douter dans la nuit, obsédé par la dénonciation, par l'enquête. Mais qui est-elle? Montrez-moi ses papiers! Pas de visa? Suivez-nous s'il vous plaît! Vous n'ignorez pas qu'elle est en situation irrégulière! La loi nous contraint à la reconduire à la frontière, nous sommes désolés!

Ces cauchemars-là, Paul les garde pour lui, l'œil ouvert pendant qu'elle dort à son côté. A lui la lourdeur, à elle la légèreté. A elle les sourires timides à la croisée des promeneurs, avec un petit hochement de tête en signe de salut. A elle les bouquets des fleurs des champs, les parfums de chèvrefeuille et de foin. A elle les corsages, les dentelles intimes et les lainages d'hiver, les bijoux de pacotille et les ongles bien faits. Naâ a cette nature facile, évidente, où l'envieux n'y voit que légèreté et inconsistance.

Huit mois se sont écoulés et Naâ est maintenant âgée d'un automne, d'un hiver et bientôt d'un printemps tout entier. Elle est dans le jardin, comme tous les matins ou presque, à s'occuper des poules et des lapins. Ceux-là ne connaissent pas leur bonheur d'avoir une patronne aussi attentionnée, de l'espace et une nourriture équilibrée ; car c'est Naâ l'incontestable patronne de cette petite ménagerie, une basse-cour où se mêlent les futures volailles en sauce et les civets. Paul n'y met plus les pieds qu'en visiteur et le chat sait qu'il doit rester à l'écart, le regard un peu jaloux. Puis elle enchaîne avec le potager, le chat vient alors se planter à côté d'elle après lui être passé entre les jambes et Paul l'aperçoit depuis le salon. Le salon est d'ailleurs devenu en grande partie son bureau et derrière son ordinateur, il la voit qui remue la terre, à planter je ne sais quoi, ou bien à désherber ou bien à récolter une de ses idées de potiron et autres haricots. Paul a beau lui dire qu'une femme enceinte doit se ménager après plus de huit mois de grossesse, Naâ n'en fait qu'à sa tête. Il l'aperçoit donc pliée en deux, ouvre la porte-fenêtre et reste dans l'embrasure en lui lançant :

"Tu n'es pas raisonnable !"

Elle ne l'entend pas ou bien fait semblant de ne pas l'entendre. Il recommence plus fort :

"Naâ !"

Elle se redresse : "Tu m'as appelée ?"

"Tu n'es pas raisonnable ! Ne viens pas te plaindre après si tu as des contractions ou si tu as mal partout !"

Elle lui sourit et lance :

"Je désherbe un peu et j'arrête. Promis !"

Elle est fagotée dans une espèce de bleu de travail, chaussée de bottes en plastique bleu marine et coiffée de son éternel chapeau de paille. Non pas que le soleil soit très ardent ce matin mais Naâ doit s'en protéger ; sa peau supporte à peine les rayons qu'elle n'a jamais connu et tous les jours, elle s'enduit d'écran total comme Paul l'avait fait avec les pommades d'Efus.

Paul soupire et sait qu'il n'aura pas le dernier mot. Il retourne à son bureau, range un dossier dans sa sacoche, va poser le tout dans la voiture et rejoint Naâ dans les courgettes.

"Je vais à Sarlat pour la journée. Je ne devrais pas être tard mais si je vois que ça traîne, je t'appelle."

Elle bascule son chapeau en arrière et lui jette un baiser.

"D'accord. Alors à ce soir."

"A ce soir. Et ne t'échine pas trop !"

"Non, de toute façon il faut que je parte bientôt. Je déjeune avec Marie-Christine ce midi."

Paul s'en retourne déjà vers la voiture :

"Très bien. Tu lui diras bonjour de ma part !"

Marie-Christine, c'est la bibliothécaire. Une femme qui va sur la cinquantaine à reculons, dans un bâtiment municipal qui a bientôt deux cents ans. Elle connaissait déjà Paul avant qu'il ne disparaisse subitement ; lui appréciait ses conseils en lecture et sa conversation jamais ennuyeuse ; et elle, était sans doute un peu sous le charme de son calme, de son ironie et de sa solitude. Elle fut heureuse de le voir de retour et surprise par la femme qui l'accompagnait. D'abord un peu réticente à l'égard de Naâ, son amitié et sa bienveillance se dénouèrent avec le fil des semaines. Naâ discrète, timide, restait attablée pendant de longues heures, le nez dans les bouquins ou devant les pages d'internet. Souvent elles n'étaient que toutes les deux à occuper la salle pleine de rayonnages et Marie-Christine la regardait parfois du coin de l'oeil, intriguée, très intriguée. Elle remarqua vite la formidable curiosité de Naâ, son avidité du monde et sa vivacité d'esprit, mais jamais elle n'osa une question indiscrète sur ses origines ou sur sa rencontre avec Paul. Leur lien se fit autant par le silence que par les conversations et chacune pressentait sans doute le bonheur d'une amitié naissante et durable. Elles déjeunent maintenant parfois ensemble, toujours sur l'initiative de Marie-Christine, et c'est ainsi que Naâ trotte aujourd'hui sur le chemin qui mène au bourg. Elle porte une robe ample et légère, verte comme les noisettes du printemps, des ballerines en toile souple et bleu azur, un gilet lui couvre les épaules et son chapeau de paille est assorti aux ballerines. Elle adore se rendre au village par ce chemin, tout à la fois enchantée de sa liberté et réjouie par la journée qui s'annonce. Marie-Christine est déjà attablée quand Naâ arrive sur la place. La table est choisie à l'ombre d'un platane et le repas est bavard entre les crudités écarlates et l'eau fraîche et pétillante. Dommage qu'elles ne puissent profiter davantage de la douceur au goût de café mais la bibliothèque n'attend pas : l'ouverture doit se faire à 14 h précise. Naâ ne peut suivre le rythme de Marie-Christine, gênée par son joli ventre rond :

"Ne m'attends pas, je vais te rejoindre à mon rythme."

Marie-Christine accélère le pas et se reproche les trois minutes de retard sur l'horaire en apercevant deux dames, respectables et un peu âgées, qui attendent sur le pas de la porte, scrupuleusement en avance pour restituer des ouvrages qu'elles pourraient encore garder plusieurs jours. Marie-Christine les accueille presque essoufflée, s'excuse avec sa belle voix de fumeuse et s'active aussitôt pour leurs restitutions. Lorsque Naâ pousse la porte en haut du perron, elle devine l'impatience de son amie : ses propositions d'auteurs, ses suggestions de lectures littéraires et contemporaines ne reçoivent en réponse que des moues dubitatives. Elles réclament des idées nouvelles mais hésitent devant l'inconnu ! Qu'elles aillent se faire ... Naâ sourit intérieurement et rejoint sa place attitrée, près de la fenêtre, où elle demeure invisible depuis l'accueil, cachée par un rayonnage de "Vie pratique".

Son plaisir de lecture est malheureusement vite gâché par des contractions qui, aujourd'hui, sont plus vives et plus répétitives. Ce matin, elle se sentait l'énergie pour faire mille choses et voilà le résultat : elle va devoir rentrer pour se reposer. Marie-Christine la voit approcher avec un livre à la main.

"Je rentre. Le bébé remue et je crois que je vais être bien mieux dans mon lit."

"Tu veux que je te raccompagne ?"

"Non, ça va aller, je te remercie. Rester assise ne me convient pas."

"Désolée, nous n'avons pas de canapés ici."

Naâ lui montre la couverture du livre qu'elle emporte :

"Je peux prendre ça ?"

"Bien sûr. Bon alors repose-toi bien et n'hésite pas à m'appeler si tu ne te sens pas bien, je laisse mon portable allumé. Et à demain peut-être ?"

Naâ lui sourit :

"Merci et peut-être à demain."

D'habitude, il faut compter une quarantaine de minutes pour faire le trajet. A peine sortie du village, elle quitte la route pour emprunter le premier chemin creux qui part à gauche, coincé entre les clôtures des champs cultivés et qui pénètre ensuite dans le bois. Après cela, de nouveaux champs qui épousent le vallon et la maison et enfin son lit. Arrivée à la lisière du bois, elle est déjà hors de vue des maisons les plus proches et la route n'est qu'une rumeur invisible. Naâ marche avec difficulté, elle a mal partout, elle serre les dents, elle s'arrête sans cesse et ressent la morsure du soleil comme jamais. Elle sue sous son chapeau et se sent écrasée de chaleur, comme si cet œil ardent ne regardait qu'elle et concentrait toute son énergie pour la cuire. Aussi bénit-elle l'ombre des arbres quand elle s'assoit sur le talus pour s'offrir un répit. Elle n'a pas fait le tiers de la distance et elle marche depuis plus d'une demie heure, c'est bien suffisant pour qu'elle retienne la leçon. Dorénavant, elle écoutera les recommandations de Paul, elle sera sage, elle prendra soin d'elle et du bébé. Adossée au talus, à regarder les feuilles par dessous, elle goûte la fraîcheur de l'ombre et se laisse caresser par une petite brise qui vient l'embrasser, emportant avec elle un peu de ses douleurs. Naâ sent ses forces revenir, suffisamment pour se remettre en marche. Elle se passe un peu d'écran total sur le visage, comme une potion ou un onguent de beauté, et se décide enfin à se relever. Elle connait ce chemin par cœur et devance chaque étape dans sa tête ; après la courbe qui l'emmène au nord, il y a la pente douce qui descend vers la clairière, et là, elle aura parcouru plus de la moitié du chemin.

Ah la clairière ! Quel souvenir ! C'était en janvier et la neige était annoncée pour le week-end. Dès le samedi matin, quand elle ouvrit les volets en grand, elle vit un ciel tout blanc, uniforme. Il ne neigeait pas encore mais elle découvrait un ciel nouveau, qui lui rappelait celui de son passé, où la lumière n'est qu'un voile doux et diffus. Elle resta un instant en arrêt, surprise et nue avec la fenêtre grande ouverte, jusqu'à ce que Paul râle un peu depuis le fond du lit "Naâ, ferme la fenêtre ! Tu vas attraper la mort !". Au petit déjeuner, les premiers flocons vinrent se cogner contre les carreaux. "Paul ! Regarde !" Naâ vint se poster à la fenêtre avec le bol de thé tout fumant, émerveillée par cette légèreté tombant du ciel. Ce n'étaient que des petits flocons éparses, voltigeant ensemble au moindre souffle, se déposant délicatement ici ou là. Mais vite ! Sortons hors de ces murs et sans

248

traîner ! Allez, viens Paul ! Secoue-toi ! Elle se souvient du plaisir d'enfiler un gros chandail qui recouvre presque les mains, par-dessus un autre pull. Accumuler les épaisseurs de tissu pour se protéger du froid, chausser les godasses qui n'ont peur de rien et se coiffer du bonnet qui lui couvre même les oreilles, la voilà prête à offrir son visage au fouet de l'air froid et vivifiant. Leur promenade se fit bras dessus bras dessous, d'un pas vif sur le sol qui commençait à blanchir et reniflant sans honte la goutte au nez. La neige s'épaissit sans qu'ils s'en aperçurent, pendant qu'ils furent sur le sentier protégé par les arbres. A la sortie du bois, le spectacle fut grandiose ! La neige tombait pesamment, envoyant son armée infinie de flocons lourds et denses, pressée de tout recouvrir en silence. La neige avait pris possession du ciel et imposait son immobilité toute blanche dès qu'elle touchait terre. Paul et Naâ se laissaient recouvrir comme tout le reste, têtes baissées, laissant deux sillons parallèles derrière eux, qu'ils foulèrent à nouveau sur le chemin du retour.

Attachés l'un à l'autre par le nœud de leur bras, ces pas dans la neige laissèrent la trace d'un bonheur simple et silencieux. Le monde s'ouvrait à elle mais ne refermait en rien son passé. Son Monde est toujours présent, dans chaque regard émerveillé, dans chaque senteur nouvelle et dans le vol des oiseaux. Naâ porte son histoire comme le sang dans ses veines et pense chaque jour à Efus, parce que la présence quotidienne de cet homme absent embellit chaque chose davantage. Efus est quelque part dans la voie lactée, caché peut-être derrière la lune, ou bien assis sur un nuage à parcourir le monde.

Plongée dans sa rêverie, Naâ arrive dans la clairière arrosée de soleil, sans prêter attention aux papillons au-dessus des fleurs. Elle marche mécaniquement et dodeline, un peu étourdie sous son chapeau, avant qu'elle ne se casse en deux, un coup de poignard au bas ventre. La douleur est si vive qu'elle ne sent plus ses jambes, elle se laisse tomber sur le côté puis roule pour s'allonger sur dos. La douleur ne faiblit pas, elle se mord la lèvre à s'en faire mal puis se cambre et se redresse. Elle reste ainsi un moment, les bras tendus en arrière, la tête penchée sur son ventre, les jambes ouvertes. Est-ce possible qu'elle accouche ainsi ? Elle n'a pourtant pas perdu les eaux ! Paul lui a dit qu'elle perdrait les eaux avant ! Les contractions sont telles qu'elle n'a plus de doute : le bébé veut sortir ! Elle halète, elle souffle, elle est trempée de sueur et elle a tellement mal. Maladroitement, elle retire son slip d'une main empressée. Son chapeau tombe dans les herbes et le soleil s'en donne à cœur joie. Tout son bassin n'est plus que douleur et elle commence à saigner. Toute la clairière est tournée vers cette femme qui enfante dans le sang et la sueur, se retenant de crier à chaque respiration. Les arbres semblent tourner le dos à cette torture. C'est interminable, Naâ est terrassée, épuisée, vaincue, et le bébé n'est toujours pas là. Les pleurs accompagnent maintenant le sang et le désespoir quand soudain, Naâ s'ouvre en deux.

Le bébé ne veut plus rester en elle et déchire les chairs sur son passage. Il veut naître à tout prix, quitte à lui arracher la vie, quitte à tout lui prendre, même le cri qui reste en elle. Le petit ange libère enfin sa mère, achevant sa torture en toute innocence pour éclore brutalement dans un flot. Naâ se répand sans retenue, inconsciente de l'hémorragie qui se déverse entre ses cuisses molles et souillées. La petite créature est seule à se débattre, face contre terre et inondée de la tiédeur du sang. Il est encore ce fœtus qui doit mourir pour devenir un nourrisson qui respire. Il n'y parviendra pas. Le cordon qui fut nourricier a maintenant l'aspect d'un nœud coulant ; une mouche vient se poser sur lui, pour toucher la nouveauté, puis s'envole aussitôt. Consciente à demie, Naâ a la tête de côté, son regard s'est figé sur un insecte qui bourdonne dans une fleur, tandis que son sang continue de remplir la terre. L'agonie sera sans douleur, presque tranquille dans le berceau de la prairie qui moissonne le soleil.

Naâ baigne dans son rêve inassouvi, au prix d'une vie inachevée. Elle pense à Paul, elle sait qu'il va mourir un peu avec elle, elle revoit leur première rencontre dans la chambre, la douceur des cheveux sous ses doigts, l'intensité des premiers regards qui disent le besoin et l'envie. Les égards qu'il n'a que pour elle, sont devenus sa propriété, son bien qu'elle ne saurait partager sans jalousie. A regarder cette fleur jaune qui vacille au vent, à regarder ses pétales et son pistil, elle sait que Paul lui appartient et que Naâ appartient à Paul. Elle voudrait qu'il soit là, elle voudrait sa main dans la sienne, elle voudrait un dernier baiser, elle voudrait ses yeux, ses larmes et sa voix qui ne peut plus parler. Elle voudrait ses lèvres dans les siennes et tout emporter de lui.

Naâ est alanguie dans ses souvenirs, elle reste inerte parmi les herbes frémissantes, sa robe verte forme une houppelande ouverte sur son ventre taché d'écarlate et qui reflète encore le bleu du ciel d'été à venir. Naâ se meurt et sait qu'elle va retrouver les siens, pour renaître sans mémoire ni tragédie. Leur croyance balaie la mort d'un revers de main, époussetant regrets et bonheurs passés, sans jugement des faiblesses ni des vertus. Naâ pleure pourtant ce berceau qui s'évanouit avec elle, elle pleure les promesses de son amour, de son enfant, de Paul et de ses silences et de ses troubles. Une fourmi grimpe sur son doigt, vive et si petite, pour la consoler peut-être et parcourt sa main en écrivant un mystère. S'agit-il d'une bénédiction universelle ? La même qu'elle délivre à la vipère et à la musaraigne ? La petite soeur cérémonieuse fait son office et disparait dans les herbes, emportant avec elle le dernier soupir.

Agrandir le réfectoire et créer une salle de classe supplémentaire pour l'école André Poussin, ce n'est pas le chantier du siècle bien sûr. Mais c'est la première affaire avec la Mairie de Sarlat et son premier dossier en marché public : une opportunité pour avoir une référence dans ce domaine d'activité. Paul ne veut pas se louper et sait que l'architecture se résume dans ce cas à tenir les coûts et les délais. Il a un mois pour boucler le dossier, puis lancer l'appel d'offre pour que les entreprises soient désignées avant le mois d'août et que les travaux démarrent en septembre. Encore faut-il qu'il n'y ait pas de lot infructueux à l'ouverture des plis. Paul sait qu'il devra atteindre un résultat sans qu'il ait le choix des moyens : les entreprises seront les moins disantes et ce sera à lui de faire le lien pour éviter les oublis, les incompréhensions et harmoniser les corps d'état. Paul n'a pas pratiqué le code des marchés publics et il lui faudra potasser le sujet, il ira à la pêche sur internet : facturation, ordres de service, pénalités de retard. Paul rumine ce magma sans voir la route arrosée du soleil orangé. Il conduit sans y penser, évacue l'aspect administratif pour revenir à la technique : la priorité est de finaliser ses plans et intégrer les contraintes techniques. Et puis il faudra se mettre d'accord avec la directrice de l'école pour l'organisation des travaux, les clôtures de chantier, les approvisionnements et le planning pour faire les travaux de finition dans les locaux existants. Ils se feront pendant les vacances scolaires de toute façon. Paul en a plein la tête et ferait bien de mettre tout ça noir sur blanc, pour être sûr de traiter tous les sujets, pour ne rien oublier. Quand il sort de la voiture pour ouvrir le portail, il voit la maison qui est déjà dans l'ombre, les fenêtres sont des rectangles gris foncé sur une façade gris clair, et Paul devine tout de suite que la maison est vide : pas de lumière donc pas de Naâ.

Paul regarde sa montre : bientôt 19 heures. Il n'est pas tard et elle ne doit pas être bien loin à profiter du couchant qui se prépare. Il ne lui reproche rien mais il n'aime pas trouver la maison vide après une journée de travail. Comment le lui dire ? Comment lui demander d'être présente quand il rentre ? N'est-ce pas exiger d'elle qu'elle reste là à l'attendre ? Nier le contraire serait hypocrite. Paul ne fera aucune remarque et se contentera de poser une main sur sa hanche en lui demandant "où étais-tu vilaine fille !". Il jette un œil à la ronde en espérant distinguer une silhouette dans les champs. Rien. Le chat n'est pas là non plus, déjà parti faire sa ronde de nuit, les lapins l'ignorent absolument et les poules le regardent comme un intrus, avec une pointe d'indignation. Il y a entre Paul et les volailles un contentieux inexplicable, un rejet mutuel. A croire qu'elles n'acceptent aucun mâle dans leur harem emplumé. Paul dégagerait-il des phéromones hostiles qui leur sont insupportables ? Paul aime bien cette idée et plutôt que de passer son chemin avec indifférence, il ralentit le pas le long de l'enclos pour les narguer. C'est devenu un petit jeu : il s'approche, elles tendent le cou, il s'approche davantage et sourit, elles ergotent et s'éloignent. Il aime provoquer ces castratrices qui pondent des œufs comme des vieilles filles. A l'évidence, le comité d'accueil n'a pas la tendresse d'un chien, mais à bien réfléchir, Paul préfère manger ce qui sort de ces culs là.

Après avoir battu les œufs de l'omelette, Paul en termine avec l'épluchage des pommes de terre. Il est presque 19h30 et Naâ n'est toujours pas rentrée. Elle exagère ! Paul râle en silence en lavant la laitue puis s'excite avec l'essoreuse qui tourne à moitié dans le vide. Il met la table et s'envoie un petit verre de blanc, en se disant que cela la fera peut-être venir. Il poireaute encore un peu et finit par prendre le téléphone :

"Marie-Christine ?... c'est Paul... je ne te dérange pas ?... Naâ n'est pas avec toi par hasard ?... elle est partie vers 15 h ?... elle est sans doute revenue se reposer et puis elle est repartie se promener, tu la connais... non, il n'y a pas de raison de s'inquiéter, ce n'est pas la première fois... bon, excuse-moi de t'avoir déranger... merci, toi aussi, bonsoir !"

L'insouciance de Naâ peut avoir un certain charme mais il est des circonstances où le charme n'agit plus. A voir Paul devant la maison, les mains sur les hanches, les sourcils froncés à scruter l'horizon, on devine facilement son irritation. Il ferme énergiquement la porte de la cuisine, fait deux tours de clé et laisse un mot sur le seuil : "je suis parti à ta rencontre sur le chemin du village." Et le voilà parti à grandes enjambées, parfaitement insensible au soleil couchant. Il traverse le bois dans la pénombre et débouche dans la clairière sans avoir ralenti le pas. A peine a-t-il fait quelques mètres qu'il aperçoit une forme au bord du chemin. C'est encore à bonne distance mais il reconnait les ballerines bleues. Le reste est masqué par les hautes herbes. Il accélère un peu l'allure sans courir pour autant et un affreux pressentiment commence à naître : c'est Naâ ! Elle a eu un malaise ! Cette fois, il se met à courir et quand il n'est plus qu'à quelques mètres ...

Paul voit l'épouvante devant lui, l'épouvante écarlate. L'image est d'une violence inouïe. Naâ semble coupée en deux : au-dessus du ventre, elle est une femme endormie, les mains posées sagement sur la poitrine, la tête abandonnée dans l'herbe. L'immobilité est parfaite. Mais la moitié inférieure de son corps n'est qu'un champ de bataille, les jambes forment un grand ciseau, les deux lames de l'infanticide. Le bébé n'est plus que de la chair, relié à sa mère par le cordon noueux qui pénètre en elle. Paul a sous les yeux les restes d'un combat pitoyable et désespéré.

Paul tombe, à genoux, à côté de Naâ. Il se penche sur son si beau visage et ne regarde que lui, il le caresse, pose son front contre son front, pose ses lèvres sur les paupières closes. La tête reste inerte entre ses mains, plus rien ne respire, les lèvres s'entrouvrent affreusement. Tout cela est au-delà de ce qu'il peut supporter. Paul se tourne alors vers le ciel et hurle à la mort. Il pousse un cri, il n'est plus que ce cri, tout entier. Que Dieu aille en enfer et qu'il y pourrisse. Dieu est le Diable, la haine et le vice, l'injustice incarnée. Dieu est indigne de l'humanité. Naâ est morte, l'enfant est mort. Ses amours sont mortes, gisantes dans l'herbe et les insectes. Paul reste un long moment à vouloir la faire renaître, leurs visages sont collés, les larmes de Paul coulent sur les joues de Naâ comme sur la pierre. Il enlace doucement Naâ pour la relever, s'assoit et repose délicatement sa tête sur ses cuisses. Il l'installe pour qu'elle paraisse abandonnée dans une sieste champêtre et il retrouve un peu le rythme normal de sa respiration. Mais ses mains tremblent encore imperceptiblement. Paul est absent, il se vide. Il regarde le soleil disparaître derrière les arbres, sa lumière fuit la clairière en rampant, effrayée par la nuit qui s'approche.

"J'ai fait une omelette avec des pommes de terre... regarde, la lune est presque pleine... il va falloir rentrer... je vais t'installer dans le jardin, tu verras, tu seras bien... entre les poules et le potager... j'y mettrai des fleurs... allez viens, rentrons à la maison."

Au matin, la pelle et la pioche sont appuyées sur le grillage de la clôture. Les outils forment une croix paysanne au sommet d'un rectangle de terre brune. Paul est assis dans la cuisine, les bras posés sur la table. Ses mains ont encore les traces de la terre, le bol de café fume devant lui et à côté du bol, il y a le mot qu'il a écrit hier au soir "je suis parti à ta rencontre sur le chemin du village". Paul a le regard figé sur cette auréole de thé, la marque indélébile de son amour au petit matin, puis il regarde l'horloge et sa trotteuse qui tourne sans fin. Elle radote toute seule en faisant tic-tac.

Paul n'a pas entendu la voiture arriver et il sursaute quand on frappe au carreau : c'est Marie-Christine qui est derrière la vitre. La porte n'est pas verrouillée et elle entre sans sourire, visiblement inquiète. L'atmosphère dans la cuisine est étrange ; Paul est prostré, les pommes de terre et l'omelette attendent toujours sur le plan de travail, la salade se fane sur le torchon.

"Paul ! Ça va ?"

Paul ne répond pas, son regard ne focalise même pas sur celui de la visiteuse.

"Qu'est-ce qui s'est passé ? Où est Naâ ?"

Le prénom semble le réveiller.

"Elle est dans le jardin."

Mais elle n'a vu personne dans le jardin. Marie-Christine commence à s'affoler et répète sa question :

"Paul ! Regarde-moi ! Où se trouve Naâ ?"

Mais Paul répond encore avec le regard vide.

"Dans le jardin. Près du potager. Avec l'enfant."

Marie-Christine plaque ses mains sur ses joues, devinant un drame dont elle ignore encore tout. Elle voit le téléphone débranché, ce qui explique ses appels en vain de ce matin. Elle va dans la chambre déserte, le lit pas même défait et jette un œil inutile dans la salle de bain. Elle revient s'assoir face à Paul et lui prend la main :

"Paul, regarde-moi s'il te plait."

Paul baisse la tête, le nez presque dans son café.

"Je l'ai tuée... je n'ai pas su la garder... c'est moi qui l'ai tuée... et le bébé avec."

Marie-Christine voit alors le bout de papier et le tourne vers elle pour lire le mot inscrit dessus. Elle ne comprend pas, elle ne comprend rien et Paul lui fait peur. Elle se lève brusquement et sort dans le jardin. Elle se dirige vers le potager et aperçoit le rectangle de terre fraîchement retourné. L'idée d'une tombe est absurde mais elle est incapable d'imaginer autre chose. Quand elle revient sur le seuil de la porte, elle retrouve Paul toujours dans la même attitude. Elle éprouve alors autant de peur que de compassion et recule instinctivement. Plus elle recule, plus cet homme lui fait peur. Paul tourne la tête et la regarde dans l'encadrement de la porte. Marie-Christine croise son regard méconnaissable, des yeux de fou qui la font paniquer. Elle se réfugie dans sa voiture, démarre et recule jusqu'au portail, puis elle appelle les secours sans réfléchir.

Paul fut placé en garde à vue, le temps d'exhumer les corps et par mesure de précaution. Son mutisme et l'indifférence qu'il affichait sur son propre sort avaient de quoi inquiéter la police. Un accès de violence ou de démence était possible à tout moment. La déposition de Marie-Christine ne plaida guère en sa faveur : elle confirma à contre cœur qu'il s'était accusé de la mort de la jeune femme et de l'enfant. Pourtant, l'autopsie ne releva aucune trace de coup, aucune blessure suspecte, et conclut à une mort par hémorragie. L'hypothèse du meurtre fut écartée et Paul fut inculpé pour non-assistance à personne en danger ayant entraîné la mort.

Au cours du procès, tous les regards convergeaient sur cet homme assis sur le banc, la tête penchée en avant à regarder le sol. La vérité, c'est qu'il ne regardait rien et n'entendait rien. Paul ne donna jamais aucune explication ni aucun détail sur la tragédie. Pas un commentaire, pas un regret, pas une plainte. Il restait obstinément enfermé dans sa culpabilité, dans des souvenirs impossibles. Son avocat dressa le portrait d'un homme sans histoire, sans antécédent de violence, impulsif mais non caractériel, sensible sans être hyper émotif. Bref, un citoyen tout à fait ordinaire et sans dangerosité pour la société, mais un homme désormais détruit. Les psychiatres confirmèrent le traumatisme que pouvait engendrer des évènements violents. Paul a probablement assisté à la mort de sa compagne et de son enfant, sans être capable de réagir à temps. Cet homme est parfaitement incapable de prononcer quoi que ce soit sur cette tragédie ; la culpabilité l'écrase, le monde s'est effondré. Il n'y a ni espoir ni désespoir, ni chagrin, ni regrets. Il n'y a plus d'émotions, plus rien. Cet homme doit être hospitalisé, il doit être interné pour suivi médical. Le verdict fut sans surprise.

Le village fut en émoi et les rumeurs au sujet de ce couple occupèrent les conversations pendant plusieurs semaines. Les journalistes locaux s'appliquaient à construire un feuilleton. Selon eux, certaines zones d'ombre méritaient d'être éclaircies. D'abord les faits n'étaient pas totalement connus et ensuite, un certain mystère rôdait autour de ce couple. La feuille de chou relatait presque chaque jour les résultats des investigations, les hypothèses sur les évènements, le scénario probable de la reconstitution des faits. Parce que le public a le droit de savoir ! La vedette de cette fiction était incontestablement Naâ. Ceux qui l'avaient croisée ne l'avaient pas oubliée et chacun y allait de son commentaire. Plusieurs semaines après, elle intriguait toujours, son aura et son mystère fascinaient encore les esprits. Et puis il y avait cette couleur de peau si particulière ! Naâ était différente, singulière, unique.

Et c'est par ce même quotidien local que les habitants apprirent que Naâ était sans papier. Comment pouvaient-ils le soupçonner ? Naâ était plutôt bien habillée, coquette sans être bourgeoise, et fréquentait la marché et le café-restaurant comme tout le monde, en payant toujours en liquide, c'est vrai, et en étant toujours accompagnée de Paul ou de Marie-Christine. Comment est-ce possible que l'on ne sache rien de ses origines, pas même son âge ni même son nom ! Sans doute est-ce là une raison pour n'avoir jamais consulté de médecin. Le Maire, interrogé sur le sujet, affirma qu'il ignorait tout de cette situation et qu'il se gardait bien d'intervenir dans les racontars qui circulaient parfois dans le village. Et puis les sans-papiers, cela ne concerne pas nos campagnes ! Pourquoi ne pas laisser ces pauvres gens vivre en paix, tant qu'ils ne troublent pas l'ordre public ? Pourquoi vouloir leur porter atteinte quand ils ne causent aucun tort à la société ? Certains s'indignèrent qu'une femme puisse mourir de la sorte, par le simple fait qu'elle ne possède pas la carte Vitale ; c'était un peu réducteur mais non dénué de vérité. D'autres reprochèrent à Paul son inconscience et avancèrent que, malgré les apparences, cet homme n'était peut-être pas aussi bienveillant qu'on veuille bien le dire. L'image qu'ils affichaient dans le village pouvait n'être qu'une façade ; qui peut affirmer qu'elle n'était pas son esclave ? Les ragots entraient discrètement chez le boucher, s'attardaient devant la caisse du charcutier, avec son crayon sur son oreille attentive, la marchande de primeurs écoutait sans dire un mot et tout cela s'évanouissait enfin dans le vent des séchoirs du coiffeur. Le journal colporta la rumeur comme un vol de corbeau et le verdict du procès mit un point final à ce feuilleton ; d'autres faits divers revendiquaient la Une de l'actualité.

Voilà. L'histoire s'achève avec ce procès. Une histoire impossible qui ne cesse de tourner en rond dans le cerveau de Paul. Assis dans son fauteuil des journées entières à regarder par la fenêtre, il est installé dans ses souvenirs à regarder Naâ. Il lit et relit ce livre imaginaire, corrigeant à chaque fois certains passages, ajoutant un détail qui lui revient en mémoire. Pourquoi s'enferme-t-il ainsi dans ce délire insensé ? Pourquoi a-t-il inventé cet univers clos ?

Le seul fait avéré est que cet homme a perdu sa femme et son enfant lors de l'accouchement. On n'en connait pas bien les circonstances mais seulement le résultat : enterrés dans le jardin au petit matin. C'est vrai aussi que cette femme était sans papiers et on ne sait pratiquement rien d'elle. Paul a disparu subitement pendant dix mois environ et fut de retour en sa compagnie. Tout cela est parfaitement vérifiable.

Et tout cela semble appartenir maintenant à un lointain passé. Cela fait presque trois ans que Paul habite la chambre 112 et son obsession n'a pas faiblie. Elle est tellement présente que j'ai l'impression de pénétrer dans son monde dès que j'ouvre la porte. Paul est habité par cette femme jusqu'à la moelle, à un point tel que toute chose semble imprégnée. Le bleu des draps, le bleu du capuchon du stylo posé sur la table, le bleu des écritures sur le tube de dentifrice. Cette couleur le ramène inlassablement vers cette femme, cette couleur est une prison implacable. Mais qui était-elle pour fasciner à ce point ? Cette question revenait de plus en plus souvent dans mon esprit et j'ai fini par succomber à la tentation : j'ai décidé d'aller marcher un peu dans ses pas.

"Allô ?"

"Mme Buech ?"

"Oui."

"Bonjour. Alexandre Lampart à l'appareil. Je suis infirmier à l'hôpital psychiatrique et je vous appelle au sujet de Paul Borovic..."

Je lui sers un baratin sur la thérapie entreprise par son ancien ami et sur la nécessité de renouer avec son passé. J'ai senti chez elle une certaine réserve mais j'ai tout de même obtenu ce que je voulais : avoir un rendez-vous avec Marie-Christine Buech pour un entretien au sujet de Paul et de Naâ !

Marie-Christine loge dans un appartement, au deuxième étage d'une maison de ville, au n°18 de la rue principale du village. L'étiquette sur la sonnette est manuscrite et délavée par le soleil. On a convenu 18h et il est moins cinq, je n'ose pas sonner à nouveau et patiente sur le trottoir en regardant la vitrine du charcutier qui est juste à côté. Je renouvelle toutefois mon appel en appuyant à fond sur le bouton et je commence à douter de la fiabilité de ce vieux machin. Un son métallique finit tout de même par ronronner dans un si bémol hésitant et je pousse la lourde porte en bois vernis. Je passe devant les trois boîtes aux lettres dans le couloir et grimpe l'escalier étroit jusqu'au dernier palier. Trois petits coups à la porte et j'entends des pas approcher. Elle m'invite à entrer et me félicite pour ma ponctualité. Le perroquet croule sous les manteaux et les écharpes, le pêle-mêle déborde de photos, on devine le marbre gris d'une commode sous un tas de papier, le vestibule me met tout de suite à l'aise.

Le salon est à l'avenant, surchargé et brouillon, avec des murs tapissés de livres où deux fenêtres se font face, l'une pour le levant et l'autre pour le couchant. La pièce est tout en longueur et nous nous installons dans de vieux fauteuils, des voltaires je crois. Je m'applique à résumer l'historique de ces trois années pour aboutir à la situation actuelle : Paul a mis Naâ sur un tel piédestal qu'elle en devient une figure symbolique, un rêve, un mythe, un fantasme. Il s'agit donc de démystifier en douceur cette image, de rendre à Naâ sa condition humaine. Marie-Christine est l'une des rares personnes à l'avoir côtoyée de près, à avoir recueilli peut-être quelques confidences. Je lui demande de bien vouloir commencer par le début et me laisse bercer par sa voix. Paul avait évoqué sa belle voix grave de fumeuse et il n'avait pas tort. Marie-Christine est un prénom aigu qui ne lui convient pas. Sa voix est ronde, souple et son timbre féminise ce visage plutôt masculin. Des yeux abimés par la lecture, des cernes qui marquent son passé et une bouche qui transforme le tout quand elle sourit de travers à un mot d'ironie.

La description de Naâ dans la bouche de Marie-Christine n'est pas très éloignée de celle de Paul. Enfantine, puérile, candeur et virginité sont les mots qui reviennent le plus souvent à son esprit. Je retrouve Naâ sous le pinceau d'un autre peintre et le portrait exerce la même fascination. Marie-Christine a accompagné Naâ dans sa découverte du monde et avoue que son fantôme traîne quelquefois dans la bibliothèque, du côté de la fenêtre, derrière le rayonnage. Elle évoque Candide et précise qu'elle ne vaut pas Pangloss, avec un sourire de travers en caressant l'acajou du voltaire. Je souris sans rien y comprendre et elle doit me prendre pour un imbécile. Je suis pourtant flatté qu'elle me propose l'apéritif et elle s'absente un instant dans la cuisine après mon approbation. Je reste seul à regarder les éléphants d'ébène, assis sur les étagères, gardiens de la mémoire des livres. Plus bas, sur le plateau en noyer d'un guéridon, une photo noir et blanc s'appuie sur un pot à crayon. Un nu de femme, de dos. Marie-Christine revient avec des olives et du whisky.

"De la glace ?"

"Je veux bien, oui."

Quand elle se penche pour servir les glaçons, mon regard va malgré moi vers son décolleté.

"Vous n'avez pas une photo d'elle par hasard ?"

Elle prend le temps de verser le whisky avant de répondre.

"Par hasard dites-vous ?"

Je regrette de ne pouvoir soutenir son regard et je me réfugie sur les olives.

"Ecoutez... j'avoue être un peu surprise par votre visite. Trois ans après les faits, je trouve ça un peu curieux, et pour être franche, votre intérêt pour Naâ me paraît un peu suspect."

"Suspect ? Cela fait trois ans que nous nous occupons de Paul et que je le côtoie tous les jours. Nous avons travaillé avec sa famille et avec sa sœur en particulier. Aujourd'hui nous venons vers vous pour en savoir un peu plus sur cette femme, et s'il y a quelque chose de suspect, ce n'est pas notre démarche mais bien le mystère qui entoure cette femme. Nous savons que la police et les journalistes n'ont retrouvé aucune photo. Nous les avons interrogés avant vous naturellement. Je vous pose cette question parce que vous étiez sans doute sa seule amie ; il n'y a rien de suspect là-dedans. Naâ est devenue une icône. Une photo d'elle ramènerait Paul à un peu plus de réalité, et c'est vrai aussi que nous aimerions mettre un visage sur ce nom."

Je la vois réfléchir en silence, elle allume une cigarette et expire la fumée vers le plafond. Puis se lève brutalement et va jusqu'au bureau où elle pose sa cigarette dans le cendrier, disparait ensuite à l'autre bout, dans la pièce voisine que je suppose être sa chambre. Elle revient s'assoir à son bureau, je reste assis dans le coin du salon à regarder son profil et les volutes de fumée, éclairés par la lumière de l'écran de l'ordinateur. Elle met une clé USB dans la tour, prend une taffe et expire à nouveau vers le plafond. Je ne vois pas l'écran et n'ose croire à ce qui m'attend. Je la vois cliquer sur la souris, je vois son index sur la molette et j'entends un double clic.

Elle se tourne enfin vers moi.

"Et bien venez."

Je repose mon verre sur la table basse et viens me poster derrière elle.

"La voilà, c'est elle. C'est Naâ."

L'émotion est si vive qu'il m'est difficile d'y mettre des mots. J'ai compris plus tard ce qui m'a tant bouleversé : je fus saisi tout entier par une révélation.

L'écran affiche une simple photo, le visage d'une femme coiffée d'un foulard. Elle regarde l'objectif. Elle me regarde sans sourire, sans tristesse ni gaité. Ce visage ne peut pas être celui d'une imposture, ces yeux-là ne peuvent dire que la vérité et à cet instant, je comprends dans un vertige que Paul n'a rien inventé.

Nous restons ainsi, Marie-Christine et moi, silencieux, absorbés par nos pensées, éclairés par le halo de l'écran lumineux. Puis, d'un clic sur la souris, Naâ disparait.

"Etes-vous satisfait ?"

Je ne sais quoi répondre. Je suis embarrassé, je me sens soudain mal à l'aise devant cette femme. Cette photo lui appartient et j'ai conscience de n'être qu'un voyeur.

"Je ... je vais vous laisser."

Je ne sais même pas choisir les mots et reprends mon manteau dans le vestibule. La porte se referme derrière moi et je redescends l'escalier. La rue s'est vidée, les grilles des boutiques sont baissées et ma voiture semble abandonnée le long du trottoir. L'habitacle s'éclaire lorsque j'ouvre la portière et je m'assois sans démarrer le moteur. Je reste assis derrière le volant, le plafonnier s'éteint et m'aide ainsi à mieux voir dans mes pensées. Je reste un moment avec cette photo devant les yeux et je ne sais quoi penser. Je regarde vers la lumière des toits, les lucarnes de l'appartement de Marie-Christine Buech, là-haut au troisième étage, forment des rectangles qui se détachent de la nuit. Je ne sais quoi penser. Je ne parviens pas à démêler le faux du vrai, ni à distinguer la vérité de l'illusion.

Mais ce n'est pas en restant bêtement assis dans ma voiture que je vais avancer. Et quelques heures plus tard, je tourne et retourne dans mon lit. Alors vient le temps des bars de nuit, l'heure des rues sombres où scintillent des néons rouges. C'est là où je viens m'échouer, avec ceux qui ne dorment pas ou qui ne veulent pas dormir.

Je pousse la porte et m'approche du bar dans l'indifférence générale. Whisky - ça sonne bien avec la nuit. La musique est nulle et je parie que tout le monde s'en fout, pourvu que la bière soit bonne. J'aime cette ambiance brute, feutrée et presque dangereuse. Aucune fleur bleue ne poussera jamais ici. On vient là pour soi et pour personne d'autre. Au deuxième whisky, je commence à regarder autour de moi dans la salle, chaque personne derrière son verre, et je me dis que parmi ceux-là, certains doivent porter des histoires qui n'en finissent pas de les poursuivre. Depuis l'enfance peut-être. Mais ceux-là n'ont pas la fragilité de Paul et ils tiennent comme ils peuvent, jour après jour. Au courage et à l'instinct.

Et voilà qu'un incongru fait son entrée. Un homme basané avec un bouquet de roses rouges. Il salue de loin deux hommes attablés et s'assoit au bar. Le garçon lui serre une bière, sans qu'il ait rien demandé. Le bouquet est sur le comptoir, il a fini sa tournée des restaurants et tout rentre dans l'ordre. Il remettra ça demain. Je regarde les fleurs en vrac, comme sur un cercueil avant d'être enseveli et je vide mon verre d'un trait. Ma décision est prise.

Le lendemain fut le contrecoup de la nuit. Laborieux et sans énergie. Alors c'est le surlendemain que je me décide à rappeler Marie-Christine Buech.

"Bonjour... Alexandre Lampart, je suis l'infirmier de Paul..."

"Oui, j'ai reconnu votre voix."

"Je souhaiterai vous revoir à nouveau ... si c'est possible."

"Et à quel sujet s'il vous plait ?"

"A propos de Paul bien sûr. J'ai une idée à vous soumettre."

"Je vous écoute."

"Je préfère en parler en tête à tête. Je vous propose 19 h, aujourd'hui."

Je lui indique le bar des "roses rouges" et j'attends sa réponse. Je l'entends qui réfléchit.

"Je crois que je vais refuser votre offre."

"Ecoutez... il ne s'agit pas de moi mais de Paul. Nous avons besoin de vous pour le faire avancer. Laissez-moi vous présenter notre idée et vous déciderez ensuite."

"A vrai dire, je trouve votre démarche un peu ... curieuse."

"J'en ai conscience mais l'explication est toute simple. Je ne suis pas médecin et je ne peux donc pas vous recevoir dans un cabinet. Je côtoie Paul presque tous les jours depuis trois ans et j'ai envie de l'aider. C'est aussi simple que ça."

Je l'entends réfléchir à nouveau et j'ai conscience de ne pas être convaincant, mon discours est creux.

"Je vous accorde une demie heure. Je ne peux pas davantage."

Ai-je bien entendu ? Je n'ose la faire répéter.

"Ce sera suffisant. Je vous remercie. Je vous attends à 19h."

A moins dix, je suis assis dans ce bar que je reconnais à peine. C'est vivant, léger, bruyant. La musique est toujours aussi nulle mais personne ne l'écoute. Il y en a un plongé dans son journal, un autre penché sur son téléphone. Deux filles discutent, sur le ton de la confidence, et celle qui écoute se tape toutes les cacahuètes. Et puis il y a les trois gars à côté de moi avec deux bières et un coca. Une grande gueule et les deux autres qui se marrent. Et moi qui surveille ma montre - 19h02 - et Marie-Christine pousse la porte. Je lui fais signe de la main et elle me rejoint.

Après les salutations d'usage et l'avoir félicité pour sa ponctualité, je lui propose une consommation.

"Je vais prendre comme vous."

Ma tasse de café est vide, j'appelle le garçon et commande deux expressos.

"Je n'ai qu'une demie heure à vous consacrer, alors s'il vous plait, épargnez-moi le chapitre sur la thérapie."

Elle me regarde en face, elle n'a pas enlevé son manteau et je ressens son impatience. Je vais donc droit au but, sans aucune stratégie.

"Savez-vous d'où vient Naâ ?

Marie-Christine soupire.

"Non. Je l'ignore. Et je m'en moque."

"Etes-vous au courant de cette histoire de Monde souterrain?"

Là, elle fronce très légèrement les sourcils avant de répondre.

"Quel Monde souterrain ?"

"Celui de Naâ."

"Dites ce que vous avez à dire s'il vous plait. Je n'aime pas le jeu des devinettes."

"Paul a inventé une histoire. Il m'en raconte des bribes presque chaque jour. Naâ viendrait d'un Monde inconnu ... tout cela ne tient pas debout bien sûr. Mais il ne sort pas de ça. Il est question d'enfermement, de prison peut-être. Il faut qu'il sorte de cette invention. Il faut qu'il voit la réalité en face. J'ai pensé ... si vous acceptiez de le rencontrer."

Marie-Christine ne répond rien. Elle met ma patience à l'épreuve. Elle m'agace.

"Vous faites partie de son passé réel. Vous revoir provoquerait peut-être quelque chose, comme ouvrir une porte de sa mémoire. Il n'y a que vous pour ... faire le lien. Je ne sais pas comment le dire."

"Et vous voulez que je lui dise quoi ? Que je lui parle de son bonheur passé ? Que je lui parle de Naâ ?"

"Peut-être oui. Vous l'aimiez vous aussi. Vous saurez trouver les mots."

Le garçon nous interrompt en posant les deux expressos. Je mets le sucre en poudre tandis qu'elle tourne la cuillère dans son café sans sucre.

"Vous aimiez Naâ n'est-ce pas ?"

"Que voulez-vous dire ?"

"Je ... rien ... je ne préjuge de rien."

"Vous êtes trivial. Trivial et vulgaire."

Je mets le nez dans mon café.

"Regardez-moi. Vous me croyez lesbienne, c'est bien ça ?"

La conversation prend la direction opposée à celle que j'espérais.

"Monsieur l'infirmier avec sa psychologie à deux balles."

Je la regarde enfin et lui souris :

"Vous avez raison. Tout cela ne vaut rien."

"Ce n'est pas ce que j'ai voulu dire."

"Peu importe. Je me suis fourvoyé et c'est tout ce qui compte."

Je sors la monnaie de ma poche pour régler l'addition.

"Avant de vous quitter, j'ai une dernière chose à vous dire. J'avais pensé que vous auriez pu lui donner cette photo de Naâ, celle que vous m'avez montré."

J'ai l'appoint et c'est tant mieux. Je n'ai pas à attendre le garçon.

"Je pensais que Paul méritait au moins cela. Voilà, c'était mon idée. Mais c'est sans doute ridicule."

Je me lève, l'invitant à en faire autant.

"Tenez. Si vous deviez changer d'avis."

Elle prend la carte avec mon numéro de téléphone, la range à l'aveugle dans son sac et récupère son parapluie accroché au dossier de la chaise. Je n'ai pas remarqué que dehors, il pleut.

"A bientôt peut-être."

"Peut-être en effet."

Elle sort en ouvrant son parapluie. Je la suis et reste un instant à regarder son dos s'éloigner, je remonte mon col et prend la direction opposée, sous la pluie oblique.

Notre entrevue n'aura pas duré plus d'un quart d'heure.

Les jours suivants, je ronge mon frein pour ne pas interroger Paul au sujet de Marie-Christine. En savoir davantage sur leur relation. Mais je me tais et de toute façon, qu'obtiendrais-je de sa part ? Alors je l'écoute encore et encore.

Il est presque muet avec son entourage, les autres patients, le personnel soignant et même avec les médecins. Pourquoi a-t-il choisi mon oreille ? Je l'ignore mais cela me pèse. Longtemps je fus flatté par cette marque de confiance mais désormais, je sens le poids de cet homme s'appuyer sur moi. L'abandonner serait une trahison. Je me sens piégé.

Et puis Marie-Christine m'a appelé, une semaine exactement après notre entrevue.

"J'ai une question à vous poser."

"Je vous écoute."

"Avez-vous parlé à Paul de votre suggestion ?"

"Non. Je ne lui ai rien dit de nos conversations, de notre rencontre ni de la photo naturellement."

"Et si j'accepte votre proposition, vous lui direz quoi ?"

"Je lui demanderai s'il serait heureux de vous revoir. Une simple visite de courtoisie et d'amitié."

"Et la photo ?"

"N'est-ce pas un cadeau de votre part ?"

Le silence au bout du fil.

"Prenez les choses simplement Marie-Christine. Paul est un ami. Vous lui rendez visite. Vous verrez bien s'il est opportun de lui donner cette photo. Il n'y a aucune obligation vous savez."

"Soit."

"Bien. J'en parle à Paul donc, et au médecin, et je vous tiens au courant. Cela vous convient ?"

Marie-Christine accepte ma proposition et le plus difficile est fait, je crois.

Le lendemain, lorsque j'entre dans la chambre de Paul, je le trouve assis dans son fauteuil, face à la fenêtre, comme d'habitude. Mais il a la tête penchée vers les genoux, il ne regarde ni le ciel, ni la verdure du parc.

"Bonjour."

Pas de réponse. Je m'approche derrière lui et le vois tripoter le bouchon du tube de dentifrice. Il le tourne et le retourne entre ses doigts, le bouchon en plastique bleu.

"Bien dormi ?"

Toujours pas de réponse. Ce n'est pas un bon jour, il ne se passera rien aujourd'hui.

Le surlendemain en revanche, Paul est bien là et il me regarde et il me dit que oui, il a bien dormi. Alors je me lance.

"J'ai une chose importante à vous dire, Paul. Etes-vous disposé à m'écouter ?"

Il ne détourne pas le regard, ce qui veut dire oui.

"Seriez-vous content de revoir une amie ?"

Il me fixe toujours sans dire un mot.

"Marie-Christine Buech, la bibliothécaire. Elle s'est manifestée et elle aimerait vous revoir, vous rendre une petite visite. En amie."

Cette fois, son regard s'en va par la fenêtre et j'attends. Qu'est-ce qui se passe dans son maudit crâne? Va-t-il me répondre? Ou bien va-t-il se perdre je ne sais où? Il regarde la vitre et lâche doucement :

"Comment va-t-elle ?"

Je suis pris au dépourvu mais n'en montre rien.

"Bien, je suppose. Mais vous pourrez lui poser cette question vous-même."

Il acquiesce imperceptiblement, pour lui-même et aucunement à mon intention. Je pose alors ma main sur son épaule et n'ose plus rien dire.

"Et elle viendra dans cette chambre ?"

"Non. Je crois que le parc serait plus approprié. D'autant qu'ils annoncent encore du beau temps."

"Le parc, oui. Sur le banc. Nous irons sur le banc."

L'après-midi, je guette la visite du médecin. Son programme est chargé et il est difficile d'interrompre sa tournée. Mais je suis décidé, je me sens inflexible. Ainsi, dans le couloir, après qu'il ait refermé la porte de la chambre 208, je me plante devant lui.

"Il faut que je vous parle de Paul Borovic. C'est important je crois."

"Important comment ?"

"Une de ses anciennes amies souhaiterait le voir. Je ne lui ai rien dit bien sûr. Je voulais vous en parler avant."

"Et bien il faut que j'y réfléchisse."

"Je comprends mais... Paul est plutôt dans une bonne période en ce moment. Il est calme et réceptif. Je pense que le moment est propice. Cette visite pourrait être un premier pas."

"C'est un peu inattendu et peut-être prématuré. Mais je vais lui en parler, je vous le promets. Je dois le voir mardi je crois."

"C'est à dire que... enfin, je peux m'en charger. Vous savez comme Paul peut être difficile parfois. Moi, j'ai la chance de pouvoir choisir le bon moment, mais il me faut votre accord pour aborder le sujet avec lui."

Je pense avoir fait mouche.

"OK. Vous avez mon autorisation. Et si cette entrevue devait avoir lieu, pensez à me faire signer le bon de visite."

"Bien entendu. Merci et pardon de vous avoir interrompu de la sorte."

"Pas de problème. Je suis là pour ça, vous le savez."

Et voilà, c'est bouclé. Il ne reste plus qu'à appeler Marie-Christine pour convenir d'une date. Ce sera samedi à 15 h.

Je viens à la clinique le week-end, uniquement lorsque je suis de garde. Aujourd'hui c'est samedi et je ne suis pas de garde, et pourtant, je me gare sur le parking, à ma place habituelle. Aujourd'hui est une exception et lorsque j'entre dans le hall de la clinique, je me sens l'âme d'un visiteur, et non d'un employé. Je viens pour Paul. Je veux être présent. J'ai un quart d'heure d'avance, je grimpe au premier étage par l'escalier et je salue au passage une collègue, croisée dans le couloir. La porte 112 est devant moi, fermée comme toujours, et je frappe trois petits coups. J'ouvre sans attendre et il est là. Dans son fauteuil. Immuable. Il est habillé correctement, rasé de près. Tout à fait présentable pour une visite. Intérieurement, je remercie mes collègues puis je l'emmène vers l'ascenseur. Il se laisse faire, il est calme et je suis rassuré. Quand nous traversons la pelouse pour rejoindre le banc, j'ai l'impression d'y faire mes premiers pas. Je trouve le parc magnifique, un bel endroit pour des retrouvailles. Nous nous asseyons sur le banc, à l'ombre d'un érable, je fume une cigarette. Il est presque 15 h.

"Je dois aller l'attendre dans le hall, pour l'accueillir. Ce ne sera pas long si elle n'est pas en retard."

Paul a fermé les yeux, il respire calmement. Il attend. Il se prépare.

Arrivé dans le hall, je fais les cents pas. 15 h 05. C'est interminable. Qu'est-ce qu'elle fait bon sang ! 15 h 08, je l'aperçois descendre de sa voiture, avec son sac en bandoulière. Je me dirige vers la porte pour l'accueillir.

"Bonjour. Je vous avoue que je commençais à m'inquiéter."

"Je suis désolée. Et je n'ai pas d'excuses."

"Vous êtes là, c'est l'essentiel. Allons-y, il vous attend."

Nous traversons le hall, qui donne directement sur le parc. Les visiteurs ne voient rien d'autre, hormis la salle d'accueil des familles et les sanitaires. Le reste du bâtiment est invisible aux personnes étrangères à l'établissement.

A peine la porte franchie, je la sens qui cherche du regard. Elle le cherche, elle est nerveuse.

Et elle l'aperçoit, sur le banc, de trois quarts dos. Lui ne la voit pas.

"Je vais rester un peu à l'écart. Nous avons l'habitude de respecter une certaine distance mais la surveillance est obligatoire. Vous comprenez n'est-ce pas ?"

"Je comprends parfaitement."

Nous sommes à dix mètres de lui et je la laisse s'approcher seule.

Elle ralentit le pas malgré elle et vient se poster devant lui.

Paul ouvre enfin les yeux et la regarde.

"Bonjour Paul."

Je le vois déglutir, je vois ce mouvement de la gorge. Noué, ému.

Marie-Christine s'assoit près de lui. Ils sont si proches. Ils s'observent. J'ai l'impression que chacun retient ses larmes.

La dernière fois qu'ils se sont vus ainsi, c'était dans une cuisine, au petit matin. Ils le savent l'un et l'autre, ce souvenir transpire malgré eux, ce souvenir est là, dans l'espace ténu qui les sépare. Ce souvenir est intact. Revivent-ils cet instant tragique ?

"Je pense souvent à vous. Et à elle aussi bien sûr."

Je vois Paul déglutir à nouveau, je vois des larmes naître au bord de ses yeux. Sa vision se brouille, il pleure en silence, à l'intérieur.

Marie-Christine lui prend la main. J'ignore tout de ce qu'il peut endurer.

Alors elle prend son sac et en tire une enveloppe.

"Tenez, c'est pour vous."

Paul se saisit de l'enveloppe et commence à l'ouvrir. Il s'interrompt pour s'essuyer les yeux d'un revers de manche.

Et puis il découvre la photo.

Le visage de Naâ apparait.

Paul regarde la photo, il est parfaitement immobile. Et puis doucement, il porte ce visage contre le sien, et il reste ainsi, collé au visage de Naâ.

Il respire la photo. Je le vois inspirer profondément, je le regarde s'imprégner de Naâ toute entière. Je crois que je n'oublierai jamais cette image : le visage de Paul dans celui de Naâ.

Marie-Christine me regarde furtivement, elle ne sait plus quoi faire.

C'est à ce moment que Paul se détache enfin de ce visage tant aimé. Il pose la photo sur ses cuisses rapprochées et, la tête baissée, il recommence à pleurer. Des pleurs irrépressibles, de son corps tout entier.

Marie-Christine me regarde à nouveau, presque affolée, mais je n'interviens pas.

Paul se recroqueville lentement et Marie-Christine voudrait le soulager. Elle veut l'enlacer par l'épaule mais sa main s'arrête au coude de Paul.

"Paul, je vous en prie."

Et Paul, dans un murmure et dans ses larmes :

"Je n'en peux plus ... je n'en peux plus Marie."

"Cessez de vous tourmenter. Il faut accepter votre deuil. Faites ça pour elle. Et regardez-moi."

Paul relève la tête, il lutte pour retrouver son calme.

"Ne me faites pas regretter ce cadeau."

Les pleurs retombent un peu, comme les dernières gouttes après l'orage, et Paul respire à nouveau presque normalement.

"C'est un cadeau magnifique. Elle était tellement magnifique."

"Vous lui avez du bonheur, n'en doutez pas."

"Du bonheur ?"

Marie-Chrisitine laisse ce mot flotter dans l'air et se lève.

"Je ne peux pas rester davantage."

"Quand vous reverrai-je ?"

Marie-Christine lui sourit :

"Quand vous le souhaiterez."

"Alors ce sera très bientôt je crois."

"Je suis contente d'être venue. Mais je dois vous laisser maintenant, et pardon pour toutes ces émotions."

Marie-Christine, éprouvée mais soulagée, se dirige vers moi, pendant que Paul la suit du regard, avec la photo sur les genoux.

"Je savais que vous trouveriez les mots. Venez, je vous raccompagne."

Je sors mon paquet de la poche de ma veste et lui propose :

"Cigarette ?"

"Avec plaisir."

Nous faisons le tour de la bâtisse et fumons jusqu'à sa voiture.

De retour auprès de Paul, je le vois penché sur la photo.

"Voulez-vous rester là encore un peu ou bien voulez-vous que je vous raccompagne à votre chambre ?"

"Je vais rentrer."

Nous allons jusqu'à l'ascenseur sans un mot et dans la cabine, il m'interroge :

"Je peux la garder ? La photo, je peux la garder ?"

"Bien sûr. Elle est à vous. Qui d'autre que vous la mérite ?"

En revenant à ma voiture garée sur le parking, j'ai levé les yeux vers les branches d'un érable. Deux tourterelles y battaient des ailes. Il y a des journées comme ça, où tout semble s'accomplir, où tous les espoirs semblent permis.

Et la semaine passe, et la suivante qui lui ressemble comme une sœur. Et le dimanche matin, je fais mon tour de vélo, tranquille, à mon rythme. Quand j'arrive à un carrefour avec le panneau Bardenat - D48, la direction me semble une évidence. Comment n'ai-je pas eu cette curiosité plus tôt ? La maison est sur cette route mais vais-je la reconnaitre ? Est-elle sur la droite ou sur la gauche ? C'est une maison en pierre avec un portail, autant dire comme toutes les autres. Alors j'y vais doucement et je scrute, je mate les jardins, je surveille les potagers et les poulaillers. Jusqu'à ce que l'évidence tombe sous mes yeux : un panneau "A vendre" sur un portail.

Je m'arrête, je pose mon vélo contre la clôture et je regarde.

L'herbe est haute, il y a une voiture devant la maison, je crois deviner des pierres éparpillées dans le jardin. Et puis surtout, la maison est adossée au rocher. C'est donc forcément ici. Tout cela semble à l'abandon et j'imagine un trou creusé quelque part autour de la maison. C'est aujourd'hui morbide mais il fut une époque où cette maison a abrité du bonheur. Et dire qu'ils ont vécu ici !

Je reste un peu là, plongé dans mes pensées et puis je reprends mon vélo.

Arrivé à Bardenat, je fais une petite pause en terrasse, avec un café et un verre d'eau. Les gens vont et viennent, s'arrêtent devant les vitrines, puis repartent. Ce grand type là-bas par exemple, je parie qu'il épluche toutes les annonces de l'agence immobilière. D'ailleurs, la maison de Paul y est peut-être affichée. Ainsi, un peu plus tard, le vélo à la main, je me plante à mon tour devant cette vitrine. Et oui, elle est là. En bas à droite et un peu miséreuse. Le prix affiché est dérisoire et la mention "A saisir" me fait sourire.

Qui peut bien vouloir vivre là, sur les lieux d'un drame qui a fait en son temps la Une de la presse locale ? Personne ne pourra ignorer très longtemps l'histoire sordide qui en imprègne les murs. Alors, ceux qui l'ignoraient se mettront à vendre à leur tour. Cette maison est condamnée à vieillir toute seule.

A moins que... moi. Moi, je sais que cette maison porte autant d'espoir que de malédiction. Moi, je pourrais être séduit. Il faut que je réfléchisse à cette idée, et on réfléchit bien sur une selle de vélo.

Et l'idée fit son chemin, surtout le dimanche matin, à travers la campagne sur la selle de mon vélo, jusqu'à ce que ce projet me semble plausible et raisonnable. Etre propriétaire à peu de frais est une occasion qui ne se représentera peut-être pas de sitôt. J'essayais donc de me convaincre moi-même, ce qui était aussi la preuve de mes réticences. Il manquait quelque chose, un catalyseur, la petite goutte qui fait définitivement pencher la balance d'un côté ou de l'autre. Et la petite goutte est tombée du ciel.

Je m'en souviens comme si c'était hier. Je montais les escaliers en jetant un œil sur mon courrier, et une enveloppe me fit arquer les sourcils. Une enveloppe avec le cachet de la clinique et avec mon nom manuscrit. Or d'habitude, quand la clinique m'adresse du courrier, mon nom est toujours dactylographié, et le contenu n'est jamais palpitant.

Mais là, ce devait être autre chose.

J'ai rangé mes courses et j'ai ouvert l'enveloppe. Tout de suite, j'ai lu à la fin de la lettre, la signature de son auteur : Paul Borovic.

"Cher monsieur Lampart, cher Stéphane,

Je vous écris pour vous témoigner toute ma gratitude. Vous la méritez plus que tout autre et vous le savez. Mais je crois que le temps est venu pour que vos soins passent en d'autres mains.

Ce n'est pas un désaveu, c'est la conséquence de l'amitié qui nous lie. Car je sais aujourd'hui que vous êtes un ami. Vous connaissez mon tourment, vous avez deviné le secret de ce visage.

Naâ et l'enfant étaient allongés dans l'herbe, ils étaient morts et ils me regardaient lorsque j'ai donné le premier coup de pelle. Je les ai ensevelis mais j'ai su à cet instant que je venais de creuser ma tombe.

Je suis mort ce jour-là.

Je le sais car depuis ce jour, je n'arrive pas à vivre. Je n'ai d'ailleurs jamais su comment vivre. Sauf avec elle.

Non, je ne parle pas d'amour. J'ignore même si nous nous sommes aimés. Je parle de nécessité. Nous étions nécessaires l'un à l'autre.

Certes, mes yeux voient encore et ma bouche boit l'eau fraîche, mais mon esprit est ailleurs. Tout entier concentré sur cette lueur, minuscule et intense, au milieu de cette chose noire et molle.

Oubliez mon histoire, car elle n'est que la vérité. Une vérité qui m'accable et me condamne. Inventez autre chose, moi je n'en ai plus la force et je n'en ai pas l'envie.

Je ne suis plus qu'un souvenir, peut-être même le fantôme d'un souvenir.

Naâ a été ma vie et il n'y a pas eu de témoin. Il n'en reste rien. Rien qu'une invraisemblance que l'on prend pour un mensonge, un délire.

Il n'y a, et il n'y aura jamais personne pour croire, ne serait-ce pendant une seule seconde, au miracle de Naâ.

Un jour, mon cœur s'arrêtera de battre et avec lui s'éteindra à jamais cette lumière minuscule qui brille encore en moi. Et j'irai en terre, pour y pourrir lentement, emporté par les pluies. Pour rejoindre un ruisseau peut-être, qui se perdra dans les profondeurs. Là est ma place. Mon seul destin.

Recevez toute ma gratitude, c'est le seul héritage que je puisse laisser. La gratitude d'un fou ne vaut pas grand-chose. Faites en l'usage qui vous plaira."

Paul Borovic
P.S. : Et n'oubliez pas que Dieu vous regarde. Peut-être.

Trois mois plus tard, j'emménage dans la maison de Paul.

Tout est resté en l'état, à l'abandon. Les meubles sont chargés de poussière, la cheminée est pleine de cendres et dans la cuisine, l'horloge marque le silence. Les deux aiguilles noires sont immobiles. La sœur de Paul a emporté ses effets personnels, les vêtements et les objets mais elle a laissé toute la vaisselle. Et puis curieusement, elle a laissé deux paires de bottes dans la penderie. Les plus grandes sont kaki et les plus petites sont bleu marine. Elles sont bien rangées, l'une à côté de l'autre et je n'ose pas toucher à ce couple de bottes en plastique, désormais orphelines.

Je prends possession de cette maison qui me semble être davantage un héritage plutôt qu'une acquisition. Je m'installe, je prends la place. Je remplis la penderie, j'empile mes chemises, je remonte la pendule, je fais le ménage, la cheminée crépite et les casseroles revivent à nouveau.

Le jardin est toujours en friche mais on devine encore l'ancien potager.

Et tous les jours, à l'heure des repas, je mange face à la fenêtre. Avec à ma droite, sur le bois brut de la table, une auréole. La trace indélébile d'un sachet de thé.

J'ai tout mon temps pour creuser la roche au fond de chez moi. J'ai toute la vie devant moi pour trouver ce passage. Ce trou noir est mon avenir et il attend ma lumière.

Que vais-je y trouver? Que vais-je éclairer jour après jour?

Suis-je devenu fou à mon tour ?

Qu'importe. La raison m'ennuie ; et puisque nous devons tous rejoindre un jour le tombeau, alors laissez-moi avant cela, laissez-moi en quête de mon indigo.

FIN

www.ingramcontent.com/pod-product-compliance
Lightning Source LLC
Chambersburg PA
CBHW051639050726
47502CB00011B/1176